读文心雕龙

王元化 著

上海书店出版社
SHANGHAI BOOKSTORE PUBLISHING HOUSE

出版说明

王元化先生是著名学者、思想家，他从二十世纪三十年代开始写作，著述宏富，在漫长的学术生涯中，发表了《向着真实》《文心雕龙讲疏》《思辨随笔》《九十年代反思录》等作品，他对《文心雕龙》的解读，对“五四”启蒙的剖析，对卢梭“公意”的追问，他整个思想历程的“三次反思”等，都对当代思想学术产生了深远影响；他“不降志，不辱身，不追赶时髦，也不回避危险”的精神风骨，亦成为后学追慕的楷模。为了更好地传播王元化先生的思想学术，传承其精神文脉，我们将以单行本的形式陆续推出其著作系列，呈献给广大读者，谨以此作为真诚和切实的纪念。

二〇一八年九月

读文心雕龙

目录

小引

这本《读文心雕龙》，最初以《文心雕龙创作论》为书名，于一九七九年初版问世，印行了两版后，一九九二年更名为《文心雕龙讲疏》，又印行了四版。现经我重新加以校订，再次更名为《读文心雕龙》和《读黑格尔》《读莎士比亚》，简称“三读”，列入《清园丛书》。

本书的著述有一个漫长的过程。从我青年时代问学于汪公巖先生开始接触本书起，大致的经历如下：抗战胜利后，一九四六年我在国立北平铁道管理学院任教，曾选出《文心雕龙》若干篇为教材。授课时的体会，成为我写作本书的最初酝酿。六十年代初因卷入胡风案件，栖身在上海作协文研所那时，除翻译外国文学作品和研究我国古代文学外，实在也没有其他较有意义的事可以做，能够做。正好由于需要，我开始了《文心雕龙柬释》的写作。前后延续了三四年，初稿全部完成。可是紧接着“文革”开始。稿件被抄走。直到七十年代“文革”结束，原稿才发还。我以近一年的时间进行修改和补充，于一九七八年完稿。书名定为《文心雕龙创作论》，由上海古籍出版社出版。出书的日期是在一九七九年末，可是当我拿到书的时候，已是八十年代开始了。所以本书的酝酿是在四十年代，写作是在六十年代，出版则是七十年代，至于我再重新加以校订，作为今天这样的本子出版则是二十一世纪的第七个年头了。

这本书基本完成于四十年前，倘用我目前的文学思想和美学思想去衡量，是存在较大的差距的。但要将我今天的看法去校改原来的旧作，那是不可能的，除非另起炉灶，再写一本新书，由于这个缘故，我对现在这个定本的出版，怀有一种喜忧参半的心情。

我不想妄自菲薄，我曾以多年的心血写成的这本著作，并没有随时间的流逝而消亡。无论在材料上、方法上、观点上，我在当时是用尽力气去做的，我的劳力并未白费，它们对今后的读者可能还有些参考价值。但我也感到有不足的方面，我没有将我近十多年来所形成的对中国文论的新看法表述在本书中。

王元化

二〇〇七年中秋节

序

本书自一九七九年以《文心雕龙创作论》书名出版后，迄今有十多年了。一九八四年，《文心雕龙创作论》印行第二版时，我曾在文字上略作修订，并在有关章节后增加了二版附记，以补充或订正原来的观点，使先后两种说法并存。这是效法阎若璩《古文尚书疏证》的体例。现在本书即将印行新版本，在这新的一版里，我作了较大的删削，增加了一组近年来的新作，并更换了原来的书名，改为《文心雕龙讲疏》。

《文心雕龙创作论》自一九七九年问世，到一九八四年再版，共发行了五万多册。几年前已售罄。书出版后，得到了郭绍虞、季羡林、王力、钱仲联、王瑶、朱寨诸位先生的奖饰。此外，见诸文字的品评或引证，包括有《中国大百科全书·中国文学卷》《新文艺大系理论二集导言》在内的专论、专著数十种。这些品评不仅限于古代文论范围，而且也伸展到其他领域。作为这部书的作者，对自己的著述能够取得这样广泛的影响与回应，自然感到欣慰。但同时也萌生了一种喜忧参半的心情。

《文心雕龙创作论》于六十年代初期撰成，如今已历三十个寒暑。在这漫长的岁月中，世事沧桑，我个人的思想观念也在发展变化。当我开始构思并着手撰写它的时候，我的旨趣主要是通过《文心雕龙》这部古代文论去揭示文学的一般规律。在文艺领域内，长期忽视艺术性的探索，是众所周知的事实。但产生上面想法还有其他原因。五十年代末期，紧接着一次又一次的思想批判的政治运动之后，“大跃进”的暴风雨席卷了中国大地。那时候，人们似乎丧失了理性，以为单单依靠意志，就可以移山倒海。这种笼罩在祖国上空的乌云，它所带来的痴迷和狂热，倘非身临其境是难以想象的。当意志大喊大叫去征服大自然的运动刚刚开场，大自然对无视理性的盲目、愚昧、狂热，就加以惩罚了。其后果就是历史上所谓三年自然灾害时期。在饱经苦难之后，一些学人对于唯意志论感到切肤之痛。首先，在经济领域出现了孙冶方的价值规律的理论。虽然它马上被当作修正主义而遭到批判，但在六十年代为期短暂的学术活跃时期，它像投入平静湖面的石块，激起一圈圈涟漪，向四面扩散开去。哲学界展开了科研方法的讨论，史学界对农民战争性质作出了新的估价，文学方面掀起以《文心雕龙》为代表的古代文论研究，连一直沉默的心理学也发出了声音……这些富有生气的理论活动，给学术界吹来阵阵清新的微风。但是，没有多久，“千万不要忘记阶级斗争”的一声号召，风云突变，一切也就烟消云散了。不过，我不想因为突然的变故而中断《文心雕龙创作论》的继续写作，虽然我不知道等待它的将会是怎样的命运。

那时我正耽迷于黑格尔哲学的思辨魅力。五十年代中期，我在隔离审查的最后一年开始阅读黑格尔。隔离结束，我把十几本读《小逻辑》的笔记簿带回家中。此后，我又读了黑格尔《哲学史讲演录》《美学》。这三部书比黑格尔的其他著作给我更大的影响。几年中，我把《小逻辑》读了四遍，作过两次笔记。黑格尔的《美学》，我也作过十分详细的笔记。后来，我所发表的有关黑格尔美学思想的论文，包括《文心雕龙创作论》中的那几篇附录，都是从这些笔记中抄录出来的，几乎没有作过多少修改。当时关于德国古典哲学的局限性，谈得较多的是那批迂腐学究喜欢建构无所不包的庞大体系的特殊癖好。我也持同样看法。但是黑格尔哲学那强大而犀利的逻辑力量，却使我为之倾倒。我觉得它似乎具有一种无坚不摧、可以扫荡现象界一切迷雾而揭示其内在必然性的魔力。黑格尔哲学蕴含着一股清明刚毅的精神。一八一八年，黑格尔荣膺柏林大学讲席，他在开讲辞中说："精神的伟大和力量是不可以低估和小视的。那隐闭着的宇宙本质自身并没有力量足以抵抗求知的勇气。对于勇毅的求知者它只能揭开它的秘密，将它的财富和奥妙公开给他，让他享受。"这几句话充分显示了对理性和知识力量的信心。上述种种都加强了我认为文学规律可以被揭示出来的信念。

六十年代过去了。"十年浩劫"之后，当我可以重新阅读、思考、写作的时候，我对黑格尔哲学进行了再认识、再估价。近年来，海外一些学人经过把黑格尔哲学抛在一边的冷漠时期以后，又重新对他的"市民社会"学说发生了兴趣。黑格尔是不能被当作一条"死狗"而简单地予以否定的。他的哲学充满着复杂的矛盾。黑格尔哲学严格地恪守他为自己体系所建构的自在—自为—自在自为的理念深化运动的三段式。他的著作明显地流露了对这种刻板的、整齐划一的体系的追求和用人工强制手段迫使内容纳入它的模式的努力。七十年代末，我开始感到黑格尔哲学中的这一缺陷，并将自己的某些看法写进文章里。

我对黑格尔哲学的清理，实际上正是为了对自己进行反思。今天这项工作仍在我的思想中进行着。这里我不能离题旁涉过远。我只想简括地说一下，我认为自己需要对黑格尔哲学认真清理的，除了他那带有专制倾向的国家学说外，就是我深受影响的规律观念了。六十年代初开始写作《文心雕龙创作论》时，我对机械论是深有感受并抱着警惕态度的，因为我曾亲领个中甘苦并为之付出代价。我知道艺术规律的探讨不是一个容易对付的领域，不小心就会使艺术陷入僵化模式。我曾在书中援引了章实斋“文成法立而无定格，无定之中有一定焉”的说法为借鉴。但是，这种戒心未能完全遏制探索规律的更强烈的兴趣与愿望。《文心雕龙创作论》初版在论述规律方面所存在的某些偏差，第二版中仍保存下来，直到在这新的一版里，我才将它们刈除。但这只是删削，而不是用今天的观点去更替原来的观点。所以可以说是在做减法，而不是在做加法。不过，在新的版本里，我增加了新的一组讲话稿。比如关于玄学的评估，关于儒、释、道、玄的关系的阐释。特别是在一九八八年讲话中所提出的《原道篇》的“道”与老子的“道”的渊源考辨，关于《原道篇》中的“道”与“德”关系的考辨，关于刘勰的言意之辨的观点的阐发……这些都对初版的观点进行了纠正或补充。但我对这一版也有于心未惬的所在，这就是《释〈镕裁篇〉三准说》这一章。现在我不能对它进行过多修改，使之脱胎换骨，但我又认为这一问题是值得重视的，因而就索性让它像人体上所存在的原始鳃弧一样保存下来了。

本书改名为《文心雕龙讲疏》，取既有讲话，也有疏记的意思。一九四六年，我在国立北平铁道管理学院任讲师时，曾讲授《文心雕龙》。《文心雕龙创作论》的某些观点，即萌发在那时的讲课中。八十年代，我曾在日本的六所大学，在瑞典的斯德哥尔摩大学，以及在国内举行的《文心雕龙》研讨会上，作了十余次讲话，现将手边有的并略经整理的四篇，作为新的一组文章收入集内。末了，我要向关心本书出版的友人伯城、同贤和责任编辑兴康表示感谢。

作者

一九九一年十一月二十四日

刘勰身世与士庶区别问题

刘勰的生平事迹史书很少记载，现在留下的《梁书》和《南史》的《刘勰传》几乎是仅存的文献资料。这两篇传记过于疏略，甚至未详其生卒年月。清刘毓崧《通谊堂集·书文心雕龙后》，根据《时序篇》“暨皇齐驭宝，运集休明，太祖以圣武膺箓，高祖以睿文纂业，文帝以贰离含章，中宗以上哲兴运，并文明自天，缉遐（熙）景祚。今圣历方兴，文思光被”一段文字，考定《文心雕龙》成书不在梁时而在齐末。所据理由有三：一、《时序篇》所述，自唐虞至刘宋，皆但举其代名，而特于齐上加一皇字。二、魏晋之主，称谥号而不称庙号；至齐之四主，唯文帝以身后追尊，止称为帝，余并称祖称宗。三、历朝君臣之文，有褒有贬，独于齐则竭力赞美，绝无规过之词。《书后》又说：“东昏上高宗庙号，系永泰元年八月事，据高宗兴运之语，则成书必在是月之后。梁武帝受和帝之禅位，系中兴二年四月事，据皇齐驭宝之语，则成书必在是月之前。其间首尾相距，将及四载。”这一考证经过近人的研究，已渐成定谳。范文澜《文心雕龙注》根据此说进一步考定刘勰于齐明帝建武三、四年间撰《文心雕龙》，时三十三四岁，正与《序志篇》“齿在逾立”之文相契。从而推出刘勰一生跨宋、齐、梁三代，约当宋泰始初年（公元四六五年）生，至梁普通元、二年间（公元五二〇或五二一年）卒，得年五十六七岁。至此，刘勰的生平才有了一个比较清楚的轮廓（关于刘勰的卒年还有待于进一步探索）。杨明照《文心雕龙校注》就在这个基础上，参照《宋书》《南齐书》《梁书》《南史》并《梁僧传》中有关资料，加以对勘，写成《梁书刘勰传笺注》。这篇笺注虽不越《梁书》本传范围，但对刘勰的家世及其在梁代齐以后入仕的经历，都有相当丰富的增补。上述研究成果提供了不少线索，但仍留了一些问题尚待解决。这里首先想要提出刘勰的身世问题。

《梁书》本传说到刘勰的家世只有寥寥几句话：“刘勰字彦和，东莞莒人。祖灵真，宋司空秀之弟也。父尚，越骑校尉。勰早孤，笃志好学，家贫不婚娶，依沙门僧祐，与之居处，积十余年，遂博通经论，因区别部类，录而序之。”灵真、刘尚二人，史书无传，事迹已不可考。但是我们从这里知道灵真为宋司空秀之之弟，而秀之又是辅佐刘裕的谋臣刘穆之的从兄子。根据这条线索，就可以从刘穆之、刘秀之两传来推考刘勰的家世了。杨明照《本传笺注》曾参考有关资料，制出刘勰的世系表[①]。《本传笺注》分析刘勰的世系表说：“南朝之际，莒人多才，而刘氏尤众，其本支与舍人同者，都二十余人，虽臧氏之盛，亦莫之与京。是舍人家世渊源有自，其于学术，必有启厉者。”这里所说的臧氏，亦为东莞莒人，是一个侨姓大族，其中如臧焘、臧质、臧荣绪、臧严、臧盾、臧厥等，史书并为之立传。刘师培《中国中古文学史》称：“自江左以来，其文学之士，大抵出于世族。”[②]其中所举能文擅名的士族，舍琅邪王氏、陈郡谢氏、吴郡张氏、南兰陵萧氏、陈郡袁氏、东海王氏、彭城到氏、吴郡陆氏、彭城刘氏、会稽孔氏、庐江何氏、汝南周氏、新野庾氏、东海徐氏、济阳江氏外，就有东莞臧氏在内。《本传笺注》虽然没有明言刘勰出身士族，但以之比配东莞臧氏，似乎认为刘勰也是出身于一个士族家庭。这种看法在王利器《文心雕龙新书序录》中得到了进一步的肯定。《序录》作者直截了当地把刘勰归入士族。近来探讨刘勰出身的文章也多持此说。

刘勰究竟属于士族还是庶族，这是研究刘勰身世的关键问题。自然，在南朝社会结构中，无论士族或庶族，都属于社会上层（当时的下层民众是小农、佃客、奴隶、兵户、门生义故、手工业劳动者等）。但是由于南朝不仅承袭了魏文帝定立的九品中正门选制，而且逐渐形成了一种等级森严的门阀制度，因而使士族享有更大的特权。士、庶区别是南朝社会等级编制的一个特点。这一点我们可以举《南史·王球传》来说明："徐爰有宠于上，上尝命球及殷景仁与之相知。球辞曰：'士庶区别，国之章也。臣不敢奉诏。'上改容谢焉。"这里清楚地说明了士、庶区别是国家的典章。当时士族多是占有大块土地和庄园的大地主，有的甚或领有部曲，拥兵自保。晋代魏改屯田制为占田制后，士族可以按照门阀高低，荫其亲属。这也就是说，通过租税和徭役对被荫庇的族人和佃客进行剥削。他们的进身已无须中正的品评，问题全在区分血统，辨别姓望。在这种情况下，官有世胄，谱有世官，于是贾氏、王氏的"谱学"成了专门名家的学问，用以确定士族的世系，以防冒滥。士族拥有政治上、经济上的特权，实际上成了当时改朝换代的幕后操纵者。至于庶族则多属中小地主阶层，但是在豪族右姓大量进行搜刮、土地急剧集中的时代，他们占有的土地时有被兼并的危险。在进身方面，他们由于门第低卑，更是受到了压抑，绝不能像士族那样平流进取坐至公卿。《晋书》载刘毅陈九品有八损疏，第一条就是“上品无寒门，下品无世族”，意思说庶族总是沦于卑位。左思在《咏史诗》中也发出了“世胄蹑高位，英俊沉下僚”的感叹。到了宋、齐两朝，庶族进身的条件受到了更大的限制，《梁书·武帝纪》载齐时有“甲族以二十登仕，后门以过立试吏”的规定③。当时，虽然也有一些庶族被服儒雅，侥幸升迁高位，但都遭到歧视和打击。《晋书》记张华庶族儒雅，声誉日隆，有台辅之望，而荀勖自以大族，恃帝深恩，憎疾之，每伺闲隙，欲出华外镇。《宋书》记蔡兴宗居高位，握重权，而王义恭诋其“起自庶族”。兴宗亦言：“吾素门平进，与主上甚疏，未容有患。”《南齐书》称陈显达自以人微位重，每迁官，常有畏惧之色。尝谓其子曰：“麈尾扇是王谢家物，汝不须捉此自随。”这些事例充分说明士、庶区别甚至并不因位之贵贱而有所改变。所谓“服冕之家，流品之人，视寒素之子，轻若仆隶，易如草芥，曾不以为之伍”（《文苑英华》引《寒素论》）。所以，无论从政治上或经济上来说，庶族都时常处于升降浮沉、动荡不定的地位。

根据笔者对刘勰家世的考定，并参照他在著作中所表现的思想观点来加以印证，刘勰并不是出身于士族，而是出身于家道中落的贫寒庶族。理由有下面几点：

第一，按照士族身份的规定，首先在于魏晋间的祖先名位，其中以积世文儒为贵，武吏出身的不得忝列其数。可是我们在刘勰的世系表中，不能找到一个在魏晋间位列清显的祖先。秀之、灵真的祖父爽，事迹不详，推测可能是刘氏在东晋时的最早人物。《南史》只是说他做过山阴令，而晋时各县令系由卑品充任。至于世系表称东莞刘氏出自汉齐悼惠王肥后，则颇可疑。此说原本之《宋书·刘穆之传》，似乎应有一定根据。但是，南朝时伪造谱牒的现象极为普遍，许多新贵在专重姓望门阀的社会中，为了抬高自己的身价，编造一个做过帝王将相的远祖是常见的事。因此，到了后出的《南史》，就把《宋书·刘穆之传》中“汉齐悼惠王肥后”一句话删掉了。这一删节并非随意省略，而是认为《宋书·刘穆之传》的说法是不可信的。这一点，我们可以据《南史》改削《齐书》本纪一事推知。《齐书》本纪曾记齐高帝萧道成世系，自萧何至高帝之父，凡二十三世，皆有官位名讳。《南史·齐本纪》直指其诬说：“据齐、梁纪录，并云出自萧何，又编御史大夫望之，以为先祖之次。案何及望之，于汉俱为勋德，而望之本传，不有此言，齐典所书，便乖实录。近秘书监颜师古，博考经籍，注解《汉书》，已正其非，今随而改削云。”可见《南史》改削前史是以其有乖实录为依据的。据此，我们知道东莞刘氏不仅没有一个在魏晋间致位通显的祖先，而且连出于汉齐悼惠王肥后的说法也是不可靠的。这是刘勰并非出身士族的第一个证据。

第二，在刘氏世系中，史书为之立传的有穆之、穆之从兄子秀之、穆子曾孙祥和刘勰四人（其余诸人则附于各传内）。其中穆之、秀之二人要算刘氏世系中最显赫的人物。据《宋书》记载，穆之是刘宋的开国元臣，出身军吏，因军功擢升为前军将军，义熙十三年卒，重赠侍中司徒，宋代晋后，进南康郑公，食邑三千户。秀之父仲道为穆之从兄，曾和穆之一起隶于宋高祖刘裕部下，克京城后补建武参军，事定为余姚令。秀之少孤贫，何承天雅相器重，以女妻之；元嘉十六年，迁建康令，除尚书中兵郎。他在益州刺史任上，以身率下，远近安悦。卒后，追赠侍中司空，并赠封邑千户。穆之、秀之都被追赠，位列三公，食邑千户以上，自然应该归入官僚大地主阶级。可是，从他们的出身方面来看，我们并不能发现属于士族的任何痕迹。穆之是刘氏世系中最早显露头角的重要人物，然而史籍中却有着充分证据说明他是以寒人身份起家的。《宋书》记刘裕进为宋公后追赠穆之表说：“故尚书左仆射前军将臣穆之，爰自布衣，协佐义始，内端谋猷，外勤庶政，密勿军国，心力俱尽。”（此表为傅亮代刘裕所作，亦载于《文选》，题为《为宋公求加赠刘前军表》。）这里明白指出穆之出身于布衣庶族。《南史》也曾经说到穆之的少时情况，可与此互相参照：“穆之少时家贫，诞节，嗜酒食，不修拘检，好往妻兄家乞食，多见辱，不以为耻。其妻江嗣女，甚明识，每禁不令往。江氏后有庆会，属令勿来，穆之犹往，食毕求槟榔，江氏兄弟戏之曰：‘槟榔消食，君乃常饥，何忽须此？’妻复截发市肴馔，为其兄弟以饷穆之。”（此事亦见于宋孔平仲之《续世说》）这段记载正和上表“爰自布衣”的说法相契。在当时朝代递嬗、政局变化的情势下，往往有一些寒人以军功而被拔擢高位，参与了最高统治集团。但是，他们并不因此就得列入士族。这里可举一个突出的事例。《南史》称：“中书舍人纪僧真幸于武帝，稍历军校，容表有士风，谓帝曰：‘臣小人，出自本县武吏，邀逢圣时，阶荣至此，为儿婚得荀昭光女，即时无复所须，唯就陛下乞作士大夫。’帝曰：‘由江敩谢瀹，我不得措此意，可自诣之。’僧真承旨诣敩，登榻坐定，敩便命左右曰：‘移吾床让客。’僧真丧气而退，告武帝曰：‘士大夫故非天子所命。’”这个例子清楚说明身居高位的庶族乞作士大夫，连皇帝都爱莫能助。我们在《南史·刘祥传》里还可以找到有关穆之身世的一个旁证：“祥少好文学，性韵刚疏，轻言肆行，不避高下。齐建元中，为正员郎。司徒褚彦回入朝，以腰扇障日，祥从侧过曰：‘作如此举止，羞面见人，扇障何益？’彦回曰：‘寒士不逊。’”刘祥是穆之曾孙，时隔四世，仍被士族人物呼为“寒士”，更足以说明刘氏始终未能列入士族。“寒士”亦庶族之通称。（《唐书·柳冲传》称“魏氏立九品，置中正，尊世胄，卑寒士，权归右姓已”，即以寒士与世胄对举。）总之，细审刘穆之、刘秀之、刘祥三传的史实，刘氏出身布衣庶族，殆无疑义，这是刘勰并非属于士族的第二个证据。

第三，再从刘勰本人的生平事迹来看，我们也可以找到一些线索。首先，这就是《梁书》本传所记下面一段话：“初，勰撰《文心雕龙》……既成，未为时流所称。勰自重其文，欲取定于沈约。约时贵盛，无由自达，乃负其书候约出，干之于车前，状若货鬻者。”据《范注》说，《文心雕龙》约成于齐和帝中兴初。案此时刘勰已居定林寺多年，曾襄佐僧祐校订经藏，且为定林寺僧超辩墓碑制文（据《梁僧传》载，超辩卒于齐永明十三年），不能说是一个完全默默无闻的人物。另一方面，当时沈约与定林寺关系也相当密切，这里只要举出定林寺僧法献于齐建和末卒后由他撰制碑文一事即可说明。法献为僧祐师④，齐永明中被敕为僧主，是一代名僧。刘勰与僧祐关系极为深厚，而僧祐地位又仅次于其师法献。沈约为法献碑制文在建武末，《文心雕龙》成书在中兴初，时间相距极近。在这种情况下，刘勰如果要使自已的作品取定于沈约，似乎并不十分困难。为什么《文心雕龙》书成之后，刘勰不利用自己在定林寺的有利地位以及和僧祐的密切关系去会见沈约，相反却无由自达，非得装成货鬻者干之于车前呢？这个疑问只能用“士庶天隔”的等级界限才能解答。南朝士族名士多以拒庶族寒人交际为美德。庶族人物即使上升为贵戚近臣，倘不自量，往见士族，仍不免会受到侮辱。这类故事史籍记载极丰，不烦赘举。沈约本人就是极重士、庶区别的人物，《文选》载他所写的《奏弹王源》一文可为证。东海王源为王朗七世孙，沈约以为王源及其父祖都位列清选，竟嫁女给富阳满鸾；虽然满鸾任吴郡主簿，鸾父璋之任王国侍郎，可是满氏“姓族士庶莫辨”，因此“王满连姻，实骇物听”，玷辱世族，“莫斯为甚”。刘勰要使自己的作品取定于这样一个人物，只有出于装成货鬻小贩之一途了。其次，《梁书》本传又说，沈约得书取读后，“大重之，谓为深得文理，常陈诸几案”。沈约重视的原因，前人多有推测，以为在于《声律篇》，因为它和沈约自诩独得胸襟的《四声谱》有相契之处。纪昀《沈氏四声考》曾谓：“勰以宗旨相同，故蒙赏识。”这是不无理由的。距此时不久，刘勰就于梁天监初起家奉朝请，进入仕途了[⑤]。不过，尽管《文心雕龙》见重于沈约，尽管刘勰入仕后又被昭明太子所爱接，但二人的史传和留下的文集，竟没有一件事涉及刘勰，也没有出现一句对他称道的话，可见他仍旧“未被时流所称”[⑥]，其原因很可能和他出身微贱有关。此外，刘勰少时入定林寺和不婚娶的原因，也只有用出身于贫寒庶族这件事才能较为圆满地说明。史称南朝赋役繁重，人民多所不堪，只有士族特邀宽典，蠲役免税。庶族自然不会得到优免。根据当时历史记载，一般平民为了避免沉重的课输徭役，往往只有进入寺庙，因为寺庙是享有特权的地方，入寺庙后可以不贯民籍，免于向政府纳税服役。《魏书·释老志》已有“愚民侥幸，假称入道，以避输课”之语。《南史·齐东昏侯纪》称：“诸郡役人，多依人士为附隶，谓之属名，出家疾病者亦免。”《弘明集》载桓玄《与僚属沙汰僧众教》称：“避役钟于百里，逋逃盈于寺庙，乃至一县数千，猥成屯落。邑聚游食之群，境积不羁之众。”又僧顺《释三破论》引《三破论》曰：“出家者未见君子，皆是避役。”明明说出当时因避租役而入寺庙是普遍现象。当然，不可否认，刘勰入定林寺可能还有其他原因，如佛教信仰以及便于读书等等（当时的寺庙往往藏书极丰）。不过，我们不能把信仰佛教这一点过于夸大，因为他始终以“白衣”身份寄居定林寺，不仅没有出家，而且一旦得到进身机会，就马上离开寺庙登仕去了，足证他在定林寺时期对佛教的信仰并不十分虔诚。再就刘氏家世来看，亦非世代奉佛，与佛教关系并不密切⑦。他自称感梦撰《文心雕龙》，梦见的是孔子，而不是释迦。《文心雕龙》书中所表现的基本观点是儒家思想，而不是佛学或玄学思想。这一切都充分说明他入定林寺依沙门僧祐居处的动机并不全由佛教信仰，其中因避租课徭役很可能占主要成分⑧。至于他不婚娶的原因，也多半由于他是家道中落的贫寒庶族的缘故。《晋书·范宁传》《宋书·周朗传》都有当时平民“鳏居每不愿娶，生儿每不敢举”的记载。总之，从刘勰本人的一些事迹来看，只能用出身庶族、家境贫寒的原因才可以说明，否则便很难解释。这是刘勰并非属于士族的第三个证据。

有了上面三个证据，现在回过头来，参照一下《文心雕龙》所表现的思想观点来加以印证，我们也可以得到同样的结论。

《文心雕龙》是一部文学理论著作，刘勰并没有在这部论著中对当时的社会问题、政治问题直接表示看法。自然，我们从《文心雕龙》的思想体系和基本观点也可以推出刘勰的政治倾向。不过，这里需要找到一些可以用来论证刘勰家世的更直接的材料。就这方面来说，我以为《程器篇》是一篇最值得重视的文字。刘勰在这篇文章中论述了文人的德行和器用，藉以阐明学文本以达政之旨。其中寄慨遥深，不仅颇多激昂愤懑之词，而且也比较直接正面地吐露了自己的人生观和道德理想。纪昀评《程器篇》说：“观此一篇，彦和亦发愤而著书者。观《时序篇》，此书盖成于齐末，彦和入梁乃仕，故郁郁乃尔耶。”纪昀这个说法虽然也看出一些问题，可是没有进一步去发掘其中意蕴，究明刘勰的愤懑针对哪些社会现象，只是笼统地斥之为“有激之谈，不为典要”就一笔带过了。直到最近，刘永济《文心雕龙校释》始对《程器篇》作出较充分的分析。兹摘要录下：“细绎其文，可得二义：一者，叹息于无所凭借者之易召讥谤；二者，讥讽位高任重者，怠其职责，而以文采邀誉。于前义可见尔时之人，其文名籍甚者，多出于华宗贵胄，布衣之士，不易见重于世。盖自魏文时创为九品中正之法，日久弊生……宋齐以来，循之未改……至隋文开皇中，始议罢之。是六代甄拔人才，终不出此制。于是士流咸重门第，而寒族无进身之阶，此舍人所以兴叹也。于后义可见尔时显贵，但以辞赋为勋绩，致国事废弛。盖道文既离，浮华无实，乃舍人之所深忧，亦《文心》之所由作也。”这里显然把刘勰的愤激归结到士庶区别问题上面。现在我们就从《程器篇》援引下面几段文字来加以说明。

一、“古之将相，疵咎实多。至如管仲之盗窃，吴起之贪淫，陈平之污点，绛灌之谗嫉，沿兹以下，不可胜数。孔光负衡据鼎，而仄媚董贤，况班马之贱职，潘岳之下位哉！王戎开国上秩，而鬻官嚣俗，况马杜之磬悬，丁路之贫薄哉！”——这里列举的前人仅西晋王戎时间最近，且出身势豪。（《晋书·王戎传》说他：“好兴利，广收八方园田，水碓周遍天下，积实聚钱，不知纪极。”）其余管仲以下诸人，已经年代绵邈，似乎与士、庶区别问题无关。但是“纪评”指为非为典要的有激之谈正是针对这一段文字而发。细审其旨，我们可以看出刘勰在这里含有借古喻今的深意，表面似在指摘古代将相，实际却是箴砭当时显贵。《奏启篇》以“不畏强御，气流墨中，无纵诡随，声动简外”为楷式，《谐谵篇》用“心险如山，口壅若川，怨怒之情不一，欢谑之言无方”来解释民间嘲谑产生的原因，也都是从这种精神出发的。这一点，只要再看一看下面一段引文就更可以明白。

二、“盖人禀五材，修短殊用，自非上哲，难以求备。然将相以位隆特达，文士以职卑多诮，此江河所以腾涌，涓流所以寸折者也。名之抑扬，既其然矣；位之通塞，亦有以焉。”——这一段话最早为鲁迅所重视，他曾经在早期著作《摩罗诗力说》中加以援引，并指出：“东方恶习尽此数言。”从这段话里，我们可以清楚看到，刘勰对于当时等级森严的门阀制度产生的种种恶习所感到的愤懑和不平。正如《校释》所说，他一方面慨叹于布衣寒族无所凭借而易招讥谤，另方面不满于贵胄士流位高任重而常邀虚誉。《史传篇》：“勋荣之家虽庸夫而尽饰，迍败之士虽令德而常嗤；理欲吹霜煦露，寒暑笔端，此又同时之枉，可为叹息者也!”刘勰推崇“良史直笔”，而指摘某些史臣文士专以门阀高低作为褒贬的标准，亦同申此旨。

三、“士之登庸，以成务为用。鲁之敬姜，妇人之聪明耳，然推其机综，以方治国，安有丈夫学文，而不达于政事哉?”——这里以妇人聪明来说明学文以达政之旨，寓有箴砭时弊之意。当时士族多不问政事，流风所扇，虽所谓英君哲相亦不能免，甚至武人亦沿其流。朝士旷职，多见宽容。《南齐书·褚渊传》称：“贵仕素资，皆由门庆。平流进取，坐至公卿。则知殉国之感无因，保家之念宜切。”《梁书·何敬容传》载姚察之论曰：“宋世王敬弘，身居端右，未尝省牒。风流相尚，其流遂远。望白署空，是称清贵，恪勤匪懈，终滞鄙俗。是使朝经废于上，职事隳于下。”《陈书·后主纪论》曰：“自魏正始、晋中朝以来，贵臣虽有识治者，皆以文学相处，罕关庶务，朝章大典，方参议焉。文案簿领，咸委小吏，浸以成俗。迄至于陈，后主因循，未遑改革。”这类情况，史不绝书，几乎随处可见。士流不问政事是由于尚于玄虚，贵为放诞。事实上，玄谈在当时已成了登仕之阶。《世说新语》曾记张凭因清谈得到刘真长赏识而被举为太常博士。任彦昇在《为萧扬州作荐士表》中更直截了当地提出“势门上品犹当格以清谈”。这些都说明了属言玄远方能入仕。刘勰在《明诗篇》中也批评了江左玄风“嗤笑徇务之志，崇盛亡机之谈”的不良倾向。《议对篇》则以贵媵还珠之喻斥责了“不达政体”的浮华文风。这种批评和《程器篇》“学文达政”的主张是声气相通、原则同贯的。

四、“文武之术，左右惟宜，郤縠敦书，故举为元帅，岂以好文而不练武哉！孙武兵经，辞如珠玉，岂以习武而不晓文也！”——刘勰为什么以文人习武作为衡量梓材之士的标准呢？此说人多以为异。但是，我们如果参照一下当时的时代背景，也就不难发现刘勰倡立此说的由来。史称齐梁之际，“内难九兴，外寇三作”，刘勰撰《文心雕龙》正在此时。当时中原沦丧已久，北魏迁都洛阳，出兵南侵，萧齐皇朝不仅毫无御侮决心，反而不断演出了自相残杀的丑剧。南渡后，士族偏安江左，过着糜烂腐朽的生活，耽好声色，体羸气弱。这一点，可引《颜氏家训·勉学篇》的一段文字来说明：“梁朝全盛之时，贵游子弟，多无学术，至于谚云‘上车不落则著作，体中何如则秘书’，无不熏衣剃面，傅粉施朱，驾长檐车，蹑高齿屐，坐棋子方褥，凭斑丝隐囊，列器玩于左右，从容出入，望若神仙。夫射御书数，古人并习，未有柔靡脆弱如齐梁子弟者。士习至此，国事尚可问哉？”刘勰就是在这种情况下提出文事武备并重之论的。

五、“君子藏器，待时而动，发挥事业，固宜蓄素以弸中，散采以彪外，楩楠其质，豫章其干，摛文必在纬军国，负重必在任栋梁，穷则独善以垂文，达则奉时以骋绩，若此文人，应梓材之士矣。”——此说出于儒家。孔子：“用之则行，舍之则藏。”孟子：“得志，泽加于民；不得志，修身见于世。穷则独善其身，达则兼善天下。”是其所本。这种人生观决定了刘勰的愤懑和不平，不会超越“在邦无怨，在家无怨”的儒家思想界线。纪昀说他由于郁郁不得志而发愤著书，这个论断，大体不差。《诸子篇》“身与时舛，志共道申”的感叹，也同样说明了“穷则独善以垂文”的道理。

根据上面的引文和说明来看，《程器篇》在许多场合都对士庶区别这一社会现象提出了批评，而这种批评是正符合于一个贫寒庶族的身份的。由此同样得出了刘勰并非属于士族的结论，正与上文考定刘勰家世所得证据完全一致。确定了刘勰属于庶族，就不难发现，他的一生经历都和他的出身有关。在等级森严的门阀制度中，贫寒庶族往往处于动荡不定的地位：在经济上遭到排挤，在进身上受到歧视，甚至在日常生活方面也得时时忍辱含垢。这种受压抑、不稳定的地位使他们对当时社会中的某些黑暗现象感到不满。

刘勰的一生，经过了入寺—登仕—出家三个阶段。他在第一个时期，由于出身低微，家境贫寒，在不得已的情况下进入寺庙，采取了“穷则独善以垂文”的权变之计，发愤著书[⑨]。他在《文心雕龙》中，吐露了内心的不平和愤懑，反对了代表门阀标榜的浮华尚玄的文风，提出了文质并重的文学主张。从思想体系上来说，他恪守儒家的思想原则和伦理观念。《文心雕龙》基本观点是“宗经”。他处处都在强调仁孝，对儒家称美的先王和孔子推崇备至。从入寺以来，他就一直怀着儒家经世致用发挥事业的理想，当他一旦有了进身机会，认为自己可以实现自己的抱负时，就马上登仕去了。因而，他从第一阶段到第二阶段，即由居寺而登仕，完全是合逻辑的发展。这正反映了所谓“穷则独善以垂文，达则奉时以骋绩”的人生观。他在第二个时期由于有了个人的前途，社会地位骤然提高，从而在思想上也就产生了相应的变化。他自梁天监初起家奉朝请后，就在言行上充分表现出亦步亦趋地趋承萧梁皇朝的意向。《梁书》本传称：“时七庙飨荐，已用蔬果，而二郊农社，犹有牺牲；勰乃表言二郊宜与七庙同改。诏付尚书议，依勰所陈。迁步兵校尉，兼舍人如故。”据《本传笺注》分析：“步兵校尉因陈表而迁。”此说甚是。梁武帝即位不久即长斋素食，曾三次舍身入寺。刘勰陈表正好投合了这种需要[10]。此外，我们还可以从刘勰在这个时期所写的《灭惑论》找到更有力的证据。这篇论著标志着刘勰由儒家古文学派立场转变到向玄佛合流（此事将在下章中详论）。《灭惑论》中有一段话说：“张角、李弘，毒流汉季；卢悚、孙恩，乱盈晋末；余波所被，实蕃有徒。”刘勰反对奉太平道的张角和五斗米道的孙恩，似乎是佛道之争。卢悚亦奉天师道。李弘事迹不详，但为道教徒似无疑问。《老君音诵戒经》云：“称名李弘，岁岁有之。”晋时李弘有五，但在汉代史籍中，则尚未查出李弘名字。《灭惑论》所谓“余波所被，实蕃有徒”，正是指此而言。事实上，这种思想乃在于维护社会的统治力量。《诸子篇》：“昔东平求诸子、《史记》，而汉朝不与，盖以《史记》多兵谋，而诸子杂诡术也。”照刘勰看来，兵谋诡术都是造成社会动乱的祸源，因此他对于儒家经典以外的《史记》、“诸子”颇多微词。尽管刘勰在仕途中抛弃了以前的愤懑，竭力趋承萧梁皇朝的意向，幻想通过妥协道路去实现自己纬军国、任栋梁的理想；可是，看来他在仕途中并不得志。梁武帝学兼内外，奉佛教而不废儒书，曾经在这两方面发起过许多活动，史籍和《弘明集》都留下不少记载，其中却找不到刘勰参与的任何痕迹，可见他并未得到梁武帝的重视。到了晚年，他仍落入以前郁郁不得志的处境。梁武帝只命他和僧人一起撰经。他的地位又和入寺时相差无几了。终于他选择了出家遁世的途径，作为自己的归宿。据《梁书》本传称：“有敕与慧震沙门于定林寺撰经。证功毕，遂启求出家，先燔鬓发以自誓，敕许之。乃于寺变服，改名慧地。未期而卒。”刘勰用燔鬓发自誓的坚决态度来祈求出家，可能由于在仕途上感到了幻灭，怀有说不出的苦衷。这就是他由第二阶段到第三阶段，即由仕途而出家的原因。综上所述，刘勰的一生经历正表明了一个贫寒庶族的坎坷命运。他怀着纬军国、任栋梁的入世思想，却不得不以出家作为结局。他不满于等级森严的门阀制度，却不得不向最高统治集团进行妥协。他恪守儒家古文学派立场反对浮华文风，却不得不与玄佛合流的统治思潮沆瀣一气。这些矛盾现象只有通过他的时代和身世才能得到最终的说明。

注：

① 杨明照《梁书刘勰传笺注》所制刘勰世系表如下：

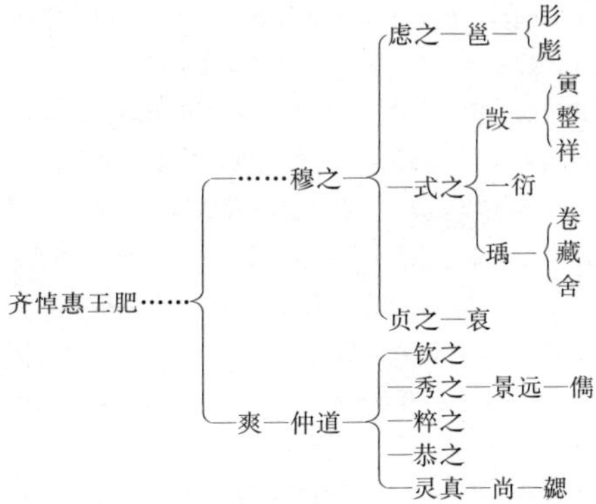

（此表载于一九七九年《中华文史论丛》第一辑经作者增订过的《梁书刘勰传笺注》。同刊同一期发表了笔者收入本书的第一章《刘勰身世与士庶区别问题》，其中附有一九七八年有关《刘岱墓志》的《补记》。在《补记》中我说明可据此以增补杨明照所撰刘氏世系表，应加上刘抚、刘岱二人。一九八二年底出版的杨明照《文心雕龙校注拾遗》已将刘抚、刘岱之名补入。——《文心雕龙创作论》二版补记。）

② 在史籍和前人著作中，"士族"一词并无统一用法，有时又称"世族""势族""世胄""右族""右姓""高门""甲族""势门"等。"庶族"一词亦同，有时又称"寒门""寒人""寒族""寒素""寒士"等。

③ 刘勰没有正面批评九品官人法，但他同情两汉的察举制度，而对魏晋以来徒具虚名的秀孝策试则颇多微词。《议对篇》云："汉饮博士，而雉集乎堂，晋策秀才，而麏兴于前，无他怪也，选失之异耳。"这里多少透露他对九品官人法以后的选举制度的不满。钟嵘和他的态度不同。《梁书·钟嵘传》记嵘之言曰："若吏姓寒人，听极其门品，不当因军，遂滥清级。"

④ 《梁僧传》只称僧祐"师事僧范道人，受业于沙门法颖"。玄畅《法献传》则称"献弟子僧祐"。汤用彤《汉魏两晋南北朝佛教史》亦称："按《珠林》所载，称献为先师，僧祐乃献弟子，此记（指《法苑珠林》之《佛牙感应记》——引者）乃祐之手笔。"《法献传》记献于永明中任僧主后，"被敕三吴，使沙简二众"。《僧祐传》则称：祐于"永明中，敕入吴，试简五众"。疑二人当系同时被敕入吴弘法。

⑤ 近来有人曾以刘勰入仕一开始就奉朝请而断言他"自必属于士族"。这个说法是不正确的。案：《文献通考》称："汉律：'诸侯春朝天子曰朝，秋曰请。'……奉朝请，无员，本不为官。汉东京罢省三公、外戚、皇室、诸侯，多奉朝请。奉朝请者，奉朝会请召而已。"南朝时是否只有士族始得奉朝请，未可遽断。据《通考》称，宋武帝永初以来，就已经有"朝请选杂"的情况，至齐更是"人数猥积"，永明中，奉朝请"多至六百余人"。撇开这种情况不说，我们也不可依据刘勰以奉朝请入仕这一单文孤证来断定他必属士族。当时少数寒人或由于被服儒雅，或由于军功及其他种种特殊原因，亦可破例得入清选。前文所举张华、蔡兴宗、陈显达诸人，就都是以庶族致位通显。这里还可再举萧梁时代一个事例来说明。梁武帝时，中书通事舍人一职，曾先后由周舍、朱异二人担任。汝南周舍出身士族，朱异则为寒人。异尝言："我寒士也，遭逢以至今日，诸贵皆恃枯骨见轻，我下之则为蔑尤甚，我是以先之。"梁时统治者采取了拔擢寒人的政策，完全是由于政治上的需要。梁武帝于齐末上表陈："设官分职，惟才是务。若八元立年，居皂隶而见抑；四凶弱冠，处鼎族而宜甄。是则世禄之家，无意为善；布衣之士，肆意为恶，岂所以弘奖风流，希向后进。"即位后，又屡有求才之诏。天监八年五月诏曰："虽复牛监羊肆，寒品后门，并随才试吏，勿有遗隔。"正因为这缘故，《颜氏家训》才有"举世怨梁武父子爱小人而疏士大夫"之语。

⑥ 明冯允中谓《文心雕龙》见重于沈约后遂为"当时所贵"，这只能说是出于悬揣。事实

上，《文心雕龙》一书，直到唐代才逐渐有了较大的影响。刘知幾首先给予它一定的评价。唐代的古文运动自然会使最早揭橥宗经的《文心雕龙》得到重视。孔颖达曾经援用《文心雕龙》为经籍作注疏。不过这种影响毕竟还有限，只要看颜师古《匡谬正俗》尚且把刘勰的名字误作"刘轨思"就足以说明了。确定《文心雕龙》较高地位的是清代。章学诚曾有"体大而虑周"的评估。晚近，章太炎《五朝学》继清代汉学家朱彝尊、钱大昕等人余绪，对魏晋以来的学术思想进行重新估价，更起了推波助澜作用，使《文心雕龙》取得了更大影响。黄侃《文心雕龙札记》、刘师培《中国中古文学史》等大抵都是这种潮流下的产物。

⑦　《续僧传·法融传》称："宋初刘司空在丹阳牛头山造佛窟寺，其家巨富，访写藏经书，用以永镇山寺，至贞观十九年全毁于火。"汤用彤《佛教史》以为《续僧传》中的宋初刘司空"疑系刘穆之或刘秀之"。此说不可信。案：刘穆之、刘秀之传中并无奉佛记载，而《佛窟寺经藏》一事，《祐录》亦未曾著录。我们知道，《祐录》系刘勰襄佐僧祐编定。倘佛窟寺果为穆之或秀之营造，则刘勰绝不会对于寺中的经藏茫然无知。为什么《祐录》著录了《大云邑经藏》《定林寺经藏》《建初寺经藏》等名目，独于《佛窟寺经藏》只字不提呢？这是很难解释的疑问。据宋张敦颐《六朝事迹编类》中《寺院门第十一》称，佛窟寺乃"梁天监中，司空徐庆造"。

⑧　我认为刘勰很可能因避租役而进入寺庙，这里还需要解决两个问题：第一，他在当时是不是并不享有蠲役免税的特权？第二，他在入寺前是不是由于家贫而无力负担租役？先说第一个问题，刘氏东莞人，隶南徐州。刘宋初期，对徐、青、兖三州侨人表示优异，所以使之独异于其他诸郡，未土断，不著籍。根据这种情况来看，东莞刘氏自然可以得到蠲役免税的优待。不过，刘氏享受这种特权为时并不长久。宋孝武帝孝建元年纪已有"是岁始课南徐州侨民租"之文。据此，至孝建元年时，南徐州不著籍的侨民也要和旧民一样同输租课了。第二，《梁书》本传称勰少时家贫，这个说法曾经引起了不少怀疑。在刘氏世系中，穆之、秀之位望不可谓不高，家产不可谓不富，为什么到了刘勰竟会变得贫穷起来了呢？回答这个疑问并不困难。首先我们必须注意：穆之、秀之的后嗣在齐代宋后，已经家道中落，经过几次降封削爵，土地大为减少，地位日渐下降。纵然他们仍据有一定位望，占有一定的土地，而刘勰却并不能因此享受同样权利。因为在南朝社会中普遍存在着同族分异不能相恤的现象。《宋书·周朗传》载朗上书曰："今士大夫以下，父母在而兄弟异计，十家而七矣。庶人父子殊产，亦八家而五矣。凡甚者，乃危亡不相知，饥寒不相恤，又嫉谤谗害，其间不可称数。宜明其禁，以革其风，"参考史事，宗族能同居者极少，群从同居者更寡。穆之曾孙彤因坐刀砍妻夺爵后，以弟彪绍封。彪坐庙墓不修，削爵为羽林监，后又坐与亡弟母杨别居，杨死不殡葬，为有司弹奏。这种连弟母都生不奉养死不殡葬的情况，正可作为周朗所谓"危亡不相知，饥寒不相恤"的一个佐证。事实上，同族同宗的穷人往往成了被剥削被虐待的对象，这是荫亲属占田制的必然结果。刘勰祖父灵真是否为秀之兄弟，据《范注》说尚有疑问。纵使这是事实，

到了三世以后亲属关系已极疏远，在当时同族分异、并不相恤的情况下，刘勰丧父后，仍然会落入微贱贫穷境地。

⑨　《文心雕龙》是刘勰这一时期的主要事业。梁绳祎《文学批评家刘彦和评传》说："刘勰《文心》不过是治佛经的一种副业……只是他少年草草的作品。"此说断案不确。无论从系统、规模甚至搜集资料所需的时间和酝酿构思所需的精力各方面来看，《文心雕龙》都不是"草草的作品"。《梁书》本传称"勰自重其文"，更可为证。

⑩　梁武帝素食断杀是为了宣扬因果报应的迷信思想。《广弘明集》载他的《断酒肉文四首》，开宗明义就有"行十恶者受恶报，行十善者受善报"的说法。显然，这是他用来欺骗人民的一种手段。在当时，断杀成了朝廷上的一件大事。《广弘明集》中《叙梁武帝断杀绝宗庙牺牲事》一文称："梁高祖武皇帝临天下十二年下诏去宗庙牺牲，修行佛戒，蔬食断欲。"案：此事系由上定林寺沙门僧祐、龙华邑正柏超度等上表陈请，敕付尚书详议。其时朝臣中分成两派，主断者有兼都令史王述，反对方面则有议郎江贶等多人。梁武帝使周舍难贶，乃下诏绝宗庙牺牲。刘勰陈表，据《本传笺注》考定"在天监十八年正月后"。经过上面一番周折，刘勰表陈二郊宜与七庙同改，自然不难得到梁武帝的赏识。

一九六一年

补记：

一九六九年，江苏句容出土了南齐《刘岱墓志》，未残损，碑文完整。现撮要录下：

高祖抚，字士安，彭城内史。曾祖爽，字子明，山阴令。祖仲道，字仲道，余姚令。父粹之，字季和，大中大夫。南徐州东莞郡莒县都乡长贵里刘岱，字子乔。君齠年岐嶷，弱岁明通，孝敬笃友，基性自然，识量淹济，道韵非假。山阴令，淬太守事，左迁，尚书札，白衣监余杭县。春秋五十有四，以永明五年太岁丁卯夏五月乙酉朔十六日庚子遘疾，终于县廨。粤其年秋九月癸

> 未朔廿四日丙午，始建坟茔于扬州丹阳郡句容县南乡糜里龙窟山北。记亲铭德，藏之墓右。悠悠海岳，绵绵灵绪。或秦或梁，乍韦乍杜。渊懿继芳，世盛龟组。德方被今，道乃流古。积善空言，仁寿茫昧。清风日往，英猷长晦。奠设徒陈，泉门幽暧。敢书景行，敬遗千载。

这一《墓志》可增订前注刘勰的世系表。在刘爽名上应增刘抚，在刘粹之名下应增刘岱。刘抚当为东莞刘氏之远祖，而刘岱则为刘勰的堂叔。刘抚、刘岱，史书无传。刘抚距穆之、仲道已有三世，估计当为晋代人物。《晋书》于汉帝刘氏之后，多为之立传。如刘颂（《列传十六》）、刘乔（《列传六十一》）、刘琨（《列传三十三》）、刘隗（《列传三十九》）、刘超（《列传四十》）、刘兆（《列传六十一》）等。更值得注意的是《列传五十一》载刘胤为“汉齐悼惠王肥之后”，但他的籍贯并非东莞莒县，而是东莱掖人。胤卒后，子赤松嗣，尚南平公主，位至黄门郎，义兴太守。从以上诸传中，都找不到有关刘抚的线索，这更使我觉得《宋书·刘穆之传》称他为“汉齐悼惠王肥之后”的说法是可疑的。

南齐《刘岱墓志》还有一点很值得注意，这就是它增加了颂功铭德的内容，这是东晋墓志所没有的。南齐《刘岱墓志》所出现的这一新的特点，正和刘勰《诔碑篇》“写实追虚，诔碑以立，铭德慕行，文采允集”之说相契。

《文心雕龙创作论》二版附记：

这几年研究刘勰卒年，具有代表性的新说有二。一是杨明照据宋释志磐《佛祖统纪》，推断刘勰卒年“非大同四年即次年”（说详《文心雕龙校注拾遗》）。一是李庆甲据元释念常《佛祖历代通载》，推断刘勰卒于“中大通四年”（说详一九七八年《文学评论丛刊》第一辑《刘勰卒年考》）。后一说大概是这几年重新考定刘勰卒年的最早文献。解放前出版的刘汝霖《东晋南北朝学术编年》一书早已涉及这一问题。上举李庆甲文中曾经提及此书。此书作者就是据宋释志磐《佛祖统纪》推断刘勰卒于大同四、五年之际的。现引其文如下：

> 中大通三年辛亥（公元五三一年）
>
> 梁太子统卒。（诏司徒左长史王筠为哀册文。）
>
> 大同四年戊午（公元五三八年）
>
> 梁刘勰出家为僧。刘勰为文长于佛理，京师寺塔及名僧碑志，必请勰制文。有敕与慧震沙门于定林寺撰经，证功毕，遂求出家，先燔须发自誓，敕许之，乃于寺变服，改名慧地，未期而卒。文集行于世。
>
> 〔出处〕《佛祖统纪》卷第三十七，《梁书》卷五十《刘勰传》，《南史》卷七十二《列传》六十二《刘勰传》。

刘汝霖《东晋南北朝学术编年》注明刘勰卒年出处是引自《佛祖统纪》，但又据《南史》卷五十一《列传》第四十三《梁武帝诸子》所记昭明太子卒于中大通三年来订正《佛祖统纪》之误。《佛祖统纪》把昭明太子卒年中大通三年误为大同三年。此与祖琇《隆兴佛教编年通论》并同。后者曾被陈垣目为“编纂有法，叙论娴雅”（《中国佛教史籍概论》）之作。它是《佛祖统纪》等著作成书时的蓝本或参考资料。

《通论》把昭明太子一段文字置于大同元年《法师慧得》之后，虽未标明年号，但就此书体例来看，它所说的三年自然指的是大同三年。于是由此就产生了刘勰卒年的两种不同说法。刘汝霖《东晋南北朝学术编年》一方面据《南史》纠正了《佛祖统纪》记昭明太子卒年之误，另方面又仍旧沿袭《佛祖统纪》推定刘勰卒于大同四年之说。（杨明照《梁书刘勰传笺注》并同。）殊不知，这是忽视了一个不应忽视的要点，即《佛祖统纪》是把刘勰简历紧附于昭明太子事迹之后。因此订正了昭明太子的卒年，就必须同时订正刘勰事迹的系年，将两者都改作中大通年代才是。念常《佛祖历代通载》正是这样做的。《通载》据正史订正了昭明太子卒年，并将刘勰事迹附于其后，即中大通三年。李庆甲据此推断刘勰卒于中大通三、四年，而以中大通四年可能性更大。我认为倘以宋、元释家的编年记载来推考刘勰卒年，当以后一说较为合理。

不过，我以为据祖琇、志磐、本觉、念常、觉岸诸作来推断刘勰卒年并不是十分可靠的。第一，何以《梁书》《南史》等史籍都没有提到（或不能确定）刘勰的卒年，而事隔数百年之后，到了宋元之际，这个一向悬而未决的问题，竟突然迎刃而解了呢？解决这个问题的根据又是什么？上述佛家编年史书都没有提供任何有力证据，甚至连单文孤证或可供我们去按迹追寻的线索也没有。第二，不论是《佛祖统纪》或者是《佛祖历代通载》，虽然都是按编年体裁撰写的，可是这两部书都以刘勰事迹附于昭明太子事迹之后。同时，又都是以昭明太子事迹为主体，为了记叙昭明而兼及刘勰的。撰者涉及刘勰的原因是由于他“雅为太子所重”。例如《通载》就是将刘勰事迹附述于昭明事迹文末。这就很使人怀疑念常这样做究竟是认为刘勰逝于昭明太子卒后，还是出于行文的方便，而并不是严格地按照编年的顺序去兼述刘勰事迹？我认为，后者不是没有可能性的。

一九八四年

《灭惑论》与刘勰的前后期思想变化

刘勰著述，除《文心雕龙》外，现存仅《弘明集》卷八载《灭惑论》与《会稽掇英总集》卷十六载《梁建安王造剡山石城寺石像碑》两文[①]。这两篇文章近来很引起人们瞩目，不少论者往往用它们作为研究《文心雕龙》的补充资料，藉以探索刘勰的文学观和世界观。《序志篇》称："《文心》之作也，本乎道。"《原道篇》列为《文心雕龙》之首，其中第一句话就说："文之为德也大矣。"过去注释家多训"德"为"德行"或"意义"，均失其解（德者，得也，若物德之德。犹言某物之所以得成为某物）。"文之为德"也就是说文之所由来的意思。按照刘勰的看法，文学是怎样产生的呢？《原道篇》就是对于这个问题所作的回答。但是《原道篇》关于"道"的涵义仍旧说得十分隐晦。鲁迅《汉文学史纲要》称："梁之刘勰，至谓'人文之元，肇自太极'，三才所显，并由道妙。……其说汗漫，不可审理。"近来，由于人们发现《灭惑论》与《石像碑》都涉及"道"的概念，于是就把它们和《原道篇》引为连类，加以互证，企图由此来阐明刘勰文原于道的主张。《灭惑论》尤其受到重视，因为其中有下面一段话："至道宗极，理归乎一。妙法真境，本固无二。佛之至也，则空玄无形，而万象并应，寂灭无心，而玄智弥照。幽数潜会，莫见其极。冥功日用，靡识其然。但万象既生，假名遂立。梵言菩提，汉语曰道。”这里明白提出了“梵言菩提，汉语曰道”的说法，更使人深信《原道篇》和《灭惑论》都是阐明同一个“道”的概念，于是断定两者可以互训。

表面看来，这个论断似乎不无理由。但是我们如果仔细考察一下《原道篇》和《灭惑论》的不同写作时期以及它们之间所显示的思想变化痕迹，那么就不难看出这两篇论著是在各自不同的涵义上使用“道”这一名词的。这里首先存在着同一名词的不同涵义问题。理论研究工作最大困难之一，就在于确定专门名词的特定涵义。同一个专门名词不仅在属于不同流派的思想家那里时常具有截然异趣的意蕴，甚至就是在同一作家笔下也往往会出现不同涵义。这种情况几乎为任何理论著作所难免。正如马克思在《资本论》中所说：“把一个专门名词用在不同意义上是容易引起误会的，但没有一种科学能把这个缺陷完全免掉。把高级数学和低级数学比较看看。”（《资本论》本身就在不同场合用“必要劳动时间”一词来表示两种不同的意义。）我国古代论著由于用语缺乏科学性，同语异义的专门名词更是屡见不鲜。碰到这种情况，我们只有随文抉择，才不致望文生解。佛学著作，名相纷繁，前人早称难读，原因在于它有一套自成体系的特殊用语。《灭惑论》正是这样一篇属于佛教义学的论文。在早期佛学著作中，“道”或“佛道”是一个经过汉化的专门名词。佛教于汉代传入中国，最初附于道术，或被视为道术之一种。当时谈论佛法的人，多不谙梵文原本，对佛教义学钻研未精，以致无法表达佛家的特有术语，只有借助于我国固有的名词来代替。例如最早所出《四十二章经》即称佛教为“释道”，学佛则曰“为道”“行道”“学道”。牟子《理惑论》较《四十二章经》晚出，载于《弘明集》全书之首，大概可以说是我国谈论佛理的第一篇文献，其中亦称释教为“佛道”。“道”这个字虽是袭用我国固有用语，但涵义殊旨，不能用传统概念去加以比附。丁福保《笺经杂记三》释《四十二章经》称：“所谓行道者，在佛之四周，绕佛向右行，行千百匝，为佛弟子之一种敬礼也。若作寻常行道解之则误矣。此外之道字，凡数十见，谓由涅槃路通至涅槃城，与寻常之道字不同。凡此种此种种，似非专名，最易误解。”此说颇有助于我们对“佛道”一词的理解。魏晋以来，佛书大量流入中土，译事方面有了长足的进步，原来由依附道术而形成的一些汉化佛学专门名词，逐渐改成梵语音译，还原了本来面目。（如旧译“无为”后改译为“涅槃”，旧译“除馑”后改译成“比丘”，旧译“本无”后改译成“真如”等等。）《灭惑论》曰：“汉明之世，佛经始过（疑当作‘通’），故汉译言，音字未正。浮音似佛，桑音似沙，声之误也。以图为屠，字之误也。罗什语通华戎，识兼音义，改正三豕，固其宜矣。”此言“佛图”为“浮屠”之正译，“沙门”为“桑门”之正译。刘勰生在佛教兴盛的南朝。当时不少重要梵典多已重译，所以他对于佛书传译中的音字问题甚为重视[②]。所谓“梵音菩提，汉语曰道”，不过是说明“菩提”这一梵语专名在早期佛学论著中往往用“道”字来代替。据此可知《灭惑论》所谓道，只是佛道一词的异名，为佛家专门名词，具有特定涵义，而并不与我国固有的道的概念相等。

研究刘勰的文学思想，自然需要收集他的全部作品，互相参照以窥全貌。不过，另一方面也应该注意到他的思想发展过程。每个作家的思想随着时代发展、社会形势变化、个人遭遇及其他因素的影响，经历了曲折的道路。有些作者的思想发展过程固然是在同一思想体系同一思想领域中的逐步深化和演进，而有些作者的思想发展过程却往往表现了前后期思想的巨大变化，呈现了种种复杂错综的变化形态。在这类变化中，虽然也有脉络可寻，能够看到前后期思想之间的一定关系及其转变的逻辑连锁，但是我们不能因此就不去区别前期思想和后期思想的不同性质。刘勰的思想发展过程正属于后一种，大体上我们可以他于梁天监初进入仕途为分界线，划分作前后两期。刘勰的前期思想本之儒家，后期思想则趋向玄佛并用。《文心雕龙》成于齐世，是前期作品，这一点无烦再论。关于《灭惑论》的写作年代，至今说法不一，大多把它归为刘勰入仕以前所作。范文澜《文心雕龙注》称："假定刘勰自探研释典以至校订经藏撰成《三藏记》《法苑记》《世界记》《释迦谱》《弘明集》等书，费时十年，至齐明帝建武三、四年，诸功已毕，乃感梦而撰《文心雕龙》。"杨明照《梁书刘勰传笺注》并同此说。按照这一说法推断，《灭惑论》不仅属于刘勰的前期作品，而且还作于《文心雕龙》之前。但是我们只要考察一下刘勰襄佐僧祐撰成诸书的时期，就可以知道此说不确。《广弘明集》卷二十七载王曼颖与慧皎法师书，论历代佛法传布的情况，曾把僧祐著作归为梁代作品。王曼颖与僧祐为同时代人，他的话应当可信。《出三藏记》成于梁时似不难证明。《出三藏记》的《集名录序》和《集杂录序》都自称书中所录各文"发源有汉，迄于大梁"。这说明它不可能成于齐明帝建武年间。《弘明集》中亦多录梁天监年间事。梁武帝《立神明成佛义记并沈绩序注》（高丽本题名作大梁皇帝，当是僧祐原文，今本称武帝，系后人追改），以及在梁初引起剧烈斗争的神灭问题的辩论，都一一收入集内。这也同样说明《弘明集》成书时期必在入梁以后。自然《弘明集》

的成书年代还不能用来证明《灭惑论》的写作年代，不过《弘明集》成书时期不在齐而在梁这一点一旦得到证实，就打破了《灭惑论》必定作于齐代的说法，而提供了它或作于梁代的可能性。据王利器《文心雕龙新书序录》称："《弘明集》卷八，采入彦和《灭惑论》，题名为东莞刘记室勰，这当是彦和的自述如此。"《序录》所引题名，未注明出处。查碛砂藏本《弘明集》题名为"东莞刘记室勰"，当系《序录》所本。根据这个题名，我们可以推知刘勰作《灭惑论》是在入梁以后担任记室的时候（因为称记室而不称舍人）。根据《梁书》本传的记载，刘勰曾两次担任记室之职。第一次，中军临川王宏引兼记室，"当始于天监三年正月以后……（至）天监七年十一月之前，仍任职萧宏府中"。第二次，除仁威南康王记室，"假定舍人作太末令至天监十一年左右，则除为萧绩记室之年必与之相继；迄迁步兵校尉时，约为六七年。任期固甚久也"。（两说悉采《本传笺注》增订稿。）倘使碛砂藏本的题名可信，那么《灭惑论》的写作年代就在刘勰任中军临川王萧宏记室时间之内。

从《灭惑论》的内容来看，亦多与梁时奉佛事有关。《灭惑论》是一篇站在佛教立场从事佛道之争、华夷之辨的论战文字。这类争论早在汉魏之际已经发生，本不始于梁时。不过，《灭惑论》所针对的具体对象却是《三破论》。《三破论》的作者和年代均不详，相传乃道士伪托南齐张融所作。南朝佛教至梁武帝时而全盛，当时奉佛派与反佛派之间曾经爆发过剧烈的斗争。其中最著名的是关于神灭问题的大辩论。此外，朝臣之中，郭祖深见佛教害政蠹俗，曾舆榇上书，有封事二十九条。荀济亦上书武帝，排斥佛法。荀济书中就提到了《三破论》。《广弘明集》卷七载《辨惑篇第二》之三述荀济上梁武帝书云："（荀济）又引张融、范缜三破之论，乃云，融、缜立论，无能破之。”[③]荀济称范缜亦有三破之论，疑系《神灭论》之误。范缜不信鬼神，学本汉儒，似不可能有推重道教的思想。至于所谓张融三破之论，则正是为刘勰所破。荀济上书年代已不可考，但在梁武帝时期则无疑问。按照荀济书中的说法，似乎至梁武帝时尚无人能破《三破论》。从这里我们至少可以得到一个证据：在梁武帝时反佛派曾利用《三破论》作为打击奉佛派的有力武器。在这种情况下，从奉佛派方面来说，反驳《三破论》就有了巨大的现实意义。梁武帝利用佛教作为统治手段，曾亲自发动过反神灭论的斗争。荀济援用《三破论》来排斥佛法，梁武帝自然也不会轻易放过。《三破论》的宗旨在崇道反佛，与梁武帝舍道奉佛的立场恰好针锋相对。梁武帝本来世代信奉道教，可是登位后于天监三年四月八日，即集道俗二万人，于重云殿重阁手书《舍事道法诏》，声明改信佛教：“弟子经迟迷荒，耽事老子，历叶相承，染此邪法，习因善发，弃迷知返。今舍旧医，归凭正觉（即‘菩提’——引者），愿使未来世中，童男出家，广弘经教，化度含识（‘人’的代词——引者），同共成佛。”又敕门下大经曰：“道有九十六种，唯佛一道，是于正道，其余九十五种，名为邪道。朕舍邪外，以事正内诸佛如来。若有公卿，能入此誓者，可各发菩提心。”我们只要把荀济书和梁武帝诏作一比较，就不难看出，两者之间存在着严重抵触。显然，荀济援引崇道反佛的《三破论》和梁武帝誓言舍邪（道教）入正（佛教）的立场大相径庭。梁武帝明明断言：“道有九十六种，唯佛一道，是于正道，其余九十五种，名为邪道。”可是荀济却在书中宣称：“九十六道，此道（佛教——引者）最贪。”荀济这种态度，不容梁武帝置之不理。在这种情况下，自然会有人出来趋承最高统治者的意旨，攻击荀济和他用来作为排佛武器的《三破论》。看来刘勰的《灭惑论》很可能就是为此目的而作。我们在《灭惑论》里也同样发现有关九十六道的正邪真伪问题。《灭惑论》曰："九十六种俱号为道，听名则邪正莫辨，验法则真伪自分。"不用说，《灭惑论》也以佛教为正为真，其余则为邪为伪。这和梁武帝率道俗在重云殿所立的誓言并无二致。根据梁武帝"诏"、荀济"书"、刘勰"论"同对九十六道的正邪真伪的分辨这一条线索来看，是不是可以假定它们写作的先后次序为："诏"最早，"书"次之，"论"最后呢？或者，是不是至少可以看出三者都围绕同一个问题进行争论从而有着一定关联呢？

我认为《灭惑论》为迎合上意而作的可能性很大。《灭惑论》在佛教义学方面并没有什么独到的见解，其中许多说法都承袭旧作，雷同前说，很难据以分析刘勰的佛学思想。不过，倘细绎其旨，仍可在大体上窥其渊源所自。总括说来，《灭惑论》在佛学思想方面比较突出地表现了三个特点：一、文中多称涅槃般若，似于释典中特别重视涅槃、般若之学，而同时又不废禅法。二、文中处处流露了玄言之风，带有玄佛并用的浓厚色彩。三、文中凡论述儒释道三家关系时，悉本教同源之说。这三个特点正与梁武帝的佛学思想宗旨同符，理趣合轨。

我国佛教思想，自汉魏以来，迭经变迁。汤用彤《汉魏两晋南北朝佛教史》称，初期佛教附于道术，小乘禅法流行。正始以后，玄风滥觞，禅法渐替，名士名僧由玄入佛，大乘般若性空之学乃附清谈以光大。宋齐两代，竞谈涅槃成实，群趋妙有之途，真空之论几乎渐息。（《续僧传》曾记僧旻之言曰："宋世贵道生，开顿悟以通经。齐时重僧柔，影毗昙以讲论。"经谓涅旻，论即成实。成实乃小乘之学。）洎至梁陈，玄谈又盛，三论复兴，而与宋齐稍有差异（以上综述大意）。

《佛教史》又论梁武帝之学云："梁武帝雅好玄学，亲讲老子，对于成实虽未闻其义，然其学初重涅槃，后尊般若，自注大品，躬常讲说。观其所言，于世人之轻疑般若，最所痛恨。"梁武帝于释教中特重般若与涅槃，这一点我们可以在文献中找到不少证据。梁法云《御讲般若经序》称般若乃"众圣之圆极，万法之本源"。萧子显《御讲摩诃般若经序》亦称般若为"法部之尊，圆圣之极"。《出三藏记集经序》卷八载梁武帝《注解大品序》自称："涅槃是显其果德，般若是明其因行。显果则以常住佛性为本，明因则以无生中道为宗。"梁武帝以涅槃般若该摄佛法，可见他尊崇二说之重。我们在《灭惑论》中也不难找到同一观点的痕迹。刘勰在辨佛道两家的正邪真伪时，亦并举涅槃般若来代表佛法："且夫涅槃大品，宁比玄妙上清?"（《放光》与《道行》并称"大品"与"小品"，两者同是《般若经》。）《灭惑论》是一篇论战文字，重点在破对手所提出的老子化胡之类的旧说，而对佛教义学殊少发挥。全文中正面阐发佛法的地方，除上引"至道宗极"一段文字外，还有下面一段文字也颇值得重视："大乘圆极，穷理尽妙，故明二谛以遣有，辨三空以标无，四等弘其胜心，六度振其苦业。""大乘圆极"一语即指般若。（此与《御讲般若经序》称般若为"众圣之圆极"或《御讲摩诃般若经序》称般若为"圆圣之极"根本无异。）文中遣有标无之旨，可以说是般若学的一个重要标志。正始以来，玄学家多从事于有无本末之辨，本无末有是玄学本体论立论的根本。道安时代，般若学有六家七宗，几乎都以本无为宗旨，所以后来论者称本无几为般若学之异名。《灭惑论》遣有标无，实即以玄学本末有无之辨，会通般若性空之谈。文中所用名相亦莫不与此有关。"大乘圆极"一段首称二谛，案二谛义乃三论之骨干。梁时三论复昌，二谛义随之而被重视。

当时关于二谛义的讨论很多，《广弘明集》卷二十四载有《梁昭明太子解二谛义章》。梁时除重二谛义外，亦多称“三空”“四等”二语。《全隋文》卷十一载江总《摄山栖霞寺碑》称：“梁武皇帝能行四等，善悟三空。”“三空”系指我空、法空、我法俱空。“善悟三空”即言以般若之慧照见空理，而破我法诸执。梁武帝《摩诃般若忏文》云：“弟子颇学空无，深知虚假。王领四海，不以万乘为尊；摄受兆民，弥觉万幾成累。每时丕显，嗟三有之洞然；终日乾，叹四生之俱溺。常愿以智慧（即般若——引者）灯，照朗世间；般若舟航，济渡凡识。”（江总所谓“善悟三空”，或系指此。）梁武帝的悟空之谈，用《灭惑论》的话来说，可以“辨三空以标无”一语尽之。两说繁简不同，而旨归无异。至于“四等”乃慈、悲、喜、舍四无量之异名，本属禅法。《续僧传·习禅篇论》曾明言梁武帝于禅定颇为重视，曾搜求学者，集于扬州。这一点，我们在《灭惑论》中同样可以找到反映。《灭惑论》谓“慧业始于观禅”，似即会通般若与禅法而言。根据“大乘圆极”一段来看，“四等弘其胜心”一语似亦指通过慈、悲、喜、舍四无量之修炼，始可达到般若悟空之境。此与江总称梁武帝“能行四等，善悟三空”之语无不一一暗合。

般若之学，本附玄学以光大。梁时般若复昌，亦不离玄风。《颜氏家训·勉学篇》论梁朝玄风云：“洎乎梁代，兹风复阐，庄老周易，谓之三玄。武皇简文，躬自讲论。”《续僧传》记道宣论梁代佛法亦称：“每日敷化，但竖玄章。”以上都是梁代重新恢复了正始玄风的明证。从这方面来看《灭惑论》也留下了写于梁时的烙印。《灭惑论》带有玄佛并用的浓厚色彩，这是一览可知的。文中称佛教为“玄宗”，佛教之化则曰“玄化”。余如“空玄”“玄智”“妙本”“宗极”之类，莫不属于玄佛并用的特殊用语。玄学贵虚无，在本体论上有本末（或言体用）之辨。本体虚无，超乎象外，在于有表，不可以形名得，引申在方法上则有言意之别。般若性空之谈由玄入佛，亦并取二说，因而“得意忘言”之义每每见于佛家谈空的著作之中。梁武帝《注解大品序》称：“摩诃般若波罗蜜者，洞达无底，虚豁无边，心行处灭，言语道断；不可以术数求，不可以意识知；非三明所能照，非四辩所能论。”《摩诃般若忏文》亦云：“妙道无相，至理绝言。”这些说法都是演述玄学“得意忘言”之义。刘勰《灭惑论》虽然没有这样淋漓尽致的表露，但是在指责《三破论》不原大理唯字是求的时候，不仅肯定了“得意忘言”之旨，而且也提出了“弃迹求心”的说法。所谓“至理绝言”或“弃迹求心”都是在言意之辨上主张言不尽意，认为名言是末有，是假象，而空无乃是本体，是实相，从而使方法上的言意之别与本体论上的体用之辨完全趋于一致。梁武帝以空无为本而主张至理绝言，《灭惑论》遣有标无而主张弃迹求心，从玄学角度来看这是合乎逻辑的推论。不过，如果我们比较一下《文心雕龙》和《灭惑论》对同一个言意问题的看法，就会发现其间存在着原则的分歧。《文心雕龙》曾在三处地方涉及言意问题。一、《神思篇》：“物沿耳目，而辞令管其枢机；枢机方通，则物无隐貌。”二、《神思篇》：“意授于思，言授于意，密则无际，疏则千里。”三、《物色篇》：“皎日嘒星，一言穷理，参差沃若，两字穷形；并以少总多，情貌无遗矣。”“物无隐貌”说明辞令可以穷尽物象。“密则无际”说明思意言三者可以相通。“穷理穷形”说明《诗经》就是言尽意的标本。显然，这与《灭惑论》“弃迹求心”的说法完全背道而驰。倘使我们再比较一下《文心雕龙》和《灭惑论》对同一玄风的态度，就更可以发现它们之间的矛盾。《灭惑论》俨然以谈玄的姿态出现，《文心雕龙》却对玄风力加抨击。《明诗篇》："正始明道，诗杂仙心，何晏之徒，率多浮浅。""江左篇制，溺乎玄风；嗤笑徇务之志，崇盛忘机之谈。"《时序篇》："自中朝贵玄，江左弥盛，因谈余气，流成文体。是以世极迍邅，而辞意夷泰；诗必柱下之旨归，赋乃漆园之义疏。"这两段话都露骨地呵责玄风是一种脱离现实、粉饰现实的不良倾向。为什么刘勰在《文心雕龙》中提出言尽意的主张，而在《灭惑论》中又去附合得意忘言的说法呢？为什么刘勰由反抗玄风一变而为向玄风妥协呢？这些问题使我们不能不得出下面的推断：刘勰只有经历了巨大的思想变化，才会在不同时期写成的作品中表现了截然相反的矛盾观点。否则我们就无法理解他为什么会去宣扬自己曾经反对过的主张。

《文心雕龙》和《灭惑论》对儒学的态度也存在着显著的差异。《文心雕龙》宗旨在于原道、征圣、宗经。从"道沿圣以垂文，圣因文而明道"这句话来看，圣是道和文（经）的中介，道圣文虽分而为三，实则三位一体，同指儒学。《宗经篇》称儒经为"恒久之至道，不刊之鸿教"。这个说法充分肯定了儒家的最高地位，其中丝毫没有把儒、释二家等量齐观的任何表示。但是《灭惑论》却本玄佛并用立场，附合了梁武帝的三教同源说。文中论到儒家则有"孔释教殊而道契"的说法，论到道家则有"柱史嘉遁，实为大贤"的评价。所谓"至道宗极，理归乎一。妙法真境，本固无二"，就更清楚地说明了儒释道三家在根源上归于一本。魏晋以来，儒释道三家存在着既吸取也排斥、既调和也斗争的复杂关系。最早的玄学就已有会通儒道二家的倾向。正始玄风的代表人物，首推王弼、何晏，其学号称新义。王何二人以无为本，祖尚老庄，而不废儒书，仍以孔子为圣人，似于儒家十分尊重。但是，实际上他们却采取以老化孔的方式去调和孔老，以达到崇道卑儒的目的。[④]王何之后，则有向秀、郭象。向郭二人亦称儒道双修。谢灵运《辨宗论》云“向子期以儒道为壹”，即指调和儒道两家而言。孔子贵名教，老庄崇自然，而向郭注庄发明内圣外王之旨，乃使名教与自然相通，似于二家无所偏重。但是，实际上他们仍以老庄为本，儒家为末。[⑤]南朝玄风盛时，多认佛道儒诸家本源相同。《梁僧传》称慧远博综六经，尤喜老庄，其《法性论》曰：“至极以不变为性，得性以体极为宗。”《弘明集》卷五载慧远《沙门不敬王者论》云：“内外之道，可合而明。”慧远主张融合内外，似有百家同致之旨。但是，实际上他却是以佛教去兼并儒道。[⑥]此外竺道生有“佛是一极”之说（《法华疏》），谢灵运亦有“宗极微妙，理归一极”之说（《辨宗论》）。以上种种说法，都可视为三教同源说的先河。范文澜《中国通史简编》谓三教同源说为梁武帝所创立。此说不知何本？但从当时留下的文献来看，似有一定根据。梁武帝于天监三年下舍事道法诏后，即于次年（《通史》误为同年）为孔子立庙，置五经博士。他曾著有《孔子正言》《老子讲疏》等属于儒道方面的著作二百余种。《广弘明集》卷三十九载梁武帝《会三教诗》，自述其学经过云：“少时学周孔”，“中复观道书”，“晚年开释卷”。全诗主旨则在会通三教于一源：“穷源无二圣，测善非三英。”这显然是揭橥三教同源说的明证。后来论者也往往把这一点视为梁代佛教思潮的一个特征。《广弘明集》卷十一载法琳《对傅奕废佛僧表》云：“暨梁武之世，三教连衡，五乘并骛。”根据这些史料来看，梁武帝纵使不是三教同源说的创立者，至少也是这一学说的集大成的人。他摭取了正始以来不断出现的同儒道、齐孔老的玄谈余绪，继承了释慧远以来所谓宗极是一的观点，（梁释智藏《和梁武帝会三教诗》即有“究极本同伦”之语。）从而完成了三教同源说的理论。

不难看出，《灭惑论》与梁武帝三教同源说有着一定渊源关系。《灭惑论》：“至道宗极，理归乎一。妙法真境，本固无二。”亦同本宗极是一之旨。案宗极为玄佛并用的专名。《出三藏记集经序》卷十载慧远《大智论钞序》称：“夫宗极无为以设位。”此言宗极即是无为。实际上，宗极正是玄学家所说的本体。玄学类认本无而末有，故空无（《灭惑论》曰空玄）乃宇宙万有之本体（或言实体、实相）。本体无相，而为万有之源。本体不分无二，故又名为一极（或假《周易》用语称为太极）。据此一极义，虽万有纷纭，终不超出本体之外，因此，儒释道三教，就其终极而言，必归于一本。这就是三教同源说的理论根据。梁时重二谛义，亦与三教同源说具有密切关联。二谛即真谛（又称第一义谛）与俗谛（又称世谛）。引申在教义方面，佛是真谛，儒道等是俗谛。昭明太子和道俗讨论二谛义时曾提出“真俗一体”之旨。真俗既同是一体，则儒释道三教之本必然无二。现综述昭明《解二谛义章》大意如下：“真理寂然，本不浮幻，无起动相，自当只是一体。此体虚玄常寂，而凡夫惑识，横见起动，故复是一谛。凡夫见有，圣人见无。俗睹浮幻，真睹真寂。两见既分，故可立真俗二谛名。真俗凡圣所见不同，惟应有两，不得言一。若语相即，则不成异。真非去有而存空，俗亦不出真外，真即有是空，俗指空为有。凡夫于无称有，圣人即有辨无。有无相即，此谈一体。依法为谈，空有相即，不得言两。依人而语，两见既异，所以成二。”按照昭明的意思来说，宇宙有一个绝对虚玄常寂的精神实体，一切物质存在都是浮幻流动、刹那生灭的假象。只有圣人（佛）才能窥探这个真实实体，凡夫（儒道等）由于心积万有之惑，乃于此真实实体中横见浮幻。圣人凡夫所见结果虽异，而所见对象却属同一实体。圣人顺真而不逆俗，可以即有见空，从浮幻流动的现象界见到虚玄常寂的实体。凡夫却以有为空，把浮幻流动的现象界当做了真实实体看待。不过就本体论而言，空有相即，真俗不离，万有不超出实体之外。所以凡夫所见浮幻，并非于真实实体外另见一实体，实即于此真实实体惑见浮幻。从这一点来说，凡夫所见之有，即是圣人所见之无。显然，这可以说是在同异问题上所作的概念游戏⑦。如果剥开昭明二谛义的神秘外衣来看，就只有两个主要方面。一方面是在真俗之间求同，即根据玄学本体论把真俗归为一体。玄学本体论本是一元唯心主义，从这个角度出发，世界一切现象都可以最终归结为绝对精神的表现和外化。另方面是在真俗之间存异，即在各教教义上划出严格界线，分辨它们之间的内外、真伪、邪正，以定高下。表面看来，昭明的二谛义似乎是用佛教调和其他各教，但是实际上在求同的形式下却掩蔽着存异的实质，因为他所说的真俗一体只是纯粹的抽象，而他所说的真俗区别却具有现实意义。

昭明的二谛义使我们更易于理解梁武帝的三教同源说。三教同源说也同样是在形式上求同，在实质上存异。梁武帝《会三教诗》云："晚年开释卷，犹月映众星，苦集始觉知，因果方昭明，示教惟平等，至理归无生。"诗中以月映众星比喻佛道儒诸家关系，显然有着轻重高下之分。至于用佛义因果说、平等说、无生说等去会通儒道，就更可窥其宗旨所在。刘勰《灭惑论》述佛道儒三教关系，亦同此旨。"至道宗极"一段下文，即申明认识宗极的必要途径："拨愚以四禅为始，进慧以十地为阶。"其中全用佛义，而与儒道二家学说并无丝毫瓜葛。此外《灭惑论》在区别三教高下方面，一则曰："感有精粗，故教分道俗。"二则曰："至道虽一，歧路生迷。"三则曰："九十六种俱号为道，听名则邪正莫辨，验法则真伪自分。”四则曰：“佛道之尊，标出三界。神教妙本，群致玄宗。”这些话都说明真俗所见，朱紫各别，不可混同为一。毋庸讳言，《灭惑论》对儒家似相当尊重，不像对民间道教那样大张挞伐。但是，所谓“孔释教殊而道契”只是一句空话，正如昭明真俗一体义的抽象求同一样，并不妨碍它在具体存异方面划出佛儒之间的严格界线。这一点在《灭惑论》和《三破论》的争论中曾有明白的表示。《三破论》斥佛教髡头不孝是灭恶之术。《灭惑论》引《论语》难曰：“昔泰伯虞仲，断发文身，夫子两称至德中权。以俗内之贤，宜修世礼，断发让国，圣哲美谈。况般若之教，业胜中权，菩提之果，理妙克让！”这段话并无新义，全袭牟子《理惑论》旧说。(《理惑论》：“先王有至德要道，而泰伯短发文身，自从于吴越之俗，违于身体发肤之义，然孔子称之可谓至德矣。”）不过，《灭惑论》对孔释二教的评价较《理惑论》更有分寸。《理惑论》只是引孔子为佛教辩护，《灭惑论》进一步肯定了释优于孔，申言儒家中权克让之义远不及佛家的般若权教与菩提妙果。这里的界线是明显的。早期佛教作为外来宗教进入中土，不得不披上汉化外衣，采取调和固有观念的手段，以便利于传布。梁武帝揭橥三教同源说，除这一原因外，还由于统治上的需要。据范文澜《中国通史简编》称：“他用儒家的礼来区别富贵贫贱，用道家的无来劝导不要争夺，用小乘佛教的因果报应，来解答人为什么应该安于已有的富贵贫贱，为什么不要争夺。三家合用，非常有利，因此他创三教同源说，硬派孔子老子当佛的学生。”[⑧]三教同源说的主旨仍在尊佛，以佛为中心。事实上，梁武帝调和三教仍沿袭前辈玄学家以老化孔或内道外儒之类老一套办法，能够利用的保留下来，不能利用的就干脆抛掉，或牵强附会地去加以改造，尽量使儒道向佛教凑合，为佛教所兼并。《会三教诗》的着眼点是在形式上求同，《灭惑论》的着眼点是在崇佛抑道，所以对儒家都没有表示明显的攻击态度。但是换了另一场合，梁武帝在《舍事道法诏》中，明言儒和道一样是邪教："老子周公孔子等，虽是如来弟子，而化迹既邪，止是世间之善，不能革凡成圣。"这里严格区别了三教的界线，因为孔老学说毕竟不像佛教那样可以完全被利用来宣扬彻底的唯心主义。当时，范缜等就是站在儒家古文学派立场反对佛教的鬼神迷信⑨。另一方面，佛教也常常采取调和的形式向儒学进行斗争。我们在《弘明集后序》（据《祐录》应作《弘明论》）中也可以看到反对儒家的议论："夫二谛差别，道俗斯分。道法空寂，包三界以等观；俗教封滞，执一国以限心。心限一国，则耳目之外皆疑；等观三界，则神化之理常照。执疑以迷照，群生所以永沦者也。详检俗教，并宪章五经，所尊惟天，所法惟圣；然莫测天形，莫窥圣心，虽敬而信之，犹矇矇弗了。况乃佛尊于天，法妙于圣，化出域中，理绝系表；肩吾犹惊怖于河汉，俗士安得不疑骇于觉海哉！"文中显然把佛教洞察三世和儒学专拘目前的态度对立起来。《弘明集》系刘勰襄佐僧祐所撰。严可均称："僧祐诸记序，或杂有勰作，无从分别。"《弘明集后序》是否出自刘勰手笔，已不可考，但至少也反映了刘勰的看法是可以断言的。

综上所述，我以为《灭惑论》作于梁时似无疑义。这不仅因为碛砂藏本有"东莞刘记室勰"的题名可证，而且征之以内在证据，更可以相信此说不诬。梁武帝时，荀济上书以《三破论》作为排佛武器，《灭惑论》即为破《三破论》而作。文中所阐佛理，多与梁武帝佛学宗旨有密切关联。梁武帝于释教中特重般若涅槃，《灭惑论》则以涅槃大品该摄佛法。江总称"梁武皇帝能行四等，善悟三空"。《灭惑论》亦援用三空四等之义以明大乘圆极之道。梁时玄风复昌，武皇简文躬自讲说，每日敷化，但竖玄章。《灭惑论》也同样流露了玄佛并用的浓厚色彩。梁武帝揭橥三教同源说，采取表面调和手段，以达到以佛教兼并孔老的目的。《灭惑论》述三教关系亦同本此旨。上面这些线索倘一一孤立来看，自然还不足以遽作断语，但如果联系起来加以考察，就不难发现它们并非出于偶合，而全都汇集于一个总的方向，处处流露了趋承梁武帝意旨的明显痕迹。刘勰在这篇佛学论文中完全抛弃了《文心雕龙》里某些具有一定进步意义的思想成分，走上了相反的道路。《灭惑论》和《文心雕龙》无论在思想立场上，或在某些具体问题上，都存在原则分歧，这充分说明两者不可能是同一时期写成的作品。

注：

① 《梁书》本传称勰有文集行于世。是集《隋志》即未著录，似在唐初已亡佚。新旧《唐书》并称《刘子》十卷为勰所作。《汉魏从书》采入《刘子》，题名《新论》，亦称梁东莞刘勰著。上说前人早疑其误，以为《刘子》作者实为北齐刘昼。《出三藏记》《梁僧传》记刘勰著有《钟山上定林寺碑铭》《建初寺初创碑铭》以及超辩、僧柔、僧祐诸碑，但皆有目无文。《梁建安王造剡山石城寺石像碑》亦载于《艺文类聚》卷七十六，题名为《剡山石城寺弥勒石像碑》。这篇碑铭作于梁天监十五年以后。主要内容是叙述营造石像始末，多涉迷信，几乎全属无稽之谈。但有两处也还值得注意：一、文中称："道源虚寂，冥机通其感；神理幽深，玄德思其契。"此与《灭惑论》谓佛道空玄之旨同符。二、文中记晋释于法兰于石城创寺。案：梁武帝佛学思想与于法开所建之"识含宗"极为接近。于法开为于法兰弟子。梁武帝在石城寺造十丈巨像或与此有关。

② 僧祐《梵汉译经音义同异记》也涉及这一问题："宣领梵文，寄在明译。译者，释也。交释两国，言谬则理乖矣。自前汉之末，经法始通，译言胥讹，未能明练。故浮屠桑门，遗谬汉史。"此文与《灭惑论》所言小异而大同，疑出自刘勰手笔。

③ 此处引文曾略加校订。《辨惑篇第二》之三原文为："又引张融、范缜三破之论，（前集备详。有抗融、缜之词，见于后述。）乃云，融、缜立论，无能破之。（是虚言也。）"括弧内文字均在引文中略去。原文辞意芜杂，殊难读通，疑有错简或羼注文。"前集备

详”诸语，其意或云：《三破论》已载人前集，后人曾有抗《三破论》之言论，而非如荀济所称始终无能破之者，故谓荀济之说“是虚言也”。虽然这些话十分朦胧，但《辨惑篇》所记荀济的说法仍可一目了然。

④ 王、何以老化孔在二人《论语》注中表现得最明显。皇侃《论语义疏》引王弼注“大哉尧之为君也”章云：“圣人有则天之德，所以称惟尧则之者，惟尧于时全则天之道也。荡荡，无形无名之称也。夫名所名者，生于善有所章，而惠有所存，善恶相须，而名分形焉。若夫大爱无私，惠将安在？至美无伦，名将何生？故则天成化，道同自然，不私其子而君其臣，凶者自罚，善者自功，功成而不立其誉，罚加而不任其行，百姓日用而不知所以然，夫又何可名也?”《疏》又引何晏注“瞻之在前，忽焉在后”云：“言忽怳不可为形象也。”注“畏大人”云：“大人即圣人与天地合德也。”注“毋我”云：“述古而不自作，处群萃而不自异，惟道是从，故不自有其身也。”注“志于道”云：“志，慕也，道不可体，故志之而已。”从上引注文可以看出王、何是多么牵强附会地用玄学加工过的老义去曲解孔义。《宗经篇》：“迈德树声，莫不师圣，而建言修辞，鲜克宗经。”可以说是对这种倾向的委婉讽喻。

⑤ 汤用彤《魏晋玄学论稿》载《向郭义之庄周与孔子》一文指出向、郭注庄“阳存儒家圣人之名而阴明道家圣人之实”，“向秀、郭象继承王、何之旨，发明内圣外王之论。内圣亦外王，而名教乃合于自然。外王必内圣，而老庄乃为本，儒家为末矣。故依向、郭之义，圣人之名（如尧舜等）虽仍承炎汉之旧评，圣人之实，则已依魏晋之新学也”。

⑥ 魏晋以来，玄、佛并用的名僧，多兼综内外，学通三家，讲论佛法常以外书比附内典，号为格义。迨至道安，因见先旧格义于理多违，乃废而不用。但据《梁僧传・慧远传》云：“远年二十四，便就讲说。尝有客听讲，难实相义，往复多时，弥增疑昧。远乃引《庄子》为连类，于是惑者晓然。是后安公特听慧远不废俗书。”从这里可以看到慧远融合内外，采取以外书比附内典的办法，只是为了讲说佛法的方便，实质上他对佛、道、儒的评价是有严格区别的。《广弘明集》载他与刘遗民书云：“每寻畴昔，游心世典（儒书——引者），以为当年华苑也。及见老庄，便悟名教（儒教——引者）是应变之虚谈耳。以今而观，则知沉冥之趣，岂得不以佛理为先。”这里把佛、道、儒列为三个不同的等级，其间轻重高下，一点也不含糊。

⑦ 玄学的本末之辨颇近似思辨哲学的本体论。《神圣家族》曾用水果的比喻，深刻揭示了思辨哲学的秘密。摘录如下，以备参考：“如果我从现实的苹果、梨、草莓、扁桃中得出‘果实’这个一般的观念，如果再进一步想象我从现实的果实中得到的果实〔die Frucht〕这个抽象观念就是存在于我身外的一种本质，而且是梨、苹果等等的真正本质，那么我就宣布（用思辨的话说）‘果实’是梨、苹果、扁桃等等的‘实体’，所以我说：对梨说来，决定梨成为梨的那些方面是非本质的，对苹果说来，决定苹果成为苹果的那些方面也是非本质的。作为它们的本质的并不是它们那种可以感触得到的实际的存在，而是我从它们中抽象出来又硬给它们塞进去的本质，即是我的观念中的本质——

'果实'。于是我就宣布：苹果、梨、扁桃等等是'果实'的简单的存在形式，是它的样态。诚然，我的有限的、基于感觉的理智辨别出苹果不同于梨，梨不同于扁桃，但是我的思辨的理性却说这些感性的差别是非本质的、无关重要的。思辨的理性在苹果和梨中看出了共同的东西，在梨和扁桃中看出共同的东西，这就是'果实'。具有不同特点的现实的果实从此就只是虚幻的果实，而它们真正的本质则是'果实'这个实体。"照玄学和思辨哲学的本体论来看，不是先有了苹果、梨、扁桃、草莓等等，才从这些现实的果实中抽象出"果实"的概念，相反，苹果、梨、扁桃等都是从先验的"果实"概念这一绝对实体派生出来的。这样就把共性和个性的关系完全颠倒过来。共性只能通过个性而存在。没有苹果、梨、扁桃、草莓等这些个别的、具体的、现实的果实存在，也就没有普遍性的"果实"这一抽象的概念。

⑧ 自梁武帝确立三教同源说的理论以来，后代封建统治者大多继承了他的衣钵。据清胡珽刊元刘谧《三教平心论》载孤山圆法师称："三教如鼎，缺一不可。"孝宗皇帝称："以佛治心，以道治身，以儒治世。"无尽居士称："儒疗皮肤，道疗血脉，佛疗骨髓。"胡珽并于书前录雍正皇帝上谕："三教同出一原……洵可以型方训俗，而为致君泽民之大助。"以上诸例，充分说明了历代封建统治者综赅三教作为统治人民的有力工具。

⑨ 这里还可举一个有趣的例子。刘宋时期，释慧琳著有《均善论》（又名《黑白论》）。论名均善，自然含有折中孔、释的意思。文中称："六度（即六波罗蜜——引者）与五教并行，信顺与慈悲齐立。"所以有二教殊途同归之旨。但是慧琳通过黑学道士（佛）与白学先生（儒）的辩论，清楚地揭示了孔、释之间的矛盾。黑曰："周孔为教，正及一世。不照幽冥之途，弗及来生之化。视听之外，冥然不知。虽尚虚心，未能虚世，不逮西域之深也。"白曰："固能大其言矣。今效神光，无径寸之明；验灵变，罔纤介之异。幽冥之理，固不极于人世矣。周孔疑而不辨，释家辨而不实。"（综述大意）文中谓幽冥之理，周孔疑而不辨，释家辨而不实，颇有重儒抑佛的意味。《宋书》称《均善论》行于世后，"旧僧谓其贬黜释氏，欲加摈斥"，盖非无故。

一九六四年

《文心雕龙创作论》二版附记：

本书第二章《〈灭惑论〉与刘勰的前后期思想变化》是一九六四年写成，作为单篇专论发表在《历史学》上已是一九七九年的事了。过去的《文心雕龙》的研究者几无例外，一致认定《灭惑论》成于《文心雕龙》之前。本文发表后，有人赞成，也有人反对。最初提出异议的是马宏山，他看了我的文章即来函商讨，并撰文商榷。他在阐发《文心雕龙》的思想内容上，倡“以佛统儒，儒佛合一”之说，认为刘勰的思想是落后的（详《文心雕龙散论》）。而首先肯定了我的观点的是钱仲联，他赞同我所提出的刘勰前后期思想的变化。他在《〈文心雕龙创作论〉读后偶见》（载一九八〇年《文学遗产》第三期）称：“本书考订的精确，又可举其‘《出三藏记》成于梁时’之说为例。书中列举了王曼颖的书信、《出三藏记》和《集杂录序》，都称书中所录各文‘发源有汉，迄于大梁’的材料，说明它不可能成于齐明帝建武年间。据笔者所涉猎，《出三藏记集》著录：‘《宝顶经》……等二十一种经，凡三十五卷，齐末大学博士江泌处女尼子所出。初，尼子年在龆龀，有时闭目静坐，诵出此经。……以天监四年三月亡。’明白记载了江泌处女的亡年在天监年代，则本书考定刘勰协助僧祐成书在天监年是无可置疑的。这一考订的结论，为刘勰前后期主导思想有儒佛之差异，《文心》一书与佛学无关（只有少数几个佛学常用语）的论点，提供了有力的佐证。”

稍后，李庆甲于一九八〇年出版的《中国古代美学艺术论文集》中所发表的《刘勰〈灭惑论〉撰年考辨》和我的观点更趋一致。他不仅同样认为刘勰思想应分为前后两期，（前期即于齐时撰《文心雕龙》恪守儒家思想，后期即于梁代始撰《灭惑论》弘扬佛法。）并且还认为后者乃“承梁武帝意旨而作”。我们之间的不同之处，只是在《灭惑论》撰年的考证上。他认为此论系撰于刘勰第二次任仁威南康王萧绩记室期间，在天监十六年左右。

最近，李淼亦有专文涉及这个问题，其文《关于〈灭惑论〉撰年与诸家商兑》（载一九八三年《社会科学战线》第二期）同样肯定了《灭惑论》撰于《文心雕龙》成书之后，也认为《灭惑论》写于梁时(并同意撰于刘勰第一次任中军临川王萧宏记室时期，即天监三年至天监七年内)，而不同意杨明照推定《灭惑论》成于齐时及李庆甲推定撰于天监十六年左右。不过他在文中也和我进行了商榷。我在第一版本文中对荀济上书的年代认为不可考，同时提出了这样的推测："是不是可以假定它们写作的先后次序为：'诏'最早，'书'次之，'论'最后呢？或者，是不是至少可以看出三者都围绕同一问题进行争论从而有着一定关联呢?"当时提出这一推测以备探讨。李淼根据《广弘明集》《北史》等考定荀济上书梁武帝的年代，其上限在魏静帝即位的天平元年（梁中大通六年)，而下限则在魏静帝武定五年（梁太清元年)，即荀济卒年。如果这一考证可信，可纠正我在第一版本文中所推测的荀济上书在刘勰作论以前之说。此外，李淼又据《佛祖统纪》记梁武帝讲经注经的年代，认为多在刘勰撰《灭惑论》之后。这些考证做了详细的校勘，提供了不少有用的线索。但梁武帝集道俗讲经活动是很频繁的，《佛祖统纪》未必一一加以记载。同时，我在第一版所援引的那些经过印刷成文的讲经序言之类虽大多在刘勰撰《灭惑论》之后，但如果认定只有当这些序言印出之后，才可证明梁武帝以般若涅槃赅摄佛法，才可能出现玄佛并用的特殊用语，那也未免过于刻板。这些思想和用语不一定等到把它们写进文内，著书立说公布于世，才算是诞生世间。其实，在此以前它们往往要经过较长期的酝酿和传布。因此考订梁武帝讲经并序言刊行的年代迟于刘勰撰《灭惑论》的年代，并不等于说书中那些思想和当时通行的用语也一定只能在刘勰撰《灭惑论》后才会发生。

我在第一版本文中还援引了郭祖深上封事二十九条（李庆甲文亦引此事），论者未加评骘。但倘加考订，亦不难看出，此事亦在刘勰撰《灭惑论》后。案郭祖深上封事二十九条，别条中有“皇基兆运，二十余载”之语。据此，其事当在普通二年之后。《南史》卷七十《郭祖深传》，内称左仆射王暕“在丧被起为吴郡，曾无辞让”。考王暕卒于普通四年，则郭祖深上封事劾暕当在此之前。据此，则郭祖深上封事二十九条，当在普通三年。

我在第一版本文中对荀济上书及郭祖深上封事二十九条的年代均未考证，现考定二者事在刘勰撰《灭惑论》之后是需要的。但是，尽管此二事发生较晚，用它们来说明梁代奉佛与反佛斗争，作为一般思潮还是可以的。例如《灭惑论》以《三破论》为对手，直至荀济书中仍以《三破论》来打击奉佛派，足证《三破论》为奉佛反佛之争的重点之一。

一九八四年

刘勰的文学起源论与文学创作论

《原道篇》探讨了宇宙构成和文学起源问题，这篇文章是我们研究刘勰的宇宙观和文学观的重要资料。刘勰的文学起源论是以他的宇宙观为基础的。早在刘勰以前，我国古代天体学说已有浑天、盖天、宣夜三家。东汉至南北朝时期，天文学方面有了很大发展，当时人才辈出，如张衡、祖冲之、虞喜、何承天等，都是其中代表人物。他们不仅创造了一些测量仪器和度量方法，而且在理论上也提出一些较新的假说。刘勰的宇宙构成论并没有汲取前人在自然科学方面所获得的成果，相反，他仍袭《易传》“太极生两仪”之类的说法。《原道篇》的理论骨干是以《系辞》为主，并杂取《文言》《说卦》《彖辞》《象辞》以及《大戴礼记》等一些片断拼凑而成。不管刘勰采取了怎样混乱的形式，有一点很清楚，这就是他以为天地万物来自太极。《原道篇》所谓“人文之元，肇自太极”，显然是从“太极生两仪”这一说法硬套出来的。这样，他就通过太极这一环节，使文学形成问题和《易传》旧有的宇宙起源假说勉强地结合在一起。《文心雕龙》一书的体例同样露出了这种拼凑的明显痕迹。《序志篇》说：“位理定名，彰乎《大易》

之数，其为文用，四十九篇而已。”这意思是说：《文心雕龙》全书规定为五十篇是取《易传》的“大衍之数”。《系辞》称：“大衍之数五十，其一不用。”所谓“其一不用”即指太极。刘勰没有明言《文心雕龙》五十篇中哪一篇属于不用之一，但就全书的思想体系来看，显然指的是《原道篇》。因为他以为道（亦即太极）是派生天地万物包括文学在内的最终原因，正如《易传》所说的太极作用一样。

刘勰这种看法究竟反映了怎样一种宇宙观和文学观呢？前人多半根据他的原道观点把他列入儒家思想体系。元人钱惟善《文心雕龙序》说：“自孔子没，由汉以降，老佛之说兴，学者日趋于异端，圣人之道不行，而天地之大，日月之明，固自若也。当二家滥觞横流之际，孰能排而斥之？苟知以道为原，以经为宗，以圣为征，而立言著书，其亦庶几可取乎？呜呼，此《文心雕龙》所由述也。夫佛之盛，莫盛于晋宋齐梁之间，而通事舍人刘勰生于梁，独不入于彼，而归于此，其志宁不可尚乎？”自钱惟善以下，历来论者几乎都持此说[①]。他们只是笼统地指出刘勰的原道观点反映了儒家思想，而没有注意到《原道篇》和《周易》之间的密切关系。《周易》原是儒家的一部重要经典。魏晋以来，《老》《庄》《周易》并称三玄，从而它又成为玄学的理论骨干。在这种情况下，我们要确定刘勰的原道观点是不是属于儒家思想，不能仅仅根据《原道篇》本之《易》理这一点来判断，因为《原道篇》可能是按照儒家思想原则解《易》，也可能是按照玄学思想原则解《易》。儒玄二家都谈《易》理，但对于《易》理却有不同的解释。南北朝时期，河北用郑玄《易注》，江左用王弼《易注》。《晋书·荀崧传》称：晋元帝“修学校，简省博士，置《周易》王氏”。太常博士荀崧上书，请增置郑氏《易》。逢王敦之难，不复果行。宋元嘉年间，王、郑两立，颜延之为祭酒，黜郑置王，郑《易》又遭受一次打击。郑《易》在南方虽未全废，间或有一些宗尚汉儒的经学家出来为之力争立学官、置博士的正统地位，可是就总的趋势来说，它已临到衰微命运，不能和王《易》争一日之长了。郑《易》和王《易》的不同，在于郑《易》本汉儒象数之说，王《易》本玄学有无之辨。河北用郑《易》，江左用王《易》，反映了北方重经学南方重玄学的不同学风。

《中国通史简编》据《魏书·李业兴传》介绍南北不同的学风说："李业兴到梁朝聘问，梁武帝问他儒玄二学怎样贯通。李业兴答，我只学五经，不懂深义（指玄学）。梁武帝又问，太极有没有。李业兴答，我从来不习玄学，不知道太极有没有。李业兴答朱异问南郊，伸明郑学，排斥王学。这一问答，可以说明南北学风的不同。"根据这里介绍的第二项问答来看，儒学是根本否认太极的。按照这个说法推论，《原道篇》所提出的宇宙构成论和文学起源论既以太极作为出发点，那它也就不能归入儒家之列了。然而，这显然和《中国通史简编》对《文心雕龙》所作的分析是自语相违的。《中国通史简编》说："刘勰撰《文心雕龙》，立论完全站在儒学古文学派的立场上。"又说，"儒学古文学派的特点是哲学上倾向于唯物主义，不同于玄学和佛学。"如果儒学和玄学的区别是以承认太极有没有为标志，那么刘勰怎么可能站在根本否认太极的儒家立场上呢？案"太极"一词，见于《易传》。《系辞上》曾明言"易有太极"。《周易》是儒家的五经之一，照理崇尚汉儒的经学家是不会不承认《系辞上》这个说法的。事实上，李业兴也并没有否认太极的存在。《中国通史简编》所引《魏书·李业兴传》的那段话是把古汉语加以今译。它的原文如下："衍又问：'《易》曰太极，是有无？'业兴对：'所传太极是有，素不玄，何敢辄酬。'"这里，《中国通史简编》显然有着误译。梁武帝学综内外，会通儒、道、佛三家，而以玄学为骨干。玄学乃本体论之学，从事于有无本末之辨，梁武帝据玄学解《易》，他问“《易》曰太极，是有无”，并不是问太极有没有，而是问太极属于“有”的范畴，还是属于“无”的范畴。李业兴学宗汉儒，不懂玄学，所以不能回答这个问题。不过，儒学虽然不讲有无本末之辨，但和玄学比较之下，玄学“贵无”，儒学接近于“崇有”，因此李业兴又有“所传太极是有”的说法。从这里我们可以看出，儒玄二家都不否定太极的存在，它们的区别只是在于对太极有着不同的解释。

玄学据本体论解《易》，认为太极是本、是体、是无。《周易正义》引何晏文曰：“上篇（指《系辞上》——引者）明无，故曰《易》太极，太极即无也。”韩康伯注“大衍之数”引王弼文曰：“演天地之数，所赖者五十也。其用四十有九，则其一不用。不用而用以之通，非数而数以之成，斯《易》之太极也。四十有九，数之极也。夫无不可以无明，必因于有，故常于有物之极，而必明其所由之宗也。”何晏明言太极即无。王弼亦同此旨，并且通过有无本末之辨作了更充分的发挥。玄学类认本无而末有。本无是指宇宙的本体，代表一种绝对虚玄的精神。末有则是由这个绝对精神外化出来的现象界，它们刹那生灭，瞬息万变，是不真的东西。本无是宇宙的实相，又称为体。末有是宇宙的假相，又称为用。王弼释大衍义，以五十代表宇宙整体，而在此宇宙整体中，“其一不用”与“其用四十有九”之间的关系，亦即体用（或本末、有无）之间的关系。所谓“不用而用以之通，非数而数以之成，斯《易》之太极也”，这就是说，作为其一不用的太极为宇宙万有所由之宗极。万有不超出本体外，本体自身虽然非用非数，但万有却离不开它。有了宇宙本体，宇宙万有才能成为“用”成为“数”。另一方面，本体是无，而无不可以无明，我们要认识无，必须因于有，只有通过宇宙万有，才能把握作为宇宙本体的无的存在。用玄学的术语来说，这就叫做体用一如，有无相即。在这里，王弼充分发挥了一种精雕细琢的唯心主义。他认为太极是天地万物赖以存在的绝对精神，从而把精神放在物质之上，作为第一性的因素。这就是玄学对太极所作的解释。至于儒学则多以“元气”或“北辰”去解释太极，而与玄学异旨。汉儒《易》学的全貌今已不可考。唐定《正义》，《易》主王弼，郑学寝微。李鼎祚《周易集解》表章汉学，辑虞翻、荀爽等三十余家遗文，保存了一些残缺不全的汉《易》古训。李道平为《周易集解》作《纂疏》，并采惠氏、张氏之说，通其滞碍，作了进一步的补充。从这些片段资料中，我们大体可以推知汉儒是据宇宙构成论解《易》的，他们大多认为太极是天地未分的混沌元气。刘歆《钟历书》曾明言“太极元气，函三为一”。郑玄注《乾凿度》“孔子曰《易》始于太极”亦云：“气象未分之时，天地之所始也。”这是说太极为天地未分、万物未形的宇宙最初状态。马融曰：“《易》有太极，谓北辰也。”虞翻曰：“太极，太一也。分为天地，故生两仪。”马融、虞翻二人，一说太极是北辰，一说太极是太一，似有差异。然而，郑玄注《乾凿度》曰：“太一者，北辰之神名也。”据此，太一亦即北辰，故马、虞二说相契。郑玄又引《星经》曰：“太一，主气之神。”据此，北辰则又与元气之说可通。不论汉学或以元气解释太极，或以北辰解释太极，他们都是按照宇宙起源的假说，把太极规定作派生天地万物的起点。照他们看来，天地未分、万物未形之前，宇宙间只有元气存在。元气是物质性的东西，从而他们的宇宙构成论是以物质性的东西为第一性因素的。

刘勰撰《文心雕龙》，基本上是站在儒学古文派的立场上。这一点他在《序志篇》中说得很明白："敷赞圣旨，莫若注经，而马、郑诸儒，弘之已精，就有深解，未足立家。唯文章之用，实经典枝条。"马融、郑玄是汉末儒学古文派大师，刘勰不仅对他们极为称道，而且对于刘歆、扬雄、桓谭等也表示赞美[②]，说明了他对儒学（尤其是古文派）的尊崇。他把文学当做儒家经典的枝条，企图遵循儒学古文派路线去阐明文理，这并不是一句空话。《文心雕龙》文体论自《明诗篇》至《书记篇》，辨析了二十种文体的源流。刘勰为了论证上述观点，竟把每种文体的产生都追溯到儒家经典上去，从而在文学史方面制定出一套先验的理论结构。他还采取了儒学古文派所倡导的"通训诂，举大义"的办法，去为每种文体"释名章义"。在论述儒家五经的时候，他从古文派之说，而与笃守一家之法、一师之说的今文学家有所区别。《论说篇》所谓"秦延君之注《尧典》，十余万字；朱普之解《尚书》，三十万言；所以通人恶烦，羞学章句"。可以视为古文派对于"章句小儒"（今文派）的批评。尽管他提出："毛公之训《诗》，安国之传《书》，郑君之释《礼》，王弼之解《易》，要约明畅，可为式矣。"似乎以王弼与古文学家并举，同作楷式。但是，从他对《周易》所作的具体分析中，却找不到采纳王《易》的明显痕迹。实际上，他仍依古文派之说解《易》。例如，他说：孔子作《十翼》，文王作《卦辞》，《归藏》为《殷易》……这些说法全都本之郑玄[③]。前人称，郑《易》多参天象，王《易》则本玄旨，而杂以清言。王弼解《易》一反汉儒之风，主张得意忘象，得象忘言，而于五行术数，悉皆摈落[④]。宋赵师秀诗曾有"辅嗣《易》行无汉学"之语。刘勰解《易》，基本上依从郑学路线，而并不像王《易》那样对于五行象数之说一概采取排斥的态度。《原道篇》："取象乎河洛，问数乎蓍龟。"《征圣篇》："书契断决以象夬，文章昭晰以象离。"这些说法均与王《易》摈黜象数之旨背驰。更值得注意的是刘勰的宇宙观同样以汉儒的宇宙构成论为基础。他在《原道篇》中提出了这样一个宇宙形成的系统："夫玄黄色杂，方圆体分。日月叠璧，以垂丽天之象；山川焕绮，以铺理地之形，此盖道之文也。仰观吐曜，俯察含章，高卑定位，故两仪既生矣。惟人参之，性灵所钟，是谓三才。〔人〕为五行之秀，实天地之心。心生而言立，言立而文明，自然之道也。"（此即上一章所引鲁迅《汉文学史纲要》"梁之刘勰，至谓'人文之元，肇自太极'，三才所显，并由道妙"的原文。）这可以说是完全根据汉儒宇宙构成论所作的阐述⑤。汉儒宇宙构成论认为天地万物由太极（自然元气）所生。玄学本体论从体用一如或有无相即的原则出发，否认宇宙有这样一个形成过程，玄学只认太极是一种统摄万有的绝对精神，而天地万物都只是这个绝对精神的外现或外化，其间并没有什么太极生两仪之类的先后秩序。所以，王弼又把太极直接解释作天地。《晋书》卷六十八记顾荣之言曰："王氏云太极天地，愚谓未当。夫两仪之谓，以体为称则是天地，以气为名则名阴阳。今若谓太极为天地，则是天地自生，无生天地者也。"顾荣不同意王弼把太极解释作天地，严格规定天地是太极所生的两仪，正表明汉儒宇宙构成论对于玄学本体论的批评。

根据上述分析来看，刘勰的原道观点以儒家思想为骨干，这是不容怀疑的。他撰《文心雕龙》，汲取了东汉古文派之说。他的宇宙起源假说也的确接近于汉儒的宇宙构成论。然而，我不同意因此就把刘勰的宇宙观归定为唯物主义。因为他在什么是太极这个关键问题上并没有作出明确的规定，从而和古文学家明白断定太极就是元气的态度比较起来，可以说是表现了朦胧的态度。他的宇宙构成论和文学起源论都采取了极其混乱的形式，这固然一方面是儒家思想本身所固有的，另方面也出于他自己的牵强附会。《原道篇》所提出的文学起源论是把《易传》的太极说和三才说串连在一起。（三才说见于《说卦》："立天之道，曰阴与阳；立地之道，曰柔与刚；立人之道，曰仁与义。兼三才而两之。"）照他看来，太极生两仪，两仪即天地，人与天地并生，同为三才。由于人为性灵所钟，是五行之秀，天地之心，所以由心产生了语言，由语言产生了文学。这就是他所说的"人文之元，肇自太极"的具体内容。他又把这一文学产生过程叫做"自然之道"。他认为人类几乎与天地同时诞生，而文学在人类诞生后不久就马上出现了。这显然是充满神秘精神、违反科学的谬说。有些论者撇开这一点不论，却突出了刘勰所说的"自然之道"，从而作出种种不符实际的曲解。黄侃《札记》释《原道篇》曰："案彦和之意，以为文章本由自然生，故篇中数言自然。《韩非子·解老篇》曰：'道者，万物之所然也，万理之所稽也。理者，成物之文也；道者，万物之所以成也。（道，公相。理，私相。）故曰：道，理之者也。'案庄韩之言道，犹言万物之所由然。文章之成，亦由自然，故韩子又言圣人得之以成文章。韩子之言，正彦和所祖也。"（节录）陆侃如、牟世金《文心雕龙选译》引言更进一步肯定刘勰的文原于道的主张贯彻了唯物主义思想，并断言"自然之道"就是"客观规律"或"宇宙间的真理"。《札记》以佛说之"如"比附韩非之道，已属不伦，至于说"韩子之言，正彦和所祖"，就尤为牵强了⑥。韩非的天道观舍弃了老子的自然（即无为）之义。他所说的"道"，除具有先秦后期法家所谓"主道"、"君道"之类的偏见外，并没有突破老子的客观唯心主义的局限。（此说参阅笔者的《韩非论稿》，见《附记》。）刘勰所说的“自然之道”是具有另一种涵义的。刘勰把太极作为天地万物产生的最终原因。太极产生了天地，天地本身具有自然美（即所谓“道之文”）。太极在产生天地的同时，也产生了人（圣人），人（圣人）通过自己的“心”创造了艺术美（即所谓“人之文”）。道文、人文都来自太极，这就叫做“自然之道”。《原道篇》提出“傍及万品，动植皆文”、“无识之物，郁然有彩”的说法，从而肯定了自然美的存在，承认自然本身具有美的属性。所谓“云霞雕色，有逾画工之妙，草木贲华，无待锦匠之奇，夫岂外饰，盖自然耳”，就更进一步将自然美与艺术美并列，给予自然美和艺术美同等地位。这些说法在当时都具有积极意义，我们应当给予它一定的历史地位。但是，承认自然美的客观存在，并不等于是从唯物主义立场出发的（黑格尔的美学就是例子）。就刘勰文学起源论的思想根底来说，基本上是客观唯心主义的。

我们不难看出，刘勰所说的“自然之道”也就是“神理”。这一点，黄侃的《札记》也并不讳言。《原道篇》说：“若乃河图孕乎八卦，洛书韫乎九畴，玉版金镂之实，丹文绿牒之华，谁其尸之，亦神理而已。”“神理”即自然之道的异名。篇末《赞》曰：“道心惟微，神理设教。”二语互文足义，说明道心、神理、自然三者可通。据此，刘勰说的“自然之道”，虽与人为人造的概念相对，含有客观必然性的意思，但这个客观必然性只是代表宇宙主宰（即神理）的作用，而不是指物自身运动的客观规律。⑦在刘勰的文学起源论中，“心”这一概念是最根本的主导因素。从“心生而言立，言立而文明”这个基本命题来看，他认为“文”产生于“心”。通过“心”这一环节，他使道—圣—文三者贯通起来，构成原道、征圣、宗经的理论体系。（郭绍虞《中国文学批评史》指出，明道、征圣、宗经三种意义合而为一，为我国传统文学观，“其根基确定于荀子”。）照刘勰看来，儒家圣人之心合于天地之心，所以儒家经典之文即是自然之文。在这里，人文和道文固然联在一起，然而，这不是由于自然美是艺术美的源泉，或者艺术美是自然美的反映，而是由于圣人之心完全体现了天地之心的结果。用《原道篇》的话来说，这就是“道沿圣以垂文，圣因文而明道”。由于他把“心”作为沟通道—圣—文的根本环节，因而对“心”这一概念作了荒诞的夸大。《征圣篇》全文主旨即在阐明圣人之心合于天地之心。篇末《赞》曰“妙极生知，睿哲惟宰”，就是这一观点的概括说明（这句话的大意是说，圣人所以睿哲是因为圣人之心合于天地之心，而宇宙产生了充满智慧的圣人之心，实在有着极其神妙的道理）。《原道篇》所谓“道心惟微，神理设教”，也同样是为了表明道心或神理的神秘性。不过，道心虽然是不可捉摸的，神理虽然是难以辨认的，但由于“玄圣创典，素王述训，莫不原道心以敷章，研神理以设教”，圣人用来实行教化的经典却容易理解。这样，他就作出了圣心是道心的具现，经文是道文的具现的结论。于是，在他的文学起源论中，作为“恒久之至道，不刊之鸿教”的儒家圣人经典，也就被装饰了神圣的光圈，成为凌驾一切的永恒真理了。

这种儒学唯心主义观点使刘勰的文学起源论采取了极其混乱而荒唐的形式，自然这也会对《文心雕龙》创作论发生一定影响。不过，总的说来，刘勰的文学创作论并不完全受到他的文学起源论先验结构的拘囿，其中时时闪露出卓识创见。《中国通史简编》曾据《神思篇》《物色篇》《养气篇》中的基本论点，断定刘勰“在论文时，却明确表示唯物主义的观点”。对这一说法，这里需要加以补充和说明。我们应该承认，《文心雕龙》创作论（自《神思篇》至《物色篇》）的确存在不少合理的因素。刘勰在创作论中提出丰富的范畴，并通过它们之间的联系和矛盾来阐明艺术创作过程。在艺术规律和艺术方法方面，他总结了前人艺术实践的经验，掌握了大量资料，作出相当渊博的论述。他说出不少深刻的意见，不仅超越前人，就是在全部封建时代的文学理论领域内也放出了异彩。对于这些成就，我们需要加以实事求是的剖析，给予应有的评价。一方面我们应该认识到：这些精华部分仍旧包括在刘勰的客观唯心主义思想体系之内，不能不受到他的思想原则的制约。另一方面我们也必须注意：过去一些优秀思想家的理论著作，往往呈现了矛盾状态。他们的思想原则并不是永远贯串并浸透在每个具体的论点里面。原理和原理的运用之间，体系和方法之间，形式和内容之间，可能存在某种不一致的情况。例如，费尔巴哈“下半截为唯物主义者，上半截为唯心主义者”。作为客观唯心主义者的黑格尔，在伦理学或法权哲学方面，则与费尔巴哈相反，“形式上是很唯心的，而内容却是很现实的”。《自然辩证法》曾指出：黑格尔《大逻辑》关于“物自体”的论述，证明他“比起近代自然科学家来是一个更加坚决得多的唯物主义者”。《文心雕龙》的创作论所以超出文学起源论，能够具有现实的内容，正是由于同样的原因。因此我们不能根据刘勰的文学起源论是荒诞的，于是断定他的文学创作论也同样只有谬误。然而分辨原理和原理运用之间，体系和方法之间，形式和内容之间，可能存在的矛盾和差距，并不等于否定它们之间的联系。任何优秀的思想家都不能完全摆脱作为建筑自己理论结构基础并指导自己理论方向的思想体系的影响。

刘勰在文学起源论中把“心”作为文学的根本因素，但是他在创作论中却时常提到“心”和“物”的交互作用。他比较充分地研究了“心”“物”这一对范畴在艺术创作活动中的关系问题。《神思篇》揭示了“思理为妙，神与物游”的纲领，《物色篇》进一步阐明“情以物迁，辞以情发”的主旨。他说：“是以诗人感物，联类不穷，流连万象之际，沉吟视听之区；写气图貌，既随物以宛转；属采附声，亦与心而徘徊。”篇末《赞》曰“目既往还，心亦吐纳”，“情往似赠，兴来如答”。在这里，刘勰阐明作为文学内容的情志，不是来自主观冥想，而是心和物接触的结果。他所说的诗人感物是以感觉活动作为发端，这种看法基本上是符合认识规律的。当时玄风日炽，老庄思想盛行。庄子曾以庖丁解牛为喻，提出了“以神遇而不以目视，官知止而神欲行”的神秘主张，否定了认识活动必须通过感觉摄取物象作为起点。这种弃官知而重神理的唯心主义认识论，直到后来还对许多艺术理论发生了影响。刘勰不受这种神秘主义观点的浸染，他在创作论中坚持了感官的作用，这主要是由于他在一定程度上继承了荀子的学说。史称荀子“推儒墨道德之行事兴坏”。荀子对儒墨显学都有所修正，进行了批判的继承。后期墨学的主要著作《墨辩》（书名依晋鲁胜《墨辩注》）在认识论方面作出了具有科学性的阐发。《经上》与《经说上》第三至第六这四条是一组系统阐述认识论的理论。其中把认识作用分为“知材”“虑求”“知接”“恕明”四类，并直接把它们和“见物”“接物”“过物”“论物”的物观对象相联系，说明思维活动必经此感知、虑知、觉知、理知的认识过程，然后才能界立出正确思维活动的逻辑形式（用汪奠基《中国逻辑思想史料分析》说）。虽然《墨辩》对于感知、虑知、觉知、理知的表述过于粗略而隐晦，但是我们在大体上还是可以辨认，它们作为一种萌芽状态的认识分类，已经初步接近于我们现在所说的感觉、知觉、表象和抽象思维这几个不同阶段的认识功能。荀子的认识论就是在前人基础上加以发展和改造而建立起来的。他提出了“缘天官”说，更强调地指出人的认识活动是通过目、耳、口、鼻、形体、心这几种器官来进行的。前五种属于感觉官能，心（应该说是大脑）代表思维活动的器官。荀子在《正名篇》中曾充分地阐述了他的“缘天官”的认识论：“形、体、色、理，以目异。声、音、清、浊、调、竽、奇声，以耳异。甘、苦、咸、淡、辛、酸、奇味，以口异。香、臭、芬、郁、腥、臊、洒、酸、奇臭，以鼻异。疾、养、沧、热、滑、铍、轻、重，以形体异。说、故、喜、怒、哀、乐、爱、恶，以心异。心有征知。征知，则缘耳而知声可也，缘目而知形可也，然而征知必将待天官之当簿其类，然后可也。”引文中所说的“异”是指别同异，亦即认识事物的特性。这里指明目、耳、口、鼻、形体所摄取的外物映象必须有待于心的征知才能构成认识的内容，而心的征知倘不通过目、耳、口、鼻、形体簿物（去接触客观世界）就无法发挥它的综合与分析、区别同异的作用。

自然，刘勰的创作论并没有把荀子的唯物主义认识论加以进一步的发展和深化，甚至也没有对荀子的这些观点作出完整的介绍和阐述。但他的创作论受到了荀子学说的一定影响是可以肯定的。否则我们就无法理解：当时在玄风弥漫整个学术界的情况下，他的创作论为什么不受老庄学派“官知止而神欲行”的神秘思潮的浸染，而倾向于唯物的认识论？他的这种观点是从哪里来的？前人中只有荀子才在这方面作过详细的论述，因此刘勰很可能把荀子的认识论作为既成的结论运用在他的创作论中。我们只要把他在“神与物游”纲领下所提出的

“流连万象之际，沉吟视听之区”、“物沿耳目，而辞令管其枢机”、“目既往还，心亦吐纳”这些以感觉活动作为认识起点以及论述感官与心官作用的说法和荀子的认识论加以对勘，就不难看出其间的渊源关系。在这基础上，刘勰论述了作家进入创作过程后形成心物交融的复杂情况，说出不少深刻的见解。就创作过程这一范围来说，他的一些看法比他以前的文艺理论家提供了更多新的成分。他的“心物交融说”基本上是以“吟咏所发，志惟深远，体物为妙，功在密附”为宗旨。从他提出的“巧言切状，如印之印泥，不加雕削，而曲写毫芥，故能瞻言而见貌，印（即）字而知时”的主张来看，他是倾向于对物色作出真实反映的文艺理论的。

除了心和物的关系外，刘勰的创作论还提出了神和形的关系问题。后一对范畴与前一对范畴是有着密切联系的。魏晋以来，神形之辨成为儒、玄二家争论的焦点之一。玄学揭橥得意忘形之说，引申到神形问题上面，就是重神味而遗形骸，主张神形分殊，认为神可以不依赖形而存在。当时某些学者继承了荀子、王充等人的传统，反对这种唯心主义观点，提出了“形毙神散”（何承天《达性论》）的说法。到了齐梁之际，在这一争论基础上更爆发了神灭问题的大辩论。梁武帝等为了用佛教的因果报应去欺骗人民，大力宣扬神不灭论。范缜起而抗辩，他在《神灭论》中说：“形存则神存，形谢则神灭。”他用刀和利的关系为比喻，以为神之于形，譬如利之于刀；形之于神，比如刀之于利。虽然刀不能称为利，利不能称为刀，然而舍利则无刀，舍刀则无利，哪里有刀灭而利存，形亡而神在的道理呢？这一观点是唯物主义的。刘勰的创作论基本上汲取了儒学古文派的观点，而不同于玄学。我们从《养气篇》就可以看出他受到自然元气论的某些影响。《中国通史简编》称："《养气篇》说人的精神，依附于身体，养神首先在养身。"此说甚是。《养气篇》一开头就说"昔王充著述，制'养气'之篇，验己而作，岂虚造哉"，证明刘勰是肯定王充的自然元气论的。尽管《养气篇》包含了许多不科学的成分，可是其中的主旨很明白。所谓"率志委和，则理融而情畅；钻砺过分，则神疲而气衰"，"思有利钝，时有通塞，沐则心覆，且或反常"，都是说明身体状态必然会影响到精神状态，从而论证了神依附于形的道理。自然，这种看法带着机械论意味，并不完全正确，但在当时却有一定积极意义，因为它正与主张神形分殊的玄学观点针锋相对。例如，《弘明集》卷二载宗炳《明佛论》，即本玄佛合流立场提出了全然相反的说法："若使形生则神生，形死则神死，则宜形残神毁，形病神困。（疑有阙文——引者）夫有疾，则其身或属纩临尽，而神意必不全；乃自牖执手，病之极矣，而无变德行之至；斯殆不灭之验也。"宗炳从神形分殊的观点出发，认为人即使病到垂危，精神也不会受到丝毫影响，从而由形残神不毁，形病神不困，引申出形亡神不灭的结论。

《养气篇》所提出的形影响于神的论点并不是孤立的，它也贯串在与神形有关的其他问题里面。《比兴篇》是探讨艺术形象问题的专论，篇中所提出的"拟容取心"的命题，就是在艺术形象问题上分辨神形之间的关系。心和容亦即神和形的异名。汉人尚骨法，魏晋重神理。南朝时期，由于玄风的浸染，许多文艺理论家都提倡神似，反对形似，以至把神形分割开来。刘勰并没有受到这种影响，他始终主张神似、形似并重。有人认为刘勰的创作论反映了玄学重神遗形的倾向，这是不对的[⑧]。《比兴篇》提出"比类虽繁，以切至为贵，若刻鹄类鹜，则无所取焉"，充分证明刘勰认识到形似的重要。他所说的"拟容取心"

就包括了心和容（即神和形）两个方面。拟容是指摹拟现实的表象，取心是指揭示现实的意义。他认为要创造成功的艺术形象，拟容和取心都是不可缺少的条件，既需要摹拟现实的表象，以做到形似，也需要揭示现实的意义，以做到神似。《神思篇》“物以貌求，心以理应”，《物色篇》“志惟深远，体物密附”，《章句篇》“外文绮交，内义脉注”，都是申明此旨。在这里，刘勰并不承认神可以不依靠形而独立存在。显然这在当时是代表一种健康的文艺观点。后来的文艺理论家，自司空图的“离形得似”说起，几乎大多在这个问题上沿着重神遗形的斜坡，滑入了迷离恍惚的神秘境界。然而，刘勰的上述见解并不是通过鲜明的形式叙述出来。他只是根据诗、骚、赋等有限的文学样式所提供的材料，作出有关艺术形象的理论概括。当时小说和戏曲尚在萌芽，处于幼稚阶段，且未列入文学之林，这使他的形象论停留在原始的状态上，并局囿在狭隘的范围内。同时，由于他的客观唯心主义思想体系的局限，他只能用多少带有神秘意味的“心”来表示“现实意义”这一概念。他在《养气篇》中还硬把道家方士的“胎息”“吐纳”“卫气”之类长生久视之术，应用到文学创作活动方面，从而使一些精华和糟粕交织在一起。

围绕着艺术形象问题这个中心，刘勰提出了一系列对立统一的范畴来阐明艺术的创作活动。《比兴篇》“称名也小，取类也大”，《物色篇》“以少总多，情貌无遗”，是两个互为补充的命题。刘勰通过“少”和“多”这一对既矛盾又联系的范畴，说明作家需要运用最精练、最集中、最节省的材料，去表现最复杂、最丰富、最深远的内容。就时间空间的条件来说，任何作品都有一定的限度，只能容纳一定数量的事件，一定时期的生活。作家掌握“以少总多”的方法，就是为了突破这种限度和限制，通过个别去表现普遍，通过有限去表现无限，以扩大作品的容量。用刘勰的话来说，这就叫做“称名也小，取类也大”。“名”指的是“这一个”，“类”指的是“这些个”。尽管文学作品所表现的仍旧是某一瞬间的片断生活，但由于它通过“以少总多”的艺术创造，使某一现象成了无数这类现象的代表，因而构成一个自成起讫的完整世界，可以使读者从作品所提供的瞬间去追踪它的来龙去脉，从作品所提供的片断看出它的全貌或整体。刘勰这种看法，可以说已经蕴涵了“典型性”这一艺术理论的胚胎。为了创造“以少总多，情貌无遗”的作品，刘勰又在《神思篇》中提出了“博而能一”的命题。这个命题是就作家的体验和表现而言。“博”是指“博见”，“一”是指“贯一”。所谓“博见为馈贫之粮，贯一为拯乱之药”，就是要求作家在体验上要“博”，在表现上要“一”，把“博”和“一”，统一在一起。《事类篇》曾经用了一个巧妙的比喻说明博见的重要：“狐腋非一皮能温，鸡蹠必数千而饱。”意思是说，世间没有粹白之狐，只有粹白之裘，而粹白之裘正是取众狐之白缀成的。作家所见不博，就会产生“迍邅于事义”的缺陷；如果不断拓广自己的视野，就能“博见足以穷理”了。自然，仅仅做到博还不够，必须要“博而能一”。“ ”就是避免庞杂，要有中心，在思想上达到首尾一贯。刘勰从“类”的概念出发，把大和小、少和多、博和一这些对立的范畴统一起来。这种辩证观点是值得注意的。它们也同样是在前人所取得的成果的基础上建立起来的。在他以前，《墨辩》曾提出过“达名”“类名”“私名”三个范畴。据《经说》的解释：“名：‘物’，达也。有实必待文多也，命之。‘马’，类也。若实也者，必以是名也，命之。‘臧’，私也。是名也，止于是实也。”《墨辩》所谓“达名”是指普遍性的范畴，即后来荀子在《正名篇》中说的“大共名”，如“物”，这个概念可统摄万有。“类名”是指特殊性的范畴，即荀子说的“大别名”，如“马”，这个概念以区别牛羊，但又赅括一切不同形态的马在内。“私名”是指个体性范畴，即荀子说的“推而别之至于无别然后止”，如“臧”，这个概念作为某一个体（人）的专名。《墨辩》提出了“辞以类行”的理论。荀子对于“类”的概念更多有发挥：《儒效篇》“举统类而应之”，《子道篇》“言以类使”，《非相篇》“以类度类”，“类不悖，虽久同理”，《王制篇》“以类行杂，以一行万”。大体说来，荀子认为知类为立名之本，掌握了“类”的概念就可以突破感性认识的局限，以近知远，以一知万。不难看出，刘勰的创作论是吸取了这些理论成果的。他在论述小与大、少与多、博与一这类对立统一关系时，显然继承了《墨辩》和荀子所揭示的普遍性、特殊性、个体性三范畴之说。虽然他并没有把它们整理出科学的理论，作出明确的论断，但他已开始认识到：普遍性统摄着特殊的个体，而个体又蕴含了普遍性与特殊性于自身之中。因此，普遍、特殊、个体在区别中有其不可分离性。由此刘勰在前人说的“称名也小，取类也大”的指引下，作出了“以少总多”、“博而能一”的辩证论断。

刘勰的创作论还比较深入地研究了形式与内容问题。《通变篇》和《情采篇》都探讨了“文”和“质”的关系。刘勰大概是首先把“文”和“质”这对概念运用于文学领域的理论家。文、质二词最早见于《论语》和《礼记》。《雍也》：“质胜文则野，文胜质则史，文质彬彬，然后君子。”《颜渊》：“文犹质也，质犹文也。虎豹之鞟，犹犬羊之鞟。”《礼记·表记》：“虞夏之质，殷周之文，至矣。虞夏之文，不胜其质。殷周之质，不胜其文。”在这里，文和质的关系是由仁和礼的关系推演出来，专指道德规范和礼乐制度而言。“质”是代表一种素材，“文”是代表在素材上的加工。它们之间的关系有些近似于形式和内容的关系。在刘勰之前，班彪《史记论》称司马迁“辩而不华，质而不俚，文质相称，盖良史之材”（《后汉书·班彪列传》）。这是把文质概念用于史学。（应玚《文质论》不关论文，可置而不论。）魏晋以来，释家传译佛典，转梵言为汉语，要求译文忠实而雅驯，广泛地提到文质关系问题，开始把这一对概念引进了翻译理论⑨。在这基础上，刘勰所提出的文质论就更接近于文学的形式和内容问题了。《通变篇》通过文和质的概念（“斟酌乎文质之间”）去分析历代文学的流变，已经把原始的文质概念加以发展，而和原义有所不同。《情采篇》说：“水性虚而沦漪结，木体实而花萼振，文附质也。虎豹无文，则鞟同犬羊，犀兕有皮，而色资丹漆，质待文也。”显然，这里所说的文和质是指文学的形式和内容。刘勰不仅主张文附质和质待文，要求形式服从内容，内容通过优美形式表现出来，而且他也接触到内容决定形式这一原理。《情采篇》把“为情造文”（从内容出发）和“为文造情”（从形式出发）区别开来，肯定前者，否定后者，从而打击了当时弥漫文坛的形式主义倾向。刘勰在这方面说出了不少深刻见解：“铅黛所以饰容，而盼倩生于淑姿；文采所以饰言，而辩丽本于情性。故情者，文之经，辞者，理之纬；经正而后纬成，理定而后辞畅，此立文之本源也。”《体性篇》也说：“情动而言形，理发而文见，盖沿隐以至显，因内而符外者也。”“情性”或“情理”属于内容的范畴，“文采”或“文辞”属于形式的范畴。“经定而纬成”和“因内而符外”是两个互相补充的命题，用来说明形式由内容产生，并被内容所规定。

刘勰把形式叫做“外”，把内容叫做“内”。《比兴篇》所提出的

“拟容取心”，也可以分为内外两个方面。拟容切象是“外”，取心示义是“内”。由于刘勰认为内容决定形式，因此他在《比兴篇》中反对了徒知拟容切象、不知取心示义的词人作品，把这种重形式的倾向称为“用小而忘大”。《风骨篇》则从不同的角度，研究了“内”和“外”的关系问题。篇中说：“辞之待骨，如体之树骸；情之含风，犹形之包气。”黄侃《札记》释曰：“风即文意，骨即文辞。”这个解释虽嫌过于简单，但大体不差。《范注》对《札记》作了进一步补充：“此篇所云风情气意，其实一也。而四名之间，又有虚实之分。风虚而气实，风气虚而情意实。可于篇中体会得之。辞之与骨，则辞实而骨虚。辞之端直者谓之辞，而肥辞繁杂亦谓之辞，惟前者始得文骨之称，肥辞不与焉。”《范注》所说的虚与实也可以理解作内与外。虚包括在实里面，是实的内在素质。有人根据《范注》之说，以为《札记》把风归为“内”（文意），把骨归为“外”（文辞）是不对的。因为《风骨篇》明明把辞与骨比做体与骸，把情与风比作形与气，既然骸包括在体内，气包括在形内，从而骨也就包括在辞内，风也就包括在情内。据此，风骨都应属于内的范畴了。事实上，这种看法是没有认识到风骨这对概念在内和外的关系上的相对意义。骨对于辞来说，骨虚辞实，骨是内，辞是外（正如骸包括在体内一样）。风对于情来说，风虚情实，风是内，情是外（正如气包括在形内一样）。就这个意义来看，风和骨都是作为形体的内在素质，所以同属于“内”的范畴。但是，骨对于风来说，它们本身又有内外之分。因为风与作为文学内容的文意联在一起，骨与作为文学形式的文辞联在一起。就这个意义来看，风又属于“内”的一方，骨又属于“外”的一方了。这一内外关系，在某种意义上也是形式和内容的关系，《文心雕龙》创作论特辟《风骨篇》专论作为文意内在素质的“风”和作为文辞内在素质的“骨”，以论证“因内而符外”的重要性。刘勰认为只有练于骨者，析辞才能精，深于风者，述情才能显。风指的是“意气骏爽”，它的反面是“思不环周，索莫乏气”。骨指的是“结言端直”，它的反面是“瘠辞肥义，繁杂失统”。他提出风和骨这一对概念，正是为了反对无风的文意，无骨的文辞。此外，《体性篇》《情采篇》《事类篇》《隐秀篇》等也都论述了一些既联系又矛盾的范畴的内外关系。这些段落在《文心雕龙》全书中特别显得突出。《情采篇》以“联辞结采，将欲明经”为旨归；《通变篇》以“矫讹翻浅，还宗经诰”为根本；《体性篇》特别推重“方轨儒门”的典雅风格；《风骨篇》首先援引“风乃教化之本源”的诗教说。刘勰的文质说和孔子的文质说固然因用于不同领域而有所区别，但前者毕竟以孔子赋予文质概念的那种道德规范的意义为依据。

注：

① 前人评论《文心雕龙》，几乎毫无例外地把它归入儒家之列。据我所见，仅李家瑞《停云阁诗话》持有异说。他以为刘勰“与如来释迦随行则可，何为其梦我孔子哉”，这种批评充满偏见，是不能成立的。刘勰撰《文心雕龙》正当玄佛盛行之际。《南史·儒林传》称：“宋齐国学，时或开置，而劝课未博，建之不能十年，盖取文具而已。是时乡里莫或开馆，公卿罕通经术。朝廷大儒，独学而弗肯养众；后生孤陋，拥经而无所讲习。”在这种情况下，刘勰撰《文心雕龙》采取儒学立场，表现了对于玄学的抗拒态度。

② 刘勰提到刘歆、扬雄、桓谭之处颇多。《文心雕龙》往往引申他们的见解。此外，他对于一些反对玄风的儒学家也多表示肯定的态度。《才略篇》：“成公子安，选赋而时美。”《奏启篇》：“傅咸劲直，而按辞坚深。”《才略篇》：“傅玄篇章，义多规镜。”成公绥著有《钱神论》。傅玄、傅咸都抨击了“以望空为高而笑勤恪”的玄谈风习。干宝《晋纪总论》曾说：“核傅成之奏，钱神之论，而睹宠赂之彰。”

③ 孔子作《十翼》——《原道篇》：“庖牺画其始，仲尼翼其终。”《宗经篇》：“夫子删述，而大宝咸耀，于是《易》张《十翼》。”孔子作《十翼》之说原出《史记》。《周易正义》

云："郑学之徒，并依此说。"文王作卦辞——《原道篇》："文王患忧，繇辞炳曜。"《周易正义》谓："郑学以为卦辞爻辞并为文王所作。"《归藏》为《殷易》——《诸子篇》："《归藏》之经，大明迂怪，乃称羿毙十日，嫦娥奔月，殷汤（汤当作易）如兹，况诸子乎。"此言《归藏》为《殷易》。郑玄《易赞》云"夏曰《连山》，殷曰《归藏》，周曰《周易》"，当是刘勰所本。此外，《原道篇》"日月叠璧，以垂丽天之象"，系引申郑玄注《系辞上》之文。郑注"在天成象"曰："日月星辰也。"（杨明照据《意林》引《论衡》文"天有日月星辰谓之文，地有山川陵谷谓之理"，称："刘勰把日月山川看做天地自然之文，可能受了王充的影响。"此说可备参考。）《原道篇》："炎（炎帝即神农——引者）皞（太皞即伏羲——引者）遗事，纪在《三坟》。"此说见于孔安国《尚书传序》。皮锡瑞《经学历史》称，孔氏解《三坟》《五典》，本之郑氏。在儒家经典的排列上，刘勰也依古文学家所规定的先后次序。从以上诸例可以看出刘勰基本上是依古文派之说去解经的。

④ 王弼《易略例》批评汉儒《易》学说："互体不足，遂及卦变。变又不足，推致五行。一失其原，巧愈弥甚。"

⑤ 《原道篇》这段话是据汉儒宇宙构成论把《易传》的太极说和三才说拼凑在一起。《系辞下》本有"三才之道"的说法。三才是指天道、地道、人道。刘勰对于"三才"的理解，全遵汉儒的训释。孟康注《钟历书》"太极元气，函三为一"，谓三即三才，指天、地、人。郑玄释三才与两仪的关系说："太极函三为一，相并俱生。是太极生两仪，而三才已具矣。"何承天《达性论》亦云："夫两仪既位，帝王参之，宇中莫尊焉。天以阴阳分，地以刚柔用，人以仁义立。人非天地不生，天地非人不灵。三才同体，相须而成者也。"显然，这些说法都给予刘勰以很大影响。

⑥ 《文心雕龙》处处都表现了对于法家的歧视。《诸子篇》更露骨地说："至如商、韩，六虱五蠹，弃孝废仁，轘药之祸，非虚至也。"刘勰对韩非的批评十分严厉，他的原道主张与韩非思想殊少关联。

⑦ 在前人著述中"自然"一词并不一定代表"自然界"，更不一定等于今天所说的"物质"。例如魏晋以来，玄学家就很喜欢用"自然"这个词。夏侯玄曰："天地以自然运，圣人以自然用。"何晏释曰："自然者，道也。道本无名。"（《无名论》）何晏又说："道之而无语，名之而无名，视之而无形，听之而无声，则道全焉。"（《道论》）所以，叫做"自然"的"道"就是无语、无名、无形、无声的本体，或更明白地说："无"。王弼也同样根据玄学本体论来解释"自然"："自然者，无称之言，穷极之辞也。"（《道德经注》）又说："自然，其端兆不可得而见也，其意趣不可得而睹也，无物可以易其言。"（同上）据此，玄学所谓"自然"即是不可认识的无（即作为宇宙本体的绝对精神）。刘勰的"自然之道"虽然本之于儒家，而与玄学殊旨，但也不是指物质自身运动的客观规律。

⑧ 汤用彤《言意之辨》称："汉代相人以筋骨，魏晋识鉴在神明。顾氏（长康）之画理，

盖亦得意忘形学说之表现也。魏晋文学争尚隽永，《文心雕龙》推许隐秀。隽永在甘美而义长，情在词外曰隐，状溢目前曰秀。均可知当时文学亦用同一原理。”事实上，《隐秀篇》残文以情状并举，内外兼顾，正可以作为刘勰不废形似的明证。

⑨ 魏晋以来，佛书大量传入中土，译业宏富。当时名僧如鸠摩罗什、道安、僧睿、慧远诸人，都在经序中对翻译佛书问题进行了相当广泛的讨论。论题之一就是分辨文质之间的关系。这里由于篇幅所限，仅举以下数例：《梁僧传》记道安之言曰：“支谦弃文存质，深得经意。”《出三藏记》卷十载道安《鞞婆沙序》引赵政语云：“昔来出经者，多嫌胡言方质，而改适今俗，此政所不取也。何者？传胡为秦，以不闲方言，求知辞趣耳，何嫌文质？文质是时，幸勿易之，经之巧质，有自来矣，唯传事不尽，乃译人之咎耳。”《出三藏记》卷七载道安《合放光光赞随略解序》：“《光赞》，护公执胡本，聂承远笔受，言准天竺，事不加饰，悉则悉矣，而辞质胜文也。”《出三藏记》卷十载慧远《大智论钞序》：“圣人依方设训，文质殊体。若以文应质，则疑者众。以质应文，则悦者寡。是以化行天竺，辞朴而义微，言近而旨远。义微则隐昧无象，旨远则幽绪莫寻。故令玩常训者，牵于近习，束名教者，惑于未闻。若开易进之路，则阶藉有由，晓渐悟之方，则始涉有津。远于是简繁理秽，以详其中，令文质有体，义无所越。”《出三藏记》卷七载《首楞严后记》（不详作者）：“饰近俗，质近道。文质兼，唯圣有之耳。”僧祐《出三藏记》：“方言殊音，文质以异，译梵为晋，出非一人。或善梵而质晋，或善晋而未备梵。众经浩然，难以折中。”

附记：

现将拙作《韩非论稿》有关部分摘录如下，以备参考：

近来论者论述韩老关系，不别两者的同异，往往宣称韩非继承了老子的唯物主义思想。任继愈《中国哲学史》引韩非《解老篇》二十五节的一句话“凡理者，方圆、短长、粗靡、坚脆之分也”，并加以解释说：“道是自然界的根本规律，理是万物藉以互相区别的特殊规律。特殊规律离开不了总的规律，总的规律寓于特殊规律之中。”这是沿袭黄侃“道，公相；理，私相”之说（参阅黄侃《文心雕龙札记》论述韩非思想部分）。事实上，“道”乃老子的本体论，它对春秋前的人格神来说是进步的。但韩非对老子的道和德的解释已离开老子原旨。我们只要把《解老篇》二十五节全文通读一遍，就可以发现从那里面并不能推出一般规律和特殊规律及其间辩证关系的结论。《韩非子·解老篇》二十五节是这样说的："凡理者，方圆、短长、粗靡、坚脆之分也。故理定而后物可得道也。故定理有存亡，有死生，有盛衰。夫物之一存一亡，乍生乍死，初盛而后衰者，不可谓常。……圣人观其玄虚，用其周行，强字之曰道，然而可论，故曰：'道可道，非常道也。'"《中国哲学史》以为《解老篇》所阐释的道不是绝对观念。但是，事实恰恰相反。照韩非看来，理是可变的。方圆、短长、粗靡、坚脆、存亡、盛衰都是相对待的；而一切有待的皆非道。道是无待的，换言之，就是绝对的常。常是永恒不变的，与天地同生，天地消灭仍不死不衰。常是没有变易，没有定理的。《解老篇》二十三节释道云："道者万物之所然也，万理之所稽也。理者，成物之文也；道者，万物之所以成也。"又，《韩非子·主道篇》云："道者，万物之始，是非之纪也。"由此看来，道就是万物的本体，这个本体正是无待的绝对观念。万物万理的变化就是这个永恒不变的道的显现。所以道和理的关系并不是什么一般与特殊的辩证关系，而是无待驭有待，不变驭万变。在韩非的本体论中，道是唯一的真宰，作为万理的个体本身是没有任何价值的。这种本体论中，连客观唯心主义者黑格尔都曾经指出过它的虚妄。黑格尔在《哲学史讲演录》中讲到这种流行于古代东方的本体论的实质是在于只承认："那唯一自在的本体才是真实的，个体若与自在自为者（指本体——引者）对立，则本身既不能有任何价值，也无法获得任何价值。只有与这个本体合而为一，它才有真正的价值。但与本体合而为一时，个体就停止其为主体，而消逝于无意识之中了。”简单地说，这种本体论是把本体认作是存在于现实世界一切个别事物之外的绝对。这个作为绝对的本体不是从现实世界一切个别事物之中抽象出来的，它先于现实世界一切个别事物而存在。它的存在不依赖于现实世界一切个别事物，相反，现实世界一切个别事物的存在必须依赖它才能获得生存权。这种如黑格尔说的使“个体停止其为主体”，即用共性去湮没个性，用同一性取消特殊性的本体论就是韩非的哲学思想基础。在这个基础上导致出他的君主本位主义的全部理论。

侯外庐《中国思想通史》也是同样不别韩老的同异，有时甚至直接把韩非解老的话作为老子本人学说的内容来看待。《通史》在解释“德”这个概念时说：“‘德’既是这样‘核理而普至’的东西，既然是‘成物之文’，那么它便相当于万物的规律性。”所谓“核理而普至”一语，见于韩非的《扬权篇》：“夫道者，弘大而无形。德者，核理而普至。至于群生，斟酌用之，万物皆盛，而不与其宁。道者，下周于事，因稽而命，与时生死，参名异事，通一同情。故曰道不同于万物，德不同于阴阳，衡不同于轻重，绳不同于出入，和不同于燥湿，君不同于群臣。凡此六者，道之出也。道无双，故曰一。是故明君贵独道之容。君臣不同道，下以名祷。君操其名，臣效其形，形名参同，上下和调也。”这里说的“道者，弘大而无形。德者，核理而普至”，二句互文足义。老子把道说得很玄妙，韩非倘不用“核理而普至”即“切合事理普遍存在”的“德”的定义去加以补充，就很难把它引申到他那君主本位主义的政治思想上来。但是一经补充之后，也就离开了老子的道德本义，由宇宙观而一变为霸术论。《扬权篇》这一节的要点，同样在于阐明他那套存在于现实世界一切个别事物之外的本体论：道不同于万物，故能生万物；德不同于阴阳，故能生阴阳，以见君主不同于群臣，故能治群臣。君主和臣民的关系，正如道和万物的关系一样：道是万物的主宰，所以君主也是臣民的主宰。“道无双，故曰一”，所以君主必须认清自己是独一无二的道的化身。“明君贵独道之容”，所以君主必须专断独揽天下的大权。于是作为老子的朴素的宇宙观的道德论，一到韩非手里，终于归结到君主本位主义上去了。那么怎么能根据“核理而普至”一句话来断定它是在阐明“万物的规律性”？试问：又怎么能运用这种规律性去说明事物的关系和运动呢？

一九六二年

《文心雕龙》创作论八说释义小引

《文心雕龙》一书主要包括了三个部分，即总论、文体论、创作论。（书中也涉及作家的才能、文学批评、文学史等专题研究，但都是单独的篇章。）在写作方法上，刘勰把“史”“论”“评”糅合在一起。因此，在全书的三个部分中，都贯串了文学史的论述、文学批评的分析和文学理论的阐发。但由于三部分性质不同，在“史”“论”“评”方面也各有其重点。创作论是侧重于文学理论方面的。释义企图从《文心雕龙》中选出那些至今尚有现实意义的有关艺术规律和艺术方法方面的问题来加以剖析，而这方面的问题几乎全部包括在创作论里面，这就是释义以创作论作为主要研究对象的原因。自然，释义所选择的创作论八说，不能说已经把这方面的问题囊括无遗，阙漏是不可能避免的。

释义对刘勰理论的阐述，力求“根柢无易其固，而裁断必出于己”。笔者尝试运用科学观点对它进行剖析，把写作过程作为自己的学习过程。

我国古代文论具有自成系统的民族特色，忽视这种特殊性，用今天现有的文艺理论去任意比附，就会造成生搬硬套的后果。在阐发刘勰的创作论时，首先需要以实事求是的态度揭示它的原有意蕴，弄清它的本来面目，并从前人或同时代人的理论中去追源溯流，进行历史的比较和考辨，探其渊源，明其脉络。这项工作许多研究者已作出不少贡献。释义在已取得的成果基础上，希望能够提供一点新的看法，这些看法就写在释义的正文里。

但是，另一方面，如果把刘勰的创作论仅仅拘囿在我国传统文论的范围内，而不以今天更发展了的文艺理论对它进行剖析，从中探讨中外相通，带有最根本、最普遍意义的艺术规律和艺术方法（如：自然美与艺术美关系、审美主客关系、形式与内容关系、整体与部分关系、艺术的创作过程、艺术的构思和想象、艺术的风格、形象性、典型性等），那么不仅会削弱研究的现实意义，而且也不可能把《文心雕龙》创作论的内容实质真正揭示出来。正如《政治经济学批判导言》中所说的："人体解剖对猴体解剖是一把钥匙。低等动物身上表露的高等动物的征兆，反而只有在高等动物本身已被认识之后才能理解。"按照这一方法，除了把《文心雕龙》创作论去和我国传统文论进行比较和考辨外，还需要把它去和后来更发展了的文艺理论进行比较和考辨。这种比较和考辨不可避免地也包括了外国文艺理论在内。但从事这项工作的时候，自然不能抹杀其间的历史差别性，而只应该是由此更深入地去究明《文心雕龙》创作论的实质，更鲜明地去显示我国传统文论的民族风格。笔者在这方面根据自己的能力，或提出一些自己的看法，或只是提供一些资料，进行剖析，以供读者参考。现把它们放在释义正文之后，作为附释。过去，阎若璩撰《古文尚书疏证》，于每篇正文之后，附有若干条札记，有人曾认为著书体例不严谨，但我以为这种办法也有可取之处，它的优点就是行文活泼，不受拘束，可以使作者的意见从多方面得到发挥。因此，笔者也采取了同样的方式。

释义是掌握了清理和批判的原则对《文心雕龙》创作论进行剖析的。不过在论述方面，释义的正文和附释各有其不同的重点。正文侧重于清理，因为正如前面所说，正文的任务是按照刘勰理论的本来面目忠实地揭示它的原有意蕴，这样就不宜在这个重点之外，另生枝节，干扰阐述的主要线索，分散读者的注意。所以释义就把批判划归附释，作为附释的重点之一。自然，就研究方面来说，清理和批判不能截然分割。只有经过了批判才能真正清理出刘勰理论的原来面目，同时也只有真正辨清了刘勰理论的原来面目之后，对它的批判才是中肯的、实事求是的、具有科学性的。但是，在表述研究的成果时，仍不妨使正文和附释各有侧重的一面。不过，我们应该把正文所侧重的清理，理解作经过了批判的清理，把附释所侧重的批判，理解作经过了清理的批判。

附释另外还侧重于通过剖析刘勰的创作论，对其中涉及的艺术规律和艺术方法问题作出进一步探讨。严格地说，这已不属释义的范围，而进入专题研究和专题讨论的领域。不过，它和释义也并非完全没有关系。因为批判继承古典文艺理论遗产的目的，除了说明它的原来面目"如何"，也必须进一步弄清问题本身，究明它到底应该"怎样"。为了实现这一目的，笔者在附释中有时也选择了某些具有代表性的外国文艺理论来加以论述。自然，这样做是有一定限度的，那就是只限于刘勰创作论八说所涉及的问题范围之内。

总之，释义企图在批判地继承我国古典文艺理论遗产方面提供一些新的研究方法。同时，笔者还怀有这样一个愿望：经过清理批判之后，使我国古典文艺理论遗产更有利于今天的借鉴，也更有利于使它在世界文学之林中取得它本来应该享有的地位。像《文心雕龙》这部体大虑周的巨制，在同时期中世纪的文艺理论专著中还找不到可以与之并肩的对手，可是国外除了少数汉学家外，它的真正价值迄今仍被漠视。这原因除了中外文字隔阂，恐怕也由于还没有把它的理论意蕴充分揭示出来。释义仅仅是这方面的初步尝试，但愿望并不等于事实，笔者衷心期待释义能得到读者的检验和批评。

最后还要说明一下，用科学观点去清理前人理论是一项困难的工作。笔者认为《费尔巴哈与德国古典哲学的终结》在这方面留下了一个范例。这部著作对黑格尔的“一切现实的皆是合理的，一切合理的皆是现实的”命题作了阐发。阐释中提出的一些观点是黑格尔本人所没有确定而鲜明地说出来的，它们是经过清理之后才得出的结论。这样的清理方法，表面看来似乎已越出了原著的界限，可是事实恰恰相反，它却是完全必要的。因为不这样做，就不能真正揭示出隐藏在黑格尔哲学内核中的合理因素。我们不应该把这种用科学观点清理前人理论的方法，和拔高原著使之现代化的倾向混为一谈。自然，运用这种方法而要做到适如其分是很不容易的。笔者在释义中是不是有做得过头或做得不足的地方，也希望得到读者的批评和指正。

释《物色篇》心物交融说

——关于创作活动中的主客关系

魏晋以来的文学理论家多从朴素的观点去分析文学与自然的关系。陆机《文赋》“遵四时以叹逝，瞻万物而思纷”，钟嵘《诗品》“气之动物，物之感人，摇荡性情，形诸歌咏”，都是标明诗人缘景生情的名句。

刘勰在《物色篇》中采取了当时相当普遍的说法，从“物”“情”“辞”三者之间的主从关系去阐明“情以物迁，辞以情发”的文学主张，肯定了外境对于文学创作的重要意义。同时，他在这个基础上，更进一步探讨了创作实践过程中的主体与客体的相互关系问题，提出了“写气图貌，既随物以宛转；属采附声，亦与心而徘徊”的看法。这种见解，不仅为陆机、钟嵘等人所未发，而且也是后来的论者所罕言的。

过去注释家对于刘勰所说的“随物宛转”“与心徘徊”这句话，未遑细审，没有给予应有的注意。纪昀仅以“极尽流连之趣”评之。黄侃的《札记》则根本阙略《物色篇》，但书末曾附有骆鸿凯撰的《物色篇注》。《骆注》分析这段话说：“夫气貌声采，庶汇各殊，侔色揣称，夫岂易事？又况大钧槃物，块圠无垠，迎之未形，揽之已逝，智同胶柱，事等契舟，然则物态各殊既如彼，无常又如此，自非入乎其内，令神与物冥，亦安能传其真状哉!”《骆注》以“神与物冥”去阐释“随物宛转”“与心徘徊”，仍未能尽其底蕴。刘勰早已在论述想象问题的《神思篇》中提出过“思理为妙，神与物游”的说法，以明“神与物冥”之旨，他绝不会再在论述文学与自然关系的《物色篇》中踏步不进，重复前说。相反，他是用更深入的探讨去补充、去丰富、去发展自己在《神思篇》中已经提出过的论点的。“随物宛转”、“与心徘徊”这句话，就是刘勰对于“神与物冥”更进一步的发挥。

案“写气图貌，既随物以宛转；属采附声，亦与心而徘徊”，二语互文足义。气、貌、采、声四事，指的是自然的气象和形貌。写、图、属、附四字，则指作家的摹写与表现，亦即《骆注》所云“侔色揣称”、摹拟比量之义。刘勰以此表述作家的创作实践过程，其意犹云：作家一旦进入创作的实践活动，在摹写并表现自然的气象和形貌的时候，就以外境为材料，形成一种心物之间的融会交流的现象，一方面心既随物以宛转，另一方面物亦与心而徘徊。

这里所提出的“随物宛转”一语，并不是刘勰自创的说法，他是从前人那里借用来的。《庄子·天下篇》云：“椎拍輐断，与物宛转。”所谓“与物宛转”，本来是庄子学派对于慎到道术的评语。慎到为战国时代著名的稷下学士，他是首先倡导“因势”的理论家。我们从《天下篇》对他的批评可以看出他的思想大概。《天下篇》说：“慎到弃知去己，而缘不得已；泠汰于物，以为道理。”这就是说，慎到主张摈斥个人的主观因素，缘不得不然之势，顺物之自然，而不恃己智。所谓“与物宛转”正是从这种任凭自然之势的思想推演出来的结论。我们可以把这句话解释作顺物推移而不以主观妄见去随意篡改自然。刘勰借用“与物宛转”这句话，其目的正是为了说明作家在摹写并表现自然的时候，必须克服自己的主观随意性，以与客观对象宛转适合。

下文所说的“与心徘徊”显然是与“随物宛转”相对而提出的。“物”可解释作客体，指自然对象而言；“心”可解释作主体，指作家的思想活动而言。“随物宛转”是以物为主，以心服从于物。换言之，亦即以作为客体的自然对象为主，而以作为主体的作家思想活动服从于客体。相反的，“与心徘徊”却是以心为主，用心去驾驭物。换言之，亦即以作为主体的作家思想活动为主，而用主体去锻炼，去改造，去征服作为客体的自然对象。

刘勰提出“随物宛转”“与心徘徊”的说法，一方面要求以物为主，以心服从于物；另一方面又要求以心为主，用心去驾驭物。表面看来，这似乎是矛盾的。可是，实际上，它们却是互相补充，相反而相成。作家的创作劳动正如人类其他一切劳动一样，就其实质来看，不可避免地包含了主体与客体之间对立统一过程。人类劳动是“人与自然之间的一个过程，在这个过程中，人由他自己的活动来引起、来调节人与自然之间的物质变换。人以一种自然力的资格，与自然物质相对立”。作家的创作活动也同样存在着一种对立。在创作实践过程中，作家不是消极地、被动地屈服于自然，他根据艺术构思的要求去改造自然，从而在自然上印下自己独有的风格特征。同时，自然对于作家来说是具有独立性的，它以自己的发展规律去约束作家的主观随意性，要求作家的想象活动服从于客观真实，从而使作家的艺术创造遵循现实逻辑轨道而展开。这种物我之间的对立，始终贯串在作家的创作活动里面，它们齐驱争锋，同时发挥各自的作用，倘使一方完全压倒另一方，或者一方完全屈服于另一方，那么作家的创作活动也就不复存在了。仅仅以心为主，用心去驾驭物，就会流于妄诞，违反真实。仅仅以物为主，以心屈服于物，就会陷入奴从、抄袭现象。所谓“随物宛转”“与心徘徊”，正是对于这种交织在一起的物我对峙情况的有力说明。刘勰认为，作家的创作活动就在于把这两方面的矛盾统一起来，以物我对峙为起点，以物我交融为结束。他在《物色篇》赞中所说的“目既往还，心亦吐纳”、“情往似赠，兴来如答”，可以说是这种物我交融、和谐默契的最高境界。

〔附释一〕

心物交融说“物”字解

谈到心物交融说，首先必须辨清这个“物”字应当怎样解释，因为在这个问题上还存在一些不同的看法。

我国古汉语，词义纷繁，有本义，有引申义，有通假。读时必须随文抉择，而不可望文生解。倘使强古人以从己意，不作具体分析，那么，就会如前人所讥，变得非迂即妄了。就“物”这个字来说，据《经籍籑诂》所辑先秦至唐代的训释，共得五十余例。如果撇开其中意义相近以及物与他字组成一词者外，亦有二十余例。这些训释，分歧很大，有的甚至意义相反。如：同一物字，可训为“乾”（见《易象上传》“称物平施”和《系辞上传》“备物致用”虞注），又可训为“坤”（见《系辞上传》“坤作成物”荀注）。但一般通用的解释，则多把物训为“杂帛也”“万物也”“事也”“器也”“外境也”。

《文心雕龙》一书，用物字凡四十八处（物字与他字连缀成词者，如：文物、神物、庶物、怪物、细物、齐物、物类、物色等除外），散见于《原道》《宗经》《明诗》《诠赋》《颂赞》《铭箴》《谐讔》《诸子》《封禅》《章表》《神思》《情采》《比兴》《指瑕》《总术》《物色》《才略》《序志》各篇之中。这些物字，除极少数外，都具有同一含义。以创作论各篇来说，如:《神思篇》物字三见，皆同本篇“神与物游”中物字之训。《比兴篇》物字六见，皆同本篇“写物以附意”中物字之训。《物色篇》物字八见，皆同本篇“诗人感物，连类不穷”中物字之训。不仅这些物字含义相同，而且它们与上篇《明诗篇》中诸物字（“感物吟志”“应物斯感”“宛转附物”“情必极貌以写物”）或《诠赋篇》中诸物字（“体物写志”“品物毕图”“象其物宜”“睹物兴情”“情以物兴”“物以情观”“写物图貌”）同训。这些物字亦即《原道篇》所谓郁然有彩的“无识之物”，作为代表外境或自然景物的称谓。《文心雕龙》自有一完整的体系，其中论点往往前后呼应。而心物交融说则是刘勰申论的重要文学主张，如《诠赋篇》“情以物兴”“物以情观”，《神思篇》“思理为妙，神与物游”，显然都是同申《物色篇》“随物宛转”“与心徘徊”之旨。因此，在这些篇里，物字的训释并没有什么歧义。

《范注》释《神思篇》“神与物游”句，取黄侃之说，引《札记》云:“此言内心与外境相接也。内心与外境，非能一往相符会，当其窒塞，则耳目之近，神有不周；及其怡怿，则八极之外，理无不浃。然则以心求境，境足以役心；取境赴心，心难于照境。必令心境相得，见相交融，斯则成连所以移情，庖丁所以满志也。”这里把物解释作“外境”是很明确的。可是，《范注》释《神思篇》下文“物沿耳目”句，却对物字作了截然不同的解释：“物，谓事也，理也。事理接于心，心出言辞以明之。”这就容易令人产生种种误解了。近来，有的文章一方面肯定《神思篇》“神与物游”的物就是“物沿耳目”的物，但另方面又从《范注》“物沿耳目”之训，认为只有把物字解作“事也，理也”才是正确的。由于这篇文章忽略了《范注》解释《神思篇》两物字的歧义，它所作出的上述论断就形成了论证上的二律背反——如果要从《范注》之说，就不能断言“神与物游”的物亦即“物沿耳目”的物；如果要肯定“神与物游”的物亦即“物沿耳目”的物，就不能说《范注》物字之训是正确的。因为《范注》对同一《神思篇》两物字，一训为“外境”，一训为“事也，理也”，具有完全不同的含义，是不可互通的。

事实上，把“物沿耳目”的物字训为“事也，理也”，再进而概括为“事理”，是失其本义的。只有感性事物（外境或自然）才能够被感觉器官（耳目）所摄取。至于“事理”则属抽象思维功能方面，绝不能由感官直接来捕捉。因此，把“物沿耳目”的物训为“事理”，就等于说抽象的事理可以通过作为感官的耳目直接感觉到，这显然是不合理的。这里顺便说一下，《范注》对《文心雕龙》作了详赡的阐发，用力最勤，迄今仍是一部迥拔诸家、类超群注的巨制，笔者曾从中得到不少教益。但是，我们仍需以实事求是的态度，一一加以考核，以定取舍。

《范注》把物字训为“事也，理也”本之于段玉裁。《段注说文》于“牛”篆下云：“事也，理也。——事也者，谓能事其事也。牛任耕理也者，谓其文理可分析也。庖丁解牛，依乎天理，批大郤，道大窾。牛、事、理三字，同在古音第一部。此与羊、祥也，马、怒也、武也一例。自浅人不知此义，乃改之云：大牲也，牛、件也，件、事理也。与吴字下妄增之曰：姓也，亦郡也，同一纰缪。（下略）”所谓“事也，理也”本来是《段注》“牛”字之训，今《范注》移作物字之训，是否可以成立？案：物从牛，勿声。王国维《释物篇》曾据卜辞（引

《戬寿堂所藏殷虚文字》第三页及《殷虚书契前编》卷四第五十四页，卜辞原文略）考定“物亦牛名”，是则牛可引申为物。《范注》以牛字之训来释物字是没有问题的。问题在于对《段注》所谓“事也，理也”究竟应作怎样的解释？根据《段注》本身来看，它是把理字当做“文理”来解释的。过去有人曾著《牛训理说》，即从此例，也把理字解作“文理”。既然理是文理之理，那么自属视而可见的感官对象，而和诉诸抽象思维的理字绝不可混为一谈。《范注》援《段注》之说，却又混淆了这种区别，反统而谓之曰“事理”，已属不伦。倘更进一步加以引申，把它傅会为哲理或道理之类的“理”字，那就更是谬以千里了。

是的，许氏《说文》“牛”有“事理”之训。其文于“牛”篆下曰：“大牲也，牛、件也，件、事理也。（下略）”这或许也是《范注》的一个根据吧。但前人对于此说，早疑其妄。就在上面所引《段注》那段话里，已经指出它的纰缪，斥为“浅人妄增”。王筠《句读》也说：“‘牛、件也，件、事理也。’二句支离，盖后增也。”又说：“李时珍引曰：‘牛、件也，牛为大牲，可以件分为事理也。’仍不可解。”白作霖《释说文牛马字义》亦云：“事理之训，较武、怒尤为难憭，故后人于牛篆下增益尤甚。二徐本作‘牛、大牲也，牛、件也，件、事理也’。锴曰：‘若言一件二件，大则可分也。’桂氏即援以解事理之义，如其说于许书本文嫌羼杂，于事理之义亦嫌迂曲。王氏筠驳之是也。”至于徐承庆《段注匡谬》，对于《段注》本身用事理二字分释，也不赞同，并力加批驳，谓其“杜撰成文，纽合傅会”。这些说法都从根本上推翻了牛训理说。

那么，物字之训，究竟以何者为胜？笔者以为王国维之说较长。王氏《释物篇》云：“古者谓杂帛为物，盖由物本杂色牛之名，后推之以名杂帛。《诗·小雅》曰：‘三十维物，尔牲则具。’《传》云：‘异毛色者三十也。’实则‘三十维物’与‘三百维群，九十其犉’句法正同，谓杂色牛三十也。由杂色牛之名，因之以名杂帛，更因以名万有不齐之庶物，斯文字引申之通例也。”王氏提出的杂帛之训，在先秦以来古籍中可以找到不少例证。如：《周礼·司常》“杂帛为物”。《仪礼·士丧礼》“为铭各以其物”并《仪礼·乡射礼》“旌各以其物”，《注》曰：“杂帛为物，大夫所建也。”《释名·释兵》：“杂帛为物，以杂色缀其边为燕尾，将帅所建，象物杂色也。”杂帛是最接近物字本义“杂色牛”的训释，由此再引申为万物之训。许氏《说文》牛字亦有万物之训，但王氏谓其“迂曲”。这是因为许氏《说文》兜了一个圈子，由“牛为大物，天地之数起于牵牛”，再归结到牛训万物上来，这种说法是缴绕难理的。王氏并不否认万物之训，他只是指出物的本义不是万物，而是杂色牛，推之以名杂帛，后更因以名万有不齐之庶物。因此，万物乃物字的引申义。王氏之说，义据甚明，可谓胜解。

在物字的纷繁词义中，刘勰的心物交融说的物字，即王国维所举出的引申义：“万有不齐之庶物。”因而，论者把它解释为外境，或解释为自然，或解释为万物，都是可以说得通的。唯独把《神思篇》的“神与物游”和“物沿耳目”中的两物字，分释为“外境”和“事理”，加以牵强的区别，或者拘守旧训，把它们一律强解作“事也，理也”，再进一步把理字作为哲理之理，以从己意，这都是不正确的，并且会使我们在探讨《文心雕龙》的思想底蕴时带来不必要的障碍。

〔附释二〕

王国维的境界说与龚自珍的出入说

刘永济《文心雕龙校释》论《物色篇》云："本篇申论《神思篇》第二段论心境交融之理。《神思》举其大纲，本篇乃其条目。盖神物交融，亦有分别，有物来动情者焉，有情往感物者焉：物来动情者，情随物迁，彼物象之惨舒，即吾心之忧虞也，故曰'随物宛转'；情往感物者，物因情变，以内心之悲乐，为外境之欢戚也，故曰'与心徘徊'。前者文家谓之无我之境，或曰写境；后者文家谓之有我之境，或曰造境。"

《校释》用王国维的境界说来阐释刘勰的心物交融说，较之以前的注释家向前跨进了一大步。不过，我们同时也应该看到王国维的境界说是刘勰的心物交融说的演变，两者虽然有着一定的关联，但前者已经是后者在不同时代的新发展。

王国维生于清末，曾受到西方文艺思潮的影响。他所说的"有我之境"（或曰"造境"）和"无我之境"（或曰"写境"），乃侧重指出"理想与写实二派之所由分"。严格说来，这和刘勰的心物交融说不尽相同。刘勰在他那时代还不可能提出这样明确的理论。因此，《校释》

直接以王国维的“有我之境”和“无我之境”去解释刘勰的“随物宛转”和“与心徘徊”是较牵强的。在王国维的境界说中，“有我之境”指的是以我观物的理想派，“无我之境”指的是以物观物的写实派。在文学创作方法上，这两派各立门户，泾渭殊途，是不容混淆的。王国维正是从它们的殊异方面来立论。可是，刘勰所提出的“随物宛转”和“与心徘徊”，二语互文足义，说的却是一件事。按《物色篇》原文：“写气图貌，既随物以宛转；属采附声，亦与心而徘徊。”其中用“既”“亦”二字，可以证明“随物宛转”和“与心徘徊”是不容分割为二的。它们相反而相成，只有统一起来才构成审美主客关系的有机内容。王国维的“有我之境”和“无我之境”，侧重于论述创作方法上的不同流派，而刘勰的“随物宛转”和“与心徘徊”，则侧重于论述审美的主客关系，因此不可把两者作简单的类比。

那么，王国维的境界说和刘勰的心物交融说是不是毫无关联，因而我们也就不应该把它们联系起来进行比较的考辨？那又不尽然。只要细加考察，就可以看出其间仍是有脉络可寻的。因为从创作方法上的理想和写实这两大派深入一步进行探讨，就必然会归结到审美主客关系这个美学的根本问题上去。王国维的境界说的积极意义在于他已初步认识到理想和写实两派虽分判为二，但从物我关系上来看，这两派却又相互可通。《校释》在这一点上曾作出颇有见地的阐明：“前者（无我之境）我为被动，后者（有我之境）我为主动。被动者，一心澄然，因物而动，故但写物之妙境，而吾心闲静之趣，亦在其中，虽曰无我，实亦有我。主动者，万物自如，缘情而异，故虽抒人之幽情，而外物声采之美，亦由以见，虽曰造境，实同写境。是以纯境固不足以谓文，纯情亦不足以称美，善为文者，必在情境交融，物我双会之际矣。”所谓情境交融、物我双会，就是说以物观物的无我之境并不能把我完全排除在外，以我观物的有我之境也并不能把物完全排除在外。

王国维在《人间词话》中说：“自然中之物互相关系，互相限制。然其写之于文学及美术中也，必遗其关系限制之处。故虽写实家亦理想家也。又虽如何虚构之境，其材料必求之于自然，而其构造亦必从自然之法则，故虽理想家亦写实家也。”这种见解在当时是颇为难能可贵的。不过，王国维把理想和写实两派可以相通的原因，归之于在文学与美术中能够摆脱自然万物的互相关系、互相限制的局限性，却不免有些朦胧含混。但他在《人间词话》的另一处曾提出这样的主张：“诗人对宇宙人生，须入乎其内，又须出乎其外。入乎其内，故能写之。出乎其外，故能观之。入乎其内，故有生气。出乎其外，故有高致。”所谓“入”是说我入物内，以物为主，故我为被动。所谓“出”是说我出物外，以我为主，故我为主动。诗人创作必须既能入又能出，这正是申明情物交融、物我双会之旨。

在王国维之前，龚自珍已经提出过“善入善出”说。倘使我们要从我国文论发展史的观点来进行探讨，就可以看到从刘勰的心物交融说，到龚自珍的善入善出说，再到王国维的境界说，显示了我国文论关于审美主客关系理论探讨的演进流变的一条线索。不过，在谈到龚自珍的善入善出说的时候，有两个问题需待解决：第一，王国维和龚自珍都提到入和出这两个概念，而且论旨大同小异，那么，前者是否受到了后者的影响？就《人间词话》来看，王国维对龚自珍是十分菲薄的。他曾引《已亥杂诗》中的一首，直斥“其人凉薄无行，跃然纸上”。似乎不可能对龚自珍的理论加以推重。然而撇开这一点不论，我们可以说，他们在探讨艺术规律上作出了某种共同的结论，而这就更值得引起我们的注意。第二，龚自珍的善入善出说见于他的《尊史篇》。这篇文章既然以“史”标目，是不是也适用于“文”？要解决这个问题，首先必须明确龚自珍所谓“史”是一个内涵极广的概念。清人多持“六经皆史”之说。所谓“六经皆史”，一般指的是六经为周史所掌，而龚自珍却把这个概念扩大了。他认为五经为史之大宗，诸子为史之小宗，并且批评了刘向仅以道家、术数家出于史官的说法。龚自珍甚至把小说家也列入史的领域，称为“任教之史”。他在《古史钩沉论二》中还进一步指出：“史之外无有语言焉，史之外无有文字焉，史之外无人伦品目焉。”这已越出把六经视为周史所掌的范围。因此，我以为他在《尊史篇》所提出的善入善出说显然也适用于文的。

从龚自珍的善入善出说可以看出，它和刘勰的心物交融说是有着一定渊源关系的。《尊史篇》说：“何者善入？大卜山川形势，人心风气，土所宜，姓所贵，皆知之；国之祖宗之令，下逮吏胥之所守，皆知之。其于言礼、言兵、言政、言狱、言掌故、言文体、言人贤否，如言其家事，可谓入矣。”这是说，作者需要静观默察，钻进描写的对象中去，揣摩到家，使之烂熟于心，达到如数家珍的地步。这就是“善入”，它相当于刘勰所说的“心随物以宛转”。“何者善出？天下山川形势，人心风气，土所宜，姓所贵，国之祖宗之令，下逮吏胥之所守，皆有联事焉，皆非所专官。其于言礼、言兵、言政、言狱、言掌故、言文体、言人贤否，如优人在堂下，号咷舞歌，哀乐万千，堂上观者，肃然踞坐，眄睐而指点焉，可谓出矣。”所谓“善出”是指作者钻进了对象之后还要跳出来，表现自己对对象的态度、看法和评价。善出才不至于见树不见林，被孤立的事物所拘囿，才可以统观全局，发现事物之间的联系。这相当于刘勰所说的“物与心而徘徊”。

龚自珍认为，一个作者既要“善入”，又要“善出”，必须两者兼备。他说：“不善入者，非实录；垣外之耳，乌能治堂中之优也耶？则史之言，必有余吃。不善出者，必无高情至论，优人哀乐万千，手口沸羹，彼岂复能自言其哀乐也耶？则史之言，必有余喘。”不善入就会脱离现实，凌虚蹈空，流于向壁虚构；不善出就会奴从现实，缺乏个性，陷于刻板摹拟。龚自珍提出“善入善出”的主张，就是要求作者既要写实，又要表现个性，从而把文学的真实性和作家的独创性结合起来，使个性渗透在对象的真实描写中，千途万辙，莫不贯穿，达到心物交融的境地。

如果我们把刘勰、龚自珍、王国维三家之说作一简括的概述，就可以这样说：刘勰的心物交融说初步接触到审美的主客关系问题，还属于原始的朴素看法。龚自珍的善入善出说进了一步，在审美主客关系上提出了主体与客体的互相渗透。至于王国维的境界说，则从主客关系的“入乎其内”与“出乎其外”更进一步，在创作方法上标出写实与理想两大流派，并开始提出这两派相互可通。从以上概述大体可以看出我国文论在不同时代的发展线索的一个轮廓。

〔附释三〕

审美主客关系札记

最早提出美学中的人的能动性的是黑格尔。黑格尔在论述《艺术美的概念》中说："在艺术里，感性的东西是经过心灵化了，而心灵的东西也借感性化而显现出来。"在文学创作过程中，心灵的现实化和现实的心灵化一直在交错进行着。文学创作所反映的现实不是现实世界的自然形态，而是心灵化的现实，从而使属于意识形态的艺术美区别于自然美。同时文学创作所表现的思想感情不是精神世界的抽象形态，而是现实化的心灵，从而使以形象为特征的艺术区别于以概念为特征的科学。

黑格尔在《美的理念》中，通过对于知性的有限智力和有限意志的批判更进一步阐述了审美的主客关系。现综述大意如下：有限的智力对待对象的态度是假定客观事物是独立自在的，而我们的认识只是被动地接受。表面上看，这好像克服了主观的幻想和成见，按照客观世界的原状去吸取眼前的事物。但主体在这种关系上是有限的，不自由的，因为这是先已假定了客观事物的独立自在性，从而取消了主观的自确定作用。而有限的意志则相反，主体在对象上力图实现自己的旨趣、目的、意图，根据自己的意志牺牲事物的存在和特性，把对象作为服务自己的有力工具，从而剥夺了事物的独立自在性，以致使对象依靠主体，对象的本质就在于对主体的目的有用。这样一来，就从对象的不自由而使主体变成自由了。但这种主体的自由只是一种假象，在实践的关系上，它仍是有限的、不自由的。因为由于有限意志的片面性，对象的抵抗就不能消除，结果就造成了对象和主体的分裂和对抗。

以上黑格尔关于审美主客关系的论述，包含着一些值得我们批判地吸取作为借鉴的成分。他所说的“主观的自确定作用”就是指认识活动的主观能动性。(《小逻辑》第二二六节《附释》批判了把认识的主体当作一张白纸的观点——案：这是洛克在《人类悟性论：单纯观念的性质》中提出的主张。可参阅。）黑格尔所提出的“人把他的环境人化了”这一美学实践观点，曾引起马克思的注意（见《为〈神圣家族〉写的准备论文》)，是应该肯定的。但是我们同时也应看到他所谓审美主体的“自确定作用”，正如《费尔巴哈论纲》所说的，只是唯心主义抽象地发展了能动方面。因此，他一方面在批判知性的有限意志时，肯定了事物的独立自在性，反对主体为了实现自己的意图去牺牲事物的存在和特性。而另一方面，他在批判知性的有限智力时，又否定了客观事物是独立自在的，认为这种独立自在性只是出于主体的事先假定。黑格尔的这种说法似乎是矛盾的，而他的晦涩的论述方式更容易使人增添迷乱。为了弄清问题的真相，首先必须明白黑格尔对存在与思维关系这一认识论根本问题的看法。黑格尔的思想体系是按照精神是第一性的客观唯心主义建立起来的。不依赖人的意识而客观存在着的理念是他的哲学理论的核心。他在《美学》中说：“一切存在的东西只有作为理念的一种存在时，才有真实性。因为只有理念才是真实的东西。这就是说，现象之所以真实，并不由于它有内在的或外在的客观存在，并不是由于它一般是实在的东西，而是由于这种实在是符合概念的。”由此出发，黑格尔认为在审美的主客关系中，客体对于主体是独立自在的。有限意志的局限就在于没有认识到客体不依赖人的意志而客观存在着。可是，另一方面，客体对理念来说又是没有独立自在性的，因为它只是理念的外化，尚处于粗糙的低级阶段。有限智力的局限则在于没有认识到人的认识历程是理念的自身活动，由自在阶段向着高级的自在自为阶段的不断深化，而要认识客观事物的内在概念，就要依靠主观的自确定作用，使理念回复到自身，达到主客观在自在自为的更高阶段上的统一。黑格尔把主观能动性视为理念自身活动的一个环节，这正可作为唯心主义抽象地发展了能动方面的最好说明。因为他“不知道真正现实的、感性的活动本身”，不知道人的能动性是由历史所形成，只能从实践所产生，并经过实践所检验。

因此，黑格尔在论述审美主客关系时，作出了“在概念与实在的统一里，概念仍是统治的因素”这一唯心主义的结论。尽管黑格尔在思辨的叙述中常常作出了把握事物本身的真实的叙述，例如，他虽然把艺术美称作“理想”，但他却强烈地反对使艺术脱离现实的理想化倾向。他说：“在艺术和诗里，从‘理想’开始总是很靠不住的，因为艺术家创作所依靠的是生活的富裕，而不是抽象的普泛观念的富裕。在艺术里不像在哲学里，创造的材料不是思想而是现实的外在形象。所以艺术家必须置身于这种材料里，跟它建立亲切的关系；他应该看得多，听得多，而且记得多。”以为黑格尔反对现实主义的文艺理论，这是最大的误解。不过，由于他以“美是理念在感性事物中的显现”这一原则所建立的客观唯心主义美学体系的局限，他断言心灵和心灵所产生的艺术美高于自然。他认为只有心灵才是真实的，才是涵盖一切的，所以自然美只是心灵美的反映，而且自然美所反映的心灵美只是全然不完善的粗糙形态。由此，黑格尔提出了他的艺术清洗的理论。他认为艺术要把被偶然性和外在形状所玷污了的事物还原到它和它的概念的和谐，就必须把现象中凡是不符合概念的东西一概抛开，只有通过这种“清洗”，才能把理想表现出来。黑格尔曾经把这种克服所谓自然缺陷的艺术清洗论表述在下面的命题中，即：艺术创作应使“概念完全贯注到符合它的实在里”。对于黑格尔由绝对理念孕育出来的这种说法，费尔巴哈早就看出其中具有一种和黑格尔的辩证法相反的绝对化倾向，他在《黑格尔哲学批判》中说：“认为类在一个个体中得到完满无遗的体现，乃是一件绝对的奇迹，乃是现实界一切规律和原则的勉强取消——实际上也就是世界的毁灭。”这个批判同样非常准确地击中了黑格尔美学的要害。因为黑格尔所说的“概念完全贯注到符合它的实在里”，正是认为“类”可以在一个个体中得到绝对的实现。事实上，无论在现实世界里或在艺术作品里，个别的都不能绝对地体现它的一般概念。自然，任何个别的都蕴含着一般，但是正如列宁所指出的：“任何一般都是个别的（一部分，或一方面，或本质）。任何一般只是大致地包括一切个别事物。任何个别都不能完全地列入一般之中等等。”（《谈谈辩证法问题》）“类”在个体中绝对实现，这在现实世界中是不存在的，同样在艺术中也是荒诞的。因为如果艺术要正确地反映现实生活，如果艺术创作要不违反现实世界中个别和一般之间关系的客观规律，那么就不能不排除黑格尔所说的“概念完全贯注到符合它的实在里”这种追求绝对的美学理论。

事实上，当黑格尔的辩证法使他从思辨结构中摆脱出来，作出了把握事物本身的真实的叙述时，他也背叛了自己的理论原则。他在论述美的理想对现实的关系时，曾反对艺术家“从现实中的最好形式中东挑一点西挑一点拼凑起来”的办法。他在《美学》和《小逻辑》中都说过偶然性在艺术创作中是不可少的。他在论述人物性格时，曾反对法国古典主义剧作家使人物仅仅成为某种情志的抽象形式而消灭了人物的主体性，从而使艺术表现显得枯燥贫乏。他说：“性格的特殊性中应该有一个主要方面作为统治的方面，但是尽管具有这个定性，性格仍须同时保持生动性与完满性，使个别人物有余地可以向多方面流露他的性格，适应各种各样的情境，把一种本身发展完满的内心世界的丰富多彩性显现于丰富多彩的表现。”诸如此类的论述，显然和他从艺术清洗理论提出使“概念完全贯注到符合它的实在里”的命题背道而驰。可是，这些地方往往为人所忽视，甚至把黑格尔美学中的消极一面发展到极端，以为将所有的优点集中到一个人物身上来拔高形象就是创造艺术典型的准则。从这种追求理想完人的理论出发，以致连车尔尼雪夫斯基所提出的正确命题：“茶素不是茶，酒精不是酒”，也被视为对艺术美的贬低。这里我们可以引另外一位理论家的话来说明车尔尼雪夫斯基所提出的“茶素不是茶，酒精不是酒”的观点：“譬如，一个化学家取一块肉放在他的蒸馏器上，加以多方的割裂和分解，于是告诉人说，这块肉是氧气、碳气、氢气等元素所构成。但这些抽象的元素已经不复是肉了。”这段话不是别人说的，而恰恰是黑格尔（《小逻辑》第二二七节）。其实，车尔尼雪夫斯基的这个观点和上引黑格尔关于人物性格的观点基本上是一致的。

不过，黑格尔的客观唯心主义思想体系对他毕竟不是没有影响的。

由于他认为美是理念在感性事物中的显现，由于他认为自然本身是有缺陷的，不能完善地显现美的理想，从而作出了一些显然错误的审美判断。例如，他在论述引起动作的普遍力量时，认为反面的、坏的、邪恶的力量不应作为不可少的反动作的基本根源，“因为它们内在的概念和目的本身已经是虚妄的，原来内在的丑在它的外在实在中也就更不能成为真正的美了”。这种观点使他对莎士比亚作出了一些不公正的指摘。他说：“古代大诗人和艺术家从来不让我们引起罪恶和乖戾的印象，莎士比亚则不然，他在《李尔王》悲剧里却尽量渲染罪恶。”这种把表现罪恶当作玷污美的理想的偏见，倘加以引申和发挥，就会一笔抹煞十九世纪席卷整个欧洲文学的批判现实主义思潮，因为这些作品都以批判社会罪恶为宗旨。从黑格尔上述观点来看，就不能认识到这些揭露社会罪恶的作品并不简单地只是揭露丑恶，它们在揭露丑恶的同时也流露了作者的一定的理想光芒。因为黑暗不能用黑暗去暴露，而必须用光明去照亮它。果戈理曾经很机智地说明了这一点。当有人问他作品中的正面肯定的力量是什么的时候，他回答说：“我的‘笑’。”但是黑格尔并不承认破中有立，并不承认在批判社会罪恶的否定中必须以作者的肯定为前提（虽然批判现实主义作家往往并未在作品中直接说明他们肯定的是什么）。黑格尔这种否定艺术表现邪恶的偏见正是说明：一、在概念和实在这对范畴中，概念是第一性的。当概念与实在发生不一致的情况下，不是使概念服从实在，而是牺牲实在去保持概念的纯洁。如果说这一点在他的艺术清洗理论中已现端倪，那么在他指斥表现罪恶（这是大量存在于莎士比亚时代——资本主义原始积累时代的现实）玷污了美的理论中就显露无遗了。二、他的美的理想仍受到了艺术只应表现美好事物的传统美学观念的束缚，而并不承认艺术应该全面表现社会生活，除了美好的方面外也包括邪恶的方面在内。从而这使他把古希腊史诗时代的艺术标准偶像化、绝对化，当作了一切时代的审美准则。他认为史诗时代以后艺术只有日趋衰落这一看法，显然出于他对古希腊艺术的偏爱。三、他把事物的概念和实在和谐一致作为美的属性，正像车尔尼雪夫斯基所指出的："把艺术作品的必要属性的形式美和艺术的许多对象之一的美混淆起来，是艺术中不幸的弊端的原因之一。"虽然黑格尔在阐发美的规律方面较之车尔尼雪夫斯基美学具有更丰富的内容，虽然车尔尼雪夫斯基由于直观唯物主义的局限不能像黑格尔那样从主观能动性方面去阐述艺术的创作活动，来充分肯定艺术美的应有价值，但是车尔尼雪夫斯基的唯物主义倾向是明显的。他不妥切地以费希尔作为黑格尔美学代表的批判也并没有完全落空，有时他确实触到黑格尔美学本身的缺陷。

不过，这里的问题是怎样正确理解审美主客关系中的人的能动性。生活不能解释它自身，生活的本质隐藏在现象之中，因此，艺术创作就必须全面地能动地反映生活，对生活作出判断，并通过这种判断提出批判，揭示理想，艺术创作对生活素材进行艺术加工的全部过程都是按照一定的目的进行的，这目的就是在反映"生活是什么样的"时候，从中显现"生活应该是什么样的"。这一点，十九世纪最后一位伟大现实主义作家契诃夫已开始有所察觉。他曾经感叹当时的文艺界正经历一个瘫软的、贫瘠的、沉闷的时代，作家们缺乏生活的目标和远大的理想。针对这种情况，他提出自己的向往，认为"最优秀的作家是写实的，按照生活的原来样子去描写生活，可是因为每一行像液汁一样渗透着对于目的的自觉，所以您，除了原来样子的生活之外，还可以感到应该是那样的生活"。写了这几行之后，契诃夫惋惜地说他不能实现他的心愿。过去的现实主义作家由于时代和阶级的局限往往无法企及这种境界。自然，过去的现实主义作品也常常蕴含着浪漫主义的理想因素；不过它们多半是越出社会发展轨道的乌托邦式的空想。

今天，作家必须在表现“是什么样的生活”中去显示“应该是什么样的生活”。前者是基础，后者是主导。作家愈是深刻地认识并掌握了“应该是什么样的生活”，才能愈正确地反映“是什么样的生活”。同时，作家也只有充分理解了“是什么样的生活”，才能合乎规律、合乎逻辑地把“应该是什么样的生活”表现出来。不过，这里必须防止用主观任意性去代替主观能动性，像唯意志论那样，为了主观的意图不惜牺牲事物本身的存在和特点。理想性是现实的理想性，它不存在于现实之外，而是存在于现实之中。它是现实的潜在功能，把这潜在的功能加以明显的发挥，就是现实的真理。揭示现实中的理想性，不能跨越现实的历史阶段，不是把将来才能实现的理想去代替现在的现实，或者拔苗助长，把理想的萌芽夸大成为普遍的存在。艺术作品所表现的理想萌芽仍应是它的萌芽状态，不过经过了艺术家的能动的反映，可以使人清晰地看到它必将逐步壮大，成为不可抗拒的力量，转化为普遍的现实。所以，艺术比生活是“更”理想的。在概念和实在的关系中，实在是第一性的，只有在这种意义上说艺术美高于自然美才是正确的。

释《神思篇》杼轴献功说

——关于艺术想象

我国古典文艺理论经常接触到想象问题。“言有尽而意无穷”，几乎是每个诗人都懂得的常识。“意到笔不到”，几乎是每个画家都熟悉的方法。“手挥五弦，目送飞鸿”，几乎是每个音乐师都能体会的情趣。诗人往往根据这些道理，创造了意在笔外的艺术作品，激起了读者由此及彼的联想，进入了有着无穷回味的境界。《神思篇》一开头就说：“古人云：形在江海之上，心存魏阙之下。神思之谓也。”这是刘勰对想象所作的定义。所谓“形在江海之上，心存魏阙之下”，语出于魏中山公子牟，是指“身在草莽而心存好爵”的一种人生态度，本来带有贬义。刘勰引用这句话时已舍去了它的本义，藉以规定“神思”具有一种身在此而心在彼、可以由此及彼的联想功能。从这里我们可以清楚看出，刘勰所说的“神思”也就是想象。

艺术作品含有诱导读者想象活动的机能，作家往往在作品中对于某些应该让读者知道的东西略而不写，或写而不尽，用极节省的笔法去点一点，暗示一下，这并不是由于他们吝惜笔墨，而是为了唤起读者的想象活动。这种在文艺作品中经常出现的现象，用刘勰的话说，就是“思表纤旨，文外曲致，言所不追，笔固知止”。尽管作家笔有藏锋，含而不露，可是对于读者并无妨害。他们可以运用自己的想象，从作品所提供的一个片断，一条线索，一点暗示，去补充，去进行艺术的再创造，以便找出其中的来踪去迹，补成一幅完整而生动的图画，从而获得了更大的满足。

陆机在《文赋》中曾把这种想象活动说成是“观古今于须臾，抚四海于一瞬”，“恢万里而无阂，通亿载而为津”。刘勰《神思篇》加以引申说：“寂然凝虑，思接千载；悄焉动容，视通万里。吟咏之间，吐纳珠玉之声；眉睫之前，卷舒风云之色。”这些话都说明想象活动具有一种突破感觉经验局限的性能，是一种不受身观限制的心理现象。这也正是刘勰把想象称作“神思”的主要原因。

“神思”一词大约最早是刘勰提出来的。后来，这个词逐渐为人采用。萧子显《南齐书·文学传论》称：“属文之道，事出神思，感召无象，变化不穷。”这里所说的“神思”显然完全符合刘勰所指出的那种意蕴。不过，萧子显并不是简单地继承陆机和刘勰的想象理论，他所说的想象是用带有某种神秘色彩的心理活动去说明的。例如，《南齐书·文学传论》说：“文章者，盖情性之风标，神明之律吕也。蕴思含毫，游心内运，放言落纸，气韵天成。莫不禀以生灵，迁乎爱嗜，机见殊门，赏悟纷杂。”按照这里的说法，想象活动只以情性和神明为依据，纯粹是一种“游心内运”的心理现象。至于陆机和刘勰则在一定程度上看到了作为这种心理现象的想象活动和客观实际生活有着一定的联系。(自然，他们所理解的客观实际生活大抵偏重于自然界这一方面。)《神思篇》说“思理为妙，神与物游”，就是阐明此旨。陆机《文赋》也同样说：“伫中区以玄览，颐情志于典坟，遵四时以叹逝，瞻万物而思纷。”这里指出了“思”的产生是有感于“物”，而“物”的变化则引起了“思”的变化。

不过，陆机仅仅到此就停止了，直到刘勰才开始对于这个问题给予了说明。《神思篇》“拙辞或孕于巧义，庸事或萌于新意，视布于麻，虽云未贵（‘贵’字依《范注》校改），杼轴献功，焕然乃珍”，就是对于什么是想象问题所作的回答。

注释家往往把这里说的“杼轴献功”一语解释为“文贵修饰”。黄侃《札记》云：“杼轴献功，此言文贵修饰润色。拙辞孕巧义，修饰则巧义显；庸事萌新意，润色则新意出。凡言文不加点，文如宿构者，其刊改之功，已用之平日，练术既熟，斯疵累渐除，非生而能然者也。”

我以为这种看法是不能解释刘勰在这段话里所提出的“视布于麻”的比喻的。刘勰并不特别强调修饰润色的作用。相反，《文心雕龙》倒是以反对“饰羽尚画，文绣鞶帨”这类雕藻浮艳倾向的地方居多。反对雕琢就不会夸大修饰润色的作用，就会把修饰润色仅仅视为调整形式方面的一种手段。在这种意义上，如果内容本身是“庸事”，那么仅在形式上进行修饰润色，也不能使它萌生“新意”。如果内容本身就已孕有“巧义”，那么也用不着以诡丽的华词去代替朴讷的“拙辞”。总之，使庸事可以萌新意，使拙辞可以孕巧义，不是用修饰润色所能收功奏效的，它必须通过想象活动所起的作用。刘勰在这段话里所提出的“视布于麻，虽云未贵，杼轴献功，焕然乃珍”，即针对这一点而发。

案：用“杼轴”一词来表示文学的想象活动，原出于陆机。《文赋》“虽杼轴于予怀，怵他人之我先”，是刘勰所本。在这里，“杼轴”

具有经营组织的意思，指作家的构思活动而言。不过，陆机说的“虽杼轴于予怀，怵他人之我先”，是把重点放在想象的独创性上面，而刘勰说的“视布于麻，虽云未贵，杼轴献功，焕然乃珍”，则是把重点放在想象和现实的关系上面。

在这里，刘勰提出了一个耐人寻味的比喻，这就是用“布”和“麻”的关系来揭示想象和现实的关系。(《陔馀丛考》：“古时未有棉布，凡布皆麻为之。记曰：治其麻丝，以为布帛是也。”南朝时虽已有棉布，但“麻”“布”二字仍时常混用不分，如当时书家多称布纸为麻纸，所以这里所说的“布”实际上即指“麻布”。《正纬篇》“丝麻不杂，布帛乃成”，亦言布帛乃由丝麻杼轴而成，更可作为佐证。)照刘勰看来，“布”是由“麻”纺织而成的，两者质地相若，纤维组织不变，从这方面来看，“布”并不贵于“麻”，但经过纺织加工以后，就变成“焕然乃珍”的成品了。没有“麻”，纺不出“布”，没有现实素材，就失去了想象活动的依据。就这一点来说，想象与现实的关系，正犹如“布之于麻”的关系一样。

我们一旦明白刘勰所说的“视布于麻，虽云未贵，杼轴献功，焕然乃珍”是什么意思，那么对于他在上文所说的“拙辞或孕于巧义，庸事或萌于新意”，也就可以迎刃而解了。这句话正是针对作家运用想象而言。怎样才能使看来并不华丽的“拙辞”孕含着意味深长的“巧义”呢？怎样才能使大家都熟悉的“庸事”萌生出人所未见的“新意”呢？作家并不需要把看来朴讷的“拙辞”变成花言巧语，并不需要把大家熟悉的“庸事”变成怪谈奇闻。作家在作品中所写的仍旧是生活中常有的“拙辞”(如陆机所谓“榛楛勿剪”、钟嵘所谓“言在耳目之内”——指用通常语)，仍旧是生活中常见的“庸事”(如刘勰所谓

“用旧合机”，“言庸无隘”），他只是凭借想象作用去揭示其中为人所忽略的“巧义”，为人所未见的“新意”罢了。关于这一点，后来金圣叹也提出过类似的看法。他所谓“人人心中所有，笔下所无”，就是说明创造的想象活动应该从大家所熟悉的事物中去揭示别人所未理解的意蕴。“人人心中所有”就是指大家所熟知的“庸事”和“拙辞”，“笔下所无”就是指被大家所忽略或未能领会的“新意”和“巧义”。作家运用自己的想象活动，一旦从“庸事”中揭示出“新意”，从“拙辞”中引申出“巧义”，创造出“人人心中所有，笔下所无”的文艺作品，那么就好像“麻”经过了“杼轴献功”，产生出“焕然乃珍”的“布”一样，使人耳目为之一新了。

〔附释一〕
“志气”和“辞令”在想象中的作用

刘勰在《神思篇》中关于想象活动的性质问题还提出了另外一个论点，这就是他所说的“神居胸臆，而志气统其关键；物沿耳目，而辞令管其枢机。枢机方通，则物无隐貌；关键将塞，则神有遁心”。刘勰在这里把“志气”当做指导想象活动的“关键”，把“辞令”当做支配想象活动的“枢机”，这种看法同样十分值得注意，现申论如下，以补前文之未备。

先说“志气统其关键”问题。“志气”，在这里泛指情志与气质。就想象活动的性质来说，它是受到思想感情的指引的。思想感情不但鼓舞了想象活动，并且也成为想象活动的动力。举个例子来说，“杯弓蛇影”这个成语就是想象活动和思想感情紧密结合在一起的最好的说明。只有在十分恐惧和紧张的情况下，才会产生把杯内弓影变成蛇影的想象活动。陆机《文赋》“思涉乐其必笑，方言哀而已叹”，就已开始感觉到了这一点。（刘勰《夸饰篇》曾把陆机的话加以引申说：“谈欢则字与笑并，论戚则声共泣偕。”）一切想象活动都被作家的一定思想感情所指引、所鼓舞。离开了思想感情的引导，作家的想象活动就要变成刘勰所说的“关键将塞，则神有遁心”了。《神思篇》赞曰“神用象通，情变所孕”，也是说明同一道理。“神”即“神思”，是指想象活动；“象”即“意象”，相当于艺术的境界或形象；“情”即“情志”，用来表示思想感情。总的来说，这句话的意思就是阐明想象的运用使艺术的境界或形象得以构成（“通”有达成、贯彻之义），而这种构成境界或形象的想象活动又是由思想感情的变化所孕育出来的。我们把这句话和上面那段话对勘起来，就可以更清楚地看出刘勰所谓“志气统其关键”的意思了。

此外，我们在这里还要补充一点意见：一方面思想感情鼓舞了、指导了想象活动，另方面想象活动也可以加深并加强思想感情的内容。这种情况在文艺欣赏方面最为明显。一篇作品的思想内容越是能够感染我们，引起我们的共鸣，就越能激起我们的想象，使我们的想象活跃起来。反过来，我们越能运用自己的想象去体验、去补充一篇作品，就越能深刻而强烈地去理解它的思想内容。

其次，关于“辞令管其枢机”问题。“辞令”指语言或语词。想象活动以语言作为媒介或手段。没有赤裸裸的思想，各种思想活动都是通过语言来进行的。我们在头脑中所形成的“物”的表象是和“词”密切联系在一起的。“这是一片绿色的叶子”，“那是一盆燃烧的炭火”……这一切“物”的表象，都只有凭借语词的媒介才能构成。只有正确的语词才能正确地反映物象。所以，刘勰说：“枢机方通，则物无隐貌。”这种看法无疑也是合理的。

还有一点需要附带说明。《神思篇》又说：“方其搦翰，气倍辞前；暨乎篇成，半折心始。”《范注》认为这是说明“语言不能完全表彰思想”，或“文字与思想之间有不可免之差殊”。如果真是这样的话，那么它就和上文“枢机方通，则物无隐貌”形成明显的矛盾了。诚然，文学创作中经常会出现这种构思时“气倍辞前”，写作时“半折心始”的现象，可是，这或是由于构思本身的问题所引起的，或是由于表达方面的问题所引起的。我们不能把它归到“语言不能完全表彰思想”上面去。如果一个作家的构思本身是不明确的，那么不管他自己觉得如何新鲜动人，当他把这种连自己也还没有彻底弄清楚的思想写到纸上去的时候，就会感到处处不顺心，好像打了一个折扣了。另一方面，一个作家虽然确实清楚地理解了自己构思中的思想，可以把这种思想用语词对自己表达出来，但是一旦写到纸上去，仍旧会发生不满的现象，这是什么缘故呢？我们必须分辨清楚这样一种差别：只有自己明了的思想表达是一回事，让别人也能明了的思想表达却是另一回事。心理学家把前者称为“内部语言的思想表达”，把后者称为“外部语言的思想表达”。如果作家不善于把他自己理解的“内部语言的思想表达”，转移到“外部语言的思想表达”，让别人也同样理解，那么，当他一旦把思想写到纸上去的时候，也就会同样觉得好像打了一个折扣了。前一种情况是属于构思本身问题，后一种情况则属于表达方面问题。两者都不足以证明“语言不能完全表彰思想”的论点。

〔附释二〕

玄学言意之辨撮要

语言能不能表彰思想是魏晋以来的一个重要名理问题，列为当时玄学家所谓“三理”之一。《世说新语·文学篇》：“旧云王丞相（王导）过江左，止道声无哀乐、养生、言尽意三理而已。”这里所说的“言尽意”，即指当时关于语言能不能表彰思想的讨论。这个问题原来是由于对《易·系辞上传》“圣人立象以尽意，系辞焉以尽言”这句话所作的不同解释而引起的。就其性质来说，本不属于文学范围，而涉及当时玄学的本体论方面。但是由于刘勰在《神思篇》所提出的某些主张（如“物沿耳目，而辞令管其枢机。枢机方通，则物无隐貌”，“方其搦翰，气倍辞前；暨乎篇成，半折心始”，“意授于思，言授于意，密则无际，疏则千里”等等说法），往往使人想到当时玄学的言意之辨上去，从而把它们联系起来，一律看待，因此这里想要作一些简略的说明。

魏晋以来探讨名理的学者除欧阳建主张“名逐物而迁，言因理而变，此犹声发响应，形存影附。不得相与为二”的“言尽意论”外（《世说》称：东晋王茂弘亦尝道之），其他玄学家大抵都从“体无”的唯心主义世界观出发，利用以儒合道的办法把儒经加以牵强附会的解释（《论语皇疏》引王弼以“修本废言”之旨去附会“子曰予欲无言”一语最为明显)，以便抬出所谓“性与天道”的玄理从事于本末体用之辨，从而几乎毫无例外地属于言不尽意一派。因为言不尽意正是根据本无末有的玄学原则引申出来的必然结论。这里可以举出几个具有代表性的例子。

《魏书·荀彧传注》引何劭《荀粲传》称：“粲诸兄并以儒术论议，而粲独好言道，常以为子贡称夫子之言性与天道不可得闻，然则六籍虽存，固圣人之糠秕。粲兄俣（据百衲本）难曰：‘《易》亦云，圣人立象以尽意，系辞焉以尽言，则微言胡为不可得而闻见哉?’粲答曰：‘盖理之微者，非物象之所举也。今称立象以尽意，此非通于意外者也；系辞焉以尽言，此非言乎系表者也。斯则象外之意，系表之言，固蕴而不出矣。’”在这里，荀粲企图说明性道之学的“微理”是蕴而不出的象外之意、系表之言，因而无法用名言来诠释。（案：荀氏治《易》者颇多，均主旧学，本之汉儒。如荀爽、荀觊、荀崧、荀融等皆是。粲宗玄学，独标新义。）这种言不尽意的主张是十分露骨的。而当时名士，如欧阳坚石所言：“通才达识，咸以为然。”玄学代表人物王弼也提出过同样见解，不过采取了比较迂回曲折的说法。他在《周易略例·明象篇》中说：“意以象尽，象以言著。故言者所以明象，得象而忘言；象者所以存意，得意而忘象。犹蹄者所以在兔，得兔而忘蹄；筌者所以在鱼，得鱼而忘筌也。然则，言者，象之蹄也；象者，意之筌也。是故存言者非得象者也；存象者，非得意者也。象生于意，而存象焉，则所存者非其象也；言生于象，而存言焉，则所存者乃非其言也。”照王弼看来，言、象、意三者有联系又有区别。言生于象，象生于意，因此可以寻言以观象，寻象以观意。但这只是问题的一方面，另方面他又认为言对于象或象对于意，只是一种为了认识上的方便而设立的“象征文字”式的符号（即所谓“重画”），而不是真实的反映，所以终于作出了“存象则所存者非其象，存言则所存者非其言”的辩解。实质上这和荀粲的言不尽意论并无二致。（有人以为王弼之说“介乎”言尽意与言不尽意两派之间，并非确论。）王弼的“寄言出意”之义与何晏“无名论”颇为类似，在当时留下了极大的影响。魏晋玄学家大抵都持此说。郭象注《庄子》称“要其会归，遗其所寄”，支遁论《逍遥游》云“庄子建言大道，寄旨鹏鷃”，都显示了承袭王说的痕迹。再如另一系玄学家嵇康著《声无哀乐论》，明言“和声无象”，并谓“圣人识鉴不借言语”，亦与得意无言之旨合轨。

这种玄风自然也波及到佛学方面。据《高僧传》载：晋释僧肇著《涅槃无名论》云：“夫涅槃之为道也，寂寥虚旷，不可以形名得，不可以有心知，所以释迦掩室于摩碣，净名杜口于毗耶，须菩提唱无说以显道，释梵绝听而雨化。斯皆理为神御，故口为缄默。岂曰无辩？辩所不能言也。经曰：‘真解脱者离于言数。’”宋释竺道生在回答王弘诸人问道时，更直接袭取了王弼的说法称：“夫象以尽意，得意则象忘；言以诠理，入理则言息。若忘筌取鱼，始可以言道矣。”稍晚，梁释慧皎在《高僧传·义解论》中亦云：“夫至理无言，玄致幽寂。幽寂故心行处断，无言故言语路绝。言语路绝，则有言伤其旨；心行处断，则作意失其真。所以净名杜口于方丈，释迦缄默于双树，将知理致渊寂，故圣为无言。但悠悠梦境，去理殊隔；蠢蠢之徒，非教孰启？是以圣人资灵妙以应物，体冥寂以通神，借微言以津道，托形像以传真。故曰：兵者不祥之器，不获已而用之；言者不真之物，不获已而陈之。

故始自鹿苑，以四谛为言初；终至鹤林，以三点为圆极。其间散说流文，数过八亿。象驮负而弗穷，龙宫溢而未尽。将令乘蹄以得兔，借指以知月；知月则废指，得兔则忘蹄。经云：依义莫依语，此之谓也。”

上述种种说法显然都采用了大量玄学语言来给佛经经义作注。僧肇的“道不可以形名得”，竺道生的“执象迷理”“彻悟言外”，慧皎的“言者不真之物”，都是认为语言与思想之间存在着不可避免的差殊。他们都喜用玄学家常常援用的“得鱼忘筌，得兔忘蹄”的《庄子》故典，来宣扬所谓“理为神御”的神秘思想，可以说与玄学重道遗迹的见解如出一辙。这在当时玄佛合流、二方同趣的情况下，并不是什么奇怪的事。无论玄学家或佛学家，他们都是从“体无”出发，以无为或空无作为绝对的本体，把无为或空无放在宇宙万有之上。形名既是有，自然是不真之物，从而也就不能反映寂寥虚旷、神秘难测的“道”或“理”了。

这就是刘勰以前（或同时代）玄学家对于语言和思想关系的大致看法。自然刘勰不能完全离开前人留下的思想资料；不过，他只是利用了这些思想资料所提供的形式，而注入了不同的内容。所谓“物沿耳目，而辞令管其枢机。枢机方通，则物无隐貌”，是他对于语言与思想关系问题的根本观点。他在分析具体作品时，也同样贯彻了这种主张。《物色篇》称《诗经》“皎日嘒星，一言穷理，参差沃若，两字穷形”，清楚地说明了语言文字是可以穷理穷形的。此外，《夸饰篇》亦云：“谈欢则字与笑并，论戚则声共泣偕”，显然与作为“三理”之一的《声无哀乐论》（嵇康）形成鲜明对照。从言尽意观点出发，必然认为文学艺术的内容与形式的统一。从言不尽意观点出发，则必然得出文学艺术的内容与形式“殊途异轨，不相经纬”的结论。如嵇康的《声无哀乐论》就说：“然则心之与声，明为二物，二物诚然，则求情者不留观于情貌，揆心者不借听于声音也。”刘勰的上述见解和玄学家的言不尽意论，显然朱紫各别。即使在术语方面，他所用的“思”“意”“言”三词，也与王弼附有玄学意蕴的“意”“象”“言”三词含义各殊，不得混同。

〔附释三〕

刘勰的虚静说

魏晋以来的文学理论家在谈到构思问题的时候．多主虚静说。陆机《文赋》已有“收视反听，耽思傍讯”、“罄澄思以凝虑”等等说法。刘勰《神思篇》则更进一步标明：“陶钧文思，贵在虚静。”

历来注释家往往把《神思篇》的虚静说和道家思想联在一起。黄侃的《札记》就是引《庄子》“惟道集虚”以及《老子》“三十辐共一毂，当其无，有车之用”，来阐释“陶钧文思，贵在虚静”一语的。

从实质方面来看，老庄的虚静说完全是以虚无出世的消极思想为内容。在老子方面，虚静就是意味着“无为自化，清静自正”。在庄子方面，虚静就是意味着“彻志之勃，解心之缪，去德之累，达道之塞”。他们把虚静理解为一种绝圣弃智、无知无欲的混沌境界，并以这种境界作为养生的最高目标。老庄的虚静说对后代论者确有一定影响。例如，《淮南子·精神训》云：“使耳目精明玄达而无诱慕，气志虚静恬愉而省嗜欲，五脏定宁充盈而不泄，精神内守形骸而不外越；则望于往世之前，而视于来世之后，犹未足为也，岂直祸福之间哉！”魏晋以来，玄佛并用的学者亦多采老庄的虚静说。梁武帝《净业赋》云：

"有动则心垢，有静则心净。"他认为目随色而变易，眼逐物而转移，六尘同障善道，使人沉沦苦海终不觉悟。倘要去此患累，只有"外去眼境，内净心尘，不与不取，不爱不嗔"。显然这些说法都是发挥老庄以虚为主、由实返虚的理论。但是刘勰的虚静说却与此完全不同。他只是把虚静作为一种陶钧文思的积极手段，认为这是构思之前的必要准备，以便藉此使思想感情更为充沛起来。《养气篇》赞中所说的"水停以鉴，火静而朗"，正可作为他的虚静说的自注。水停才能清楚地映物，火静才能明朗地照物。所以水停火静都是以达到明鉴的积极目的为出发点的。这正和前人所谓"明镜不疲于屡照"的道理一样。据此，刘勰的虚静说与老庄的虚静说恰恰成了鲜明的对照。老庄把虚静视为返朴归真的最终归宿，作为一个终点；而刘勰却把虚静视为唤起想象的事前准备，作为一个起点。老庄提倡虚静的目的是为了达到无知无欲、浑浑噩噩的虚无之境；而刘勰提倡虚静的目的却是为了通过虚静达到与虚静相反的思想活跃、感情焕发之境。一个消极，一个积极，两者的区别是显而易见的。

先秦诸子提倡虚静说的，并不止于道家，除老庄外，尚有荀子。荀子在《解蔽篇》中提出"虚壹而静"之术，用来作为以心知道的一种手段："人何以知道？曰：心。心何以知？曰：虚壹而静。"

"虚壹而静"一词虽然最早出于宋钘、尹文的著作，但是荀子却赋予了它新的含义。《解蔽篇》明言"宋子蔽于欲而不知得"，足见荀子的"虚壹而静"是不会毫无批判地套用被他视为蔽于一曲的宋、尹之学的。宋、尹学派创造了一套主观思维的认识过程，即所谓心治之术。他们提出"专于意，一于心"的主观认识论，反对掌握外界的一定现象，而把感觉或心官的感应活动限制在"自充自盈，自生自成"的范围之内，从而作出了“无以物乱官，毋以官乱心”的命题。尽管荀子的解蔽可视为宋、尹的别宥的引申，可是事实上荀子却舍弃了宋钘、尹文通过“虚壹而静”这个用语所表示的静以制动、静以养心、去知去欲、无求无藏的消极目的，而提出了截然相反的规定。什么是荀子所说的“虚壹而静”呢？照他看来，虚的对面是臧；臧者，藏也，含有积藏之义。壹的对面是异；异者，指心兼知也。静的对面是动；动者，指心自动运行也。从心的本性来说，它是有臧、异、动的特点的。也就是说，心往往积藏了许多固定看法，包含了许多纷杂不一的成分，并且又往往是不由自主地运行着的。倘要以心知道，那么就必须由臧而虚，由异而壹，由动而静。心固然具有臧异而动的特点，但是未尝不能达到虚壹而静的境界。要做到这一步，首先，“不以已所臧，害所将受”，这就是说，不以自已心中原来积存的固定看法去损害将要准备接受的东西。这就叫做虚。其次是“不以夫一害此一”。这就是说，不要以彼一事理去损害此一事理；或者更确切地说，不要用片面的观点去损害全面的观察。《解蔽篇》所举“墨子蔽于用而不知文”，“庄子蔽于天而不知人”，就是蔽于一曲的片面观点的例证。倘能克服这种片面观点，从一元论的立场把纷杂互异的万物统一起来观察，这就叫做壹。最后是“不以梦剧乱知”。这里所说的梦，是指心的不由自主的运行，如人在梦中一样。一切凌乱杂念，下意识的心理活动均可归入梦的范畴。倘能克服这种现象，役心而不为心役，使思想集中起来，这就叫做静。荀子认为：虚则入——心能虚，才能摄取万物万理；壹则尽——心能壹，才能穷尽万物万理；静则察——心能静，才能明察万物万理。以上就是“虚壹而静”的大概内容。

荀子的“虚壹而静”之说也是作为一种思想活动前的准备手段而

提出的，这与刘勰把虚静作为一种构思前的准备手段并无二致。荀况、孟轲本有齐名之誉，自汉文帝列孟于学官，扬孟抑荀，轩轾始判。刘勰生于汉季以后，他在《诸子篇》中丝毫不受这种偏见的影响，仍以荀、孟并举，宣称：“研夫孟、荀所述，理懿而辞雅。”就这一点来看，刘勰或吸取了荀子的某些思想，或受到荀子的某些影响，大概不是完全不可能的吧？

释《体性篇》才性说

——关于风格：作家的创作个性

《体性篇》是我国最早论述风格问题的专著。体指的是文体，性指的是才性。篇末《赞》曰："才性异区，文辞繁诡。"就是说明作家的不同创作个性形成了作品风格的差异。

远在刘勰以前，《尚书·皋陶谟》就已谈到人的性行有九德，曰："宽而栗，柔而立，愿而恭，乱而敬，扰而毅，直而温，简而廉，刚而塞，强而义。"这九德是为了择人而官所提出来的。汉代选士，首为察举，鉴识人伦，考课核实，则有所谓"月旦人物"，从性行方面进行人物的品评。到了魏晋，玄风昌炽，才性说成了风靡一时的论题。《世说新语·文学篇》称：钟会撰《四本论》。据刘孝标注，所谓"四本"是指当时论者可判分为才性同（傅嘏）、才性异（李丰）、才性离（王广）、才性合（钟会）四派。人在性行或才性上的差异必然会流露于语言文字之间，从而由此形成了一种因言观人之法。《易》称："将叛者其辞惭，中心疑者其辞枝，吉人之辞寡，躁人之辞多，诬善之人其辞游，失其守者其辞屈。"就是从修辞学的角度接触到语言风格问题。陆机《文赋》："夸目者尚奢，惬意者贵当，言穷者无隘，论达者惟旷。"

则更进一步把风格问题引进了文学理论。刘勰的才性说正是在前人所提供的资料上建立起来的。《才略篇》从史的角度论述九代作家的才性，可与《体性篇》相映发，其中曾引“皋陶六德”之说。《总术篇》称：“精者要约，匮者亦尠；博者该赡，芜者亦繁；辩者昭晰，浅者亦露；奥者复隐，诡者亦曲（‘曲’字从杨明照校改)。”这可以说是《易》的修辞学风格论和《文赋》的艺术风格论的引申。至于《体性篇》的才性说就更显出和魏晋以来的《四本论》有着某种相似之处。

钟会的《四本论》已亡佚，究竟包含怎样的具体内容，除《世说新语·文学篇》和刘孝标注留下一些片断资料外，现已无法详考。但就大体推之，“四本”属玄学论题之一，当时有关才性的讨论，专在辨析才性的离合同异，它和玄学的本体论有着密切的联系。所谓“性言其质”，似即以性为实、为体。所谓“才言其名”，似即以才为名、为用。从《世说新语·文学篇》称傅嘏“善言虚胜”以及注引《傅子》“清理识要”“原本精微”这些话来看，作为当时讨论才性离合同异的代表人物傅嘏，显然就是一位玄学家。近来论者或以刘勰的才性说源于玄学家的才性说，并据《体性篇》“才性异区”、“因性练才”之语，判定他属于才性异的一派，这是不确切的。因为《体性篇》才性说并不涉及才性的离合同异问题。具体地来说，《体性篇》才性说也不仅仅限于论述才和性这两个概念，而是通过这两个概念统摄了更广泛的内容。这在本篇一开头就说得十分清楚：“夫情动而言形，理发而文见，盖沿隐以至显，因内而符外者也。然才有庸俊，气有刚柔，学有浅深，习有雅郑，并情性所铄，陶染所凝，是以笔区云谲，文苑波诡者矣。”这段话里包含有下面几层意思：首先，在于申明内外之旨，即文学的内容与形式关系。其次，这种内外关系，即由隐以至显和因内而符外，是专就作家的创作个性和由此所形成的作品风格而言。再其次，就作家创作个性的构成因素来说，包括才、气、学、习四个方面。才与气是情性所铄，属于先天的禀赋；学与习是陶染所凝，属于后天的素养。才、气、学、习这四种因素，或约为情性所铄与陶染所凝这两个方面，构成了作家的创作个性。最后，作家的创作个性按照由隐以至显和因内而符外的艺术规律，就形成了笔区云谲、文苑波诡的无限多样化的不同艺术风格。本篇下文又称“吐纳英华，莫非情性”，并历举贾生等十二家为例，以证明创作个性和艺术风格“表里必符”的原则。这种观点颇近似于布封《关于文章风格的演说》中的名言：“风格就是人本身。”

《体性篇》才性说的内容包括了才、气、学、习四事，这显然与魏晋玄学家的才性说异趣。其间最大的分歧就是刘勰把“气”这一概念引进了他的才性说中。《体性篇》除才性外，又用才气一词。这两种说法异语同义，是可以互通的。篇中所谓：“触类以推，表里必符，岂非自然之恒姿，才气之大略哉！”此外“才气”一词正可视为“才性”的异名。《文心雕龙》书中往往论及才性或才情与气的关系。《乐府篇》称魏之三祖“气爽才丽”。《杂文篇》称宋玉《对问》“放怀寥廓，气实使之”。《才略篇》评骘前修，或称“才颖”，或称“气盛”，或称“力缓”，或称“情高”，虽用字甚杂，但都可归人才性或才气的范围。所谓“嵇康师心以遣论，阮籍使气以命诗”，更是明显地运用才性或才气之说来阐明魏末晋初的文章风格。照刘勰看来，才性或才情是由气所决定的。《体性篇》“才力居中，肇自血气”，即申明此旨。从这里我们看到刘勰的才性说大抵是受到王充的自然元气论的一定影响。王充《论衡》也认为“人禀元气于天”，从而把气视为先天禀赋的基因，构成性格内容的根本要素。《论衡·无形篇》称："人禀气于天，气成而形立，则命相须以至，终死形不可变化，年亦不可增加。"这是说体质的强弱取决于禀气之厚薄。元气不仅决定了人的体质，并且也决定了人的性情。《论衡·率性篇》："禀气有厚泊，故性有善恶也。""人之善恶，共一元气，气有少多，故性有贤愚。"由于禀气不同，不但在善恶贤愚上显出了分歧，而且在性情作风上也表现了差异。《率性篇》所举"齐舒缓，秦慢易，楚促急，燕戆投"就是这方面的例证。

王充这种观点对于后来论者具有相当大的影响。魏任嘏作《道论》称："木气人勇，金气人刚，火气人强而燥，土气人智而宽，水气人急而贼。"（据《御览》引）刘劭《人物志》也是论述"人禀气生，性分各殊"之理。他在《九征篇》中说："夫容之动作，发乎心气。心气之征，则声变是也。夫气合成声，声应律吕，有和平之声，有清畅之声，有回衍之声。夫声畅于气，则实存貌色。"刘昞注《人物志》曰："心气于内，容见于外。"又曰："非气无以成声，声成则貌应。"曹丕则更进一步，开始把气这一概念引进了文学领域。他在《典论·论文》中说："文以气为主，气之清浊有体，不可力强而致。"论孔融，则说他"体气高妙"。论徐斡，则说他"时有齐气"。所谓"齐气"，亦即王充说的"齐舒缓"，在这里是指文章的气势所形成的风格特征。《典论·论文》所标示的"引气不同，巧拙有素，虽在父兄，不能以移子弟"，正是指明气是形成作家创作个性的基本元素。曹丕为了把这一点说清楚，曾以之譬诸音乐。他认为尽管曲度虽均，节奏同检，但由于引气各殊，演奏者仍会表现出不同的风格来。这一看法很得到刘勰的赞赏，他在《总术篇》中说："魏文比篇章于音乐，盖有征矣。"后来，李卓吾也说"声色之来，发乎情性，由乎自然"。他在《读律肤说》中同样用音乐去说明创作个性所形成的不同风格："性格清彻者音调自然宣畅，性格舒徐者音调自然舒缓，旷达者自然浩荡，雄迈者自然壮烈，沉郁者自然悲酸，古怪者自然奇绝。有是格，便有是调，皆情性自然之谓也。"这种说法正可视为《体性篇》"各师成心，其异如面"、"吐纳英华，莫非情性"、"岂非自然之恒姿，才气之大略哉"的进一步发挥。以上种种说法都是以音乐的格调来说明艺术风格的。就作家的创作个性来说，"气"相当于气质，属于天资禀赋，不可力强而致。就作品的风格表现来说，"气"相当于气韵或语气，可以比之为音乐中的格调音色。语气、格调或音色是作家的气质在创作对象上的情绪投影，它显示了作家观察生活时自然而然流露出来的为他个人所独有的特征。所以，我们可以说由作家创作个性所形成的个人风格体现了不同作家内在气质的差异性。

照刘勰看来，作家的创作个性并不完全来自先天的禀赋。《体性篇》举出才、气、学、习四事，把它们说成"并性情所铄，陶染所凝"，就是认为只有使来自天资的才气再经过学习的陶染之功，才构成作家的创作个性。本篇所谓"摹体以定习，因性以练才"，以及《神思篇》"积学以储宝，酌理以富才"，《事类篇》"才自内发，学以外成"，都是说明先天的禀赋还需经过后天的锻炼。《体性篇》篇末还特别提出："才由天资，学慎始习；斲梓染丝，功在初化；器成彩定，难可翻移。"这些说法同样是继承了王充的观点。《论衡·率性篇》说："《诗》曰：'彼姝者子，何以与之。'传言：譬犹练丝，染之蓝则青，染之丹则赤。十五之子，其犹丝也。其有所渐，化为善恶，犹蓝丹之染练丝，使之为青赤也。青赤一成，真色无异，是故杨子哭歧道，墨子哭练丝也。盖伤离本不可复变也。"王充和刘勰都十分重视教训之功，渐积之力。《体性篇》赞中说的“习亦凝真，功沿渐靡”，就是以为习惯一旦养成就很难翻改，渗透在性格中成为定型。这种情况在作品里面就会由作家的创作个性形成一种特殊的作风。因此，倘不在学习过程一开始就注意“摹体以定习，因性以练才”，那么这种作风就会变为不好的习气。例如《体性篇》所举八体中的“新奇”和“轻靡”两体，前者“摈古竞今，危侧趣诡”，后者“浮文弱植，缥缈附俗”，就是这种情况。

作家的创作个性基于才、气、学、习的差异，因人而殊，由此所形成的风格也就形成了笔区云谲、文苑波诡的无限多样化。《体性篇》总其归途，约为八体：“一曰典雅，二曰远奥，三曰精约，四曰显附，五曰繁缛，六曰壮丽，七曰新奇，八曰轻靡。”这是根据当时文学作品的撮要举统的分类，而并非意味着除此再没有其他的差殊。《文心雕龙》在论述具体作家或作品的风格时剖分极细。刘永济《文心雕龙校释》曾据《辨骚》《诠赋》《乐府》《诔碑》《哀吊》《杂文》《封禅》诸篇，列出刘勰胪述了各种不同的风格，名目极为纷繁，并由此推论说：《体性篇》“虽约为八体，而变乃无穷。但雅者必不奇，奥者必不显，繁者必不约，壮者必不轻。除极相反者外，类多错综”。这一方面说明了约为八体是总其统的分类，可以概括当时作家作品风格的基本趋向，因而是有必要的。另一方面也说明了八体之中每一体还可以有更细致的分别，而其变化乃至无穷。刘氏此说基本上揭示了八体分类的要旨。

至于《校释》下文所云：“即一人之作，或典而不丽，或奥而且壮，或繁而兼丽，或密而能雅，其异已多。”这里却需要加一点补充说明。在风格问题中，除了作家创作个性这种主观因素外，还有客观因素存在。同一作家在写作不同体裁作品的时候，会显示出不同的风格来，这是由于不同的体裁从其自身出发，要求作者顺应体裁本身所需要的风格。《定势篇》把这种情况叫做“即体成势”或“形生势成”。“势”即体势。如果我们把“体性”称为风格的主观因素，那么，“体势”就可称为风格的客观因素。《典论·论文》所说的“奏议宜雅，书论宜理，铭诔尚实，诗赋欲丽”，《文赋》所说的“诗缘情而绮靡，赋体物而浏亮，碑披文以相质，诔缠绵而凄怆，铭博约而温润，箴顿挫而清壮，颂优游以彬蔚，论精微而朗畅，奏平彻以闲雅，说炜晔而谲诳”，以及《定势篇》所说的“章表奏议，则准的乎典雅。赋颂歌诗，则羽仪乎清丽。符檄书移，则楷式于明断。史论序注，则师范于核要。箴铭碑诔，则体制于弘深。连珠七辞，则从事于巧艳。此循体而成势，随变而立功者也”，都是说明不同的体裁具有其本身所要求的不同风格，作家的创作不能违反风格的客观因素，这是使他在写作不同体裁的作品时表现了不同风格的主要原因。不过，体裁只是规定结构的类型和作品风格的基本轮廓。不同作家由于创作个性的差异，在写同一体裁作品的时候，仍然会烙印下每个作家的创作个性特征，显示了他所独具的风格和共同基调。因此，在艺术风格上有其异中之同——它表现在时代风格上、流派风格上、体裁风格上的大体一致性；同时也有其同中之异——它是作家的创作个性在作品中所显示出来的独创性。正因为这缘故，博学的考古学者和有眼力的艺术鉴定家，可以分毫不爽地从古人的艺术品（绘画、书法、雕刻和文学等）中鉴别这是哪一时代、哪一流派以至哪位作者的作品。

〔附释一〕

刘勰风格论补述

《体性篇》专门阐述作为风格主观因素的作家创作个性，是刘勰风格理论的骨干。但是《文心雕龙》中还有一些有关的篇章，也涉及风格问题，这里想再作一点补充说明。

过去关于《定势篇》的讨论最多歧义。论者或把“势”释作文章中的气势，从而把它归入修辞学范围。这种说法失之于笼统。有人更从字源学方面去探讨“势”字的来源，或谓势，埶也，埶又臬之假借，与艺通，训为法度。或谓势本之《孙子兵法》，是孙子论势的引申。但是，我认为更重要的却是怎样去理解《定势篇》的基本命意所在。《定势篇》把体和势连缀成词，称为“文章体势”，这是值得注意的。刘勰提出体势这一概念，正是与体性相对。体性指的是风格的主观因素，体势则指的是风格的客观因素。

黄侃释《定势篇》，言简意赅，颇得篇中要领，现援引如下：“其开宗也，曰：因情立体，即体成势。明势不自成，随体而成也。申之曰：机发矢直，涧曲湍回，自然之趣；激水不漪，槁木无阴，自然之势。明体以定势，离体立势，虽玄宰哲匠有所不能也。”这里明白指出势不自成，随体而成；势不离体，只能依体立势，从而说明了体势相须之理。作家的创作个性，无论通过怎样的渠道，终究要在作品中表现出来，形成一种独有的风格，这是风格的主观因素。作品的体裁规定了结构的类型，从这种体裁本身出发，要求作家必须顺应它的特定风格，而这种特定风格不以作家的意志为转移，因而是排斥主观随意性的，这是风格的客观因素。风格的主观因素与风格的客观因素，不是坚硬对立、毫无关联的。前者正是通过后者表现出来。《明诗篇》说："诗有恒裁，思无定位，随性适分，鲜能圆通。"这"随性适分"四字，正可说明不同作家由于才性异区，在写作同一体裁作品的时候，虽然必须顺应这一体裁所要求的风格特点，但仍旧会流露出各自不同的创作个性，显示独具一格的风格的主观因素来。刘勰虽然没有明确作出上述的阐述，但从他的具体论述中是可以完全合理地推出这种结论的。

黄侃《札记》由于没有区分风格的主观因素和客观因素，并从其间的相互关系去分析《定势篇》，而只是把势理解作"文势"。因此，他一方面作出了势不离体、体以定势的正确结论，但另方面却又提出了相当含混的看法。例如，《札记》说："彼标其篇曰《定势》，而篇中所言，则皆言势之无定也。"这就很容易使人产生误解。倘使《定势篇》在于阐明势之无定，那么，怎样来解释篇中所说的"圆者规体，其势也自转。方者矩形，其势也自安"的依体定势的原则？怎样来解释篇中所举出的"章表奏议，则准的乎典雅。赋颂歌诗，则羽仪乎清丽。符檄书移，则楷式于明断。史论序注，则师范于核要。箴铭碑诔，则体制于弘深。连珠七辞，则从事于巧艳"，难道这不恰恰是说明文章的体裁要求具有顺应这种体裁的一定风格吗？同时，又怎样和《札记》

本身阐释《定势篇》在于申明势不自成，随体而成，势不离体，体以定势的说法相一致?《札记》反对“执一定之势，以御数多之体”的颠倒本末的倾向，这是正确的。但是由于纠正“专标文势妄分条品”，以致趋于另一极端，把刘勰的定势说成是“势之无定”，则未免矫枉过正了。

实际上，刘勰不但认为体裁有体裁的一定风格，而且还认为时代也有时代的一定风格。《时序篇》就是专论时代风格问题的专著。本篇阐述了自上古至两晋的文风流变。全篇宗旨可以“文变染乎世情，兴废系乎时序”二语来概括。篇中剖析了“蔚映十代，辞采九变”的风格变迁。所谓“歌谣文理，与世推移，风动于上，而波震于下”，就是说明社会的变化，必然会反映到文学上来，形成一代文风，就以同一文学体裁的作品来说，不同时代也会显示不同的风貌。《时序篇》曾举我国早期歌谣为例：陶唐世质，产生了朴野的民谣。有虞继作，政阜民暇，心乐声泰，因此文有雍容之美。禹汤文王德盛，则多歌功颂德之作。幽厉昏暴，于是出现了《板》《荡》这类怒诗。平王式微，于是出现了《黍离》这类哀诗。这些都有力地说明了同一体裁是有不同时代风格的。再如，《时序篇》论及魏初以来的文学和元帝南渡后东晋以来的文学的差异，也是从时代的风格这种角度去分析的。关于前者，他说：“观其时文，雅好慷慨，良由世积乱离，风衰俗怨，并志深而笔长，故梗概而多气也。”关于后者，他说：“中朝贵玄，江左弥盛，因谈余气，流成文体。是以世极迍邅，而辞意夷泰；诗必柱下之旨归，赋乃漆园之义疏。”这里对这两个不同时代的文学风格作了钩玄提要的说明。刘勰的这种论点直到今天仍值得我们借鉴。过去，鲁迅在《魏晋风度及文章与药及酒之关系》一文中，曾借用《才略篇》“嵇康师心以遣论，阮籍使气以命诗”二语，来说明当时文学的时代风格的特点。鲁迅指出：“这‘师心’和‘使气’便是魏末晋初的文章的特色。正始名士和竹林名士精神灭后，敢于师心使气的作家也没有了。”师心使气亦即《体性篇》才性一词的另一说法，指的是创作个性。魏末晋初是一个思想比较活跃的时代，在一定程度上摆脱了礼教的束缚，因此作家在作品里敢于抒发自己的真情实感，从而比较充分地表现了自己的创作个性，这就形成了当时文学的时代风格的另一种特征。

此外，《通变篇》申明“设文之体有常，变文之数无方”，揭示文理有常有变。这个问题也是和风格有关联的。所谓“常”指的是作品的体裁和文则，即篇中所说的“凡诗赋书记，名理相因，此有常之体也”。所谓“变”指的是作家的才性或独创性，即篇中所说的“文辞气力，通变则久，此无方之数也”。《通变篇》箴砭竞今疏古、风味气衰的时弊，提出“矫讹翻浅，还宗经诰”的主张，有积极的一面，也有消极的一面。倘使剔除其中局限的地方，就总的趋向来看，《通变篇》所揭示的文理有常有变的原则还是比较合理的。照刘勰看来，尽管作品的体裁或文则有常，但作家应该在这有常之体中“凭情以会通，负气以适变”，从而在这同一体裁的作品里表现出自己的创作个性，形成独有的风格。刘勰把这种情况比喻作“骋无穷之路，饮不竭之源”，就是说明不同作家由自己的创作个性所显示的风格特征是无限丰富和多样性的。因此，他认为有常之体虽然规定了风格的一定类型，但并不妨碍作家的独创性，并不妨碍作家表现自己创作个性的特殊风格。这一点，我们从他对于“循环相因，虽轩翥出辙，而终入笼内”这类作品的批评，就可以清楚地看出来。

参照刘勰的通变说再来分析刘勰的风格理论，我们可以推出这样几点看法：以诗赋书记所概括的各种文学体裁，名理相因，是有常之体，具有一定的稳定性。由作家的创作个性所表现出来的文辞气力，纷纭杂沓，是无方之数，具有无限的多样性。——实际上，这也就是作家的独创性。陆机《文赋》“收百世之阙文，采千载之遗韵。谢朝华于已披，启夕秀于未振”，也是申明此旨。但是刘勰更进一步指出，常中有变，变中有常，常和变是互相渗透的。从变的方面来说，虽然同一体裁的作品要求作家顺应这一体裁的共同的风格类型，但这同一风格类型也会因作者和时代的不同而各有异彩。从常的方面来说，虽然作家写作不同体裁的作品时会表现出不同的风格，但由于出自一人手笔，而在这不同的风格中仍旧会表现出他的创作个性所具有的一贯特征。

自刘勰的风格论出，后来的论者开始注意到这一问题。释皎然《诗式》用高、逸、贞、忠、节、志、气、情、思、德、诚、闲、达、悲、怨、意、力、静、远十九字以括诗体；遍照金刚《文镜秘府论》本《体性篇》八体之说，稍加改易，约为博雅、清典、绮艳、宏壮、要约、切至六目；司空图《诗品》则剖分较繁，罗列了二十四种品目。关于风格的分类究竟以哪一家为长，这里且置而不论。不过，我以为刘勰以后的古代风格理论，总不及刘勰对风格问题的剖析那样具有丰富的内容和深刻的见解了。这是他给我们留下的一份值得重视的遗产。

〔附释二〕

风格的主观因素和客观因素

德国的理论家威克纳格在《诗学·修辞学·风格论》一文中，也论述了风格的主观因素和客观因素问题。这里不准备过多地阐述笔者本人的意见，只是想把威克纳格的风格理论作一简括的介绍，以备参考。文中所引用的威克纳格的原文是笔者根据古柏的英译本转译的。

威克纳格这篇文章共分四节，各冠以小标题：《修辞学和风格论的区别》、《散文概况》、《风格学》（Stylistic）和《风格概说》。这里只着重介绍后面两节中与风格的主观因素和客观因素有关的论点。

威克纳格认为风格理论所探讨的对象是"语言表现的外表"。他说："有人也许会这样设想：诸如此类的外在事物是可以一教即会、一学便知的。可是，老实说，风格并不是机械的技法，与风格有关的语言形式完全必须被内容或意义所决定。风格并非安装在思想实质上面的没有生命的面具，它是面貌的生动表现，活的姿态的表现，它是由含蓄着无穷意蕴的内在灵魂产生出来的。或者，换言之，它只是实体的外服，一件覆体之衣；可是衣服的褶襞却是被衣服覆盖着的肢体的意态所形成的。灵魂，再说一遍，只有灵魂才赋予肢体以这样或那样的动作。”

威克纳格认为在全部艺术领域内，风格总是意味着通过特有的标志在外部表现中显示自身的内在特性。我们就是在这种意义上说到罗马的建筑风格、拉斐尔的风格、赛白斯坦·巴哈的风格等等。他指出风格的构成是被两种因素所决定的：一方面是被表现者的心理特征，即我们所说的作家的创作个性所决定的，这也就是构成风格的主观因素。另一方面则被作品所表现的内容和意图所决定。（内容指的是主题思想以及围绕在主题思想周围的全部思想材料。意图则指的是赢得读者来赞同并支持这个思想。）这也就是构成风格的客观因素。为了说明这一点，威克纳格以赫德的地理学学术报告为例。就客观因素来说，赫德报告的整体是具有地理学学术报告风格的。这篇报告在一定程度上跟所有那些其他同类报告有着类似的东西。但是，使赫德的报告同所有其他同类报告区别开来的是风格的主观因素，这种主观因素包括：他的独特的思想与训练，以及他所生活的特定时代。这些因素促使他运用他的方式去表现并修饰自己的观念，去安排、拆散并连缀自己的字汇。

威克纳格对于风格的主观因素和客观因素的论述比较含混。古柏曾经指出他的缺陷，并作了进一步的补充。古柏认为风格的主观因素在客观上是由三种方式所规定，从而客观因素也就相应地应该表现在三个方面。作为主观因素的个人风格，首先，（甲）随着作家所隶属的（一）种族、（二）国家、（三）方言或文学流派、（四）家族而变化。如果假定赫德出于（四）某个其他家族而不是他自己的家族，或者属于（三）巴威而不是东普鲁士，或者属于（二）法国而不是德国，或者属于（一）亚洲而不是欧洲，那么，他所表现的最初倾向即令不变，但是在上述每种情况下，他的写作方面的合成的风格都会完全异样了。因此，在客观上也就相应地可以区分（甲）为种族的风格、国家的风格、方言或流派的风格、家族的风格。这是在地理或空间方面所作的划分。其次，（乙）这是属于时间方面的划分，即各个历史阶段所形成的风格演变。假定赫德活在路德时代，或者活在现代，他的风格尽管仍旧保存那些显示在他本国文学全部历史时期中的某些特色，可是必然会流露出或是现代的德国习惯语法，或是路德时代的德国习惯语法。最后，（丙）个人风格在客观上随着作者意图创作的不同文学种类或样式的作品而转移。在戏剧中或在其他以想象为特点的艺术作品中，赫德的风格虽然保持了（甲）种族、国家、方言或流派、家族，以及（乙）时代的标志，但是毕竟跟他的地理学报告不同。古柏批评威克纳格过分强调上述第三个条件，似乎认为只有这个条件才是客观因素，而把种族、时代等都归之为赫德自己的人格的主观因素方面去，这是不正确的。古柏提出："个人风格（即风格的主观因素）是当我们从作家身上剥去所有那些并不属于他本人的东西，所有那些为他和别人所共有的东西之后所获得的剩余或内核。"

以上说明确实可以弥补威克纳格的风格理论的不足之处，但它本身也存在一些缺点。首先是根本没有涉及阶级的风格这一带有关键性的问题。其次，古柏没有从常和变或同和异之间的有机关系来分析风格的主观因素和客观因素。民族的风格、阶级的风格、时代的风格、流派的风格是常或同的一面，个人风格则是变或异的一面。这两方面是互相渗透的，呈现了复杂错综的现象。在分析具体作家的风格时更要注意同中之异或异中之同，从常中有变或变中有常的角度去加以仔细的分辨和剖析。这一点，威克纳格的说法就比较合理一些。他说，风格的主观因素和客观因素这两方面必然联在一起，它们不能够也不应该被割裂开来，因为它们是合二而一的事物——语言的外在形式只能从不同角度去观察，同时，在一篇健全而酝酿周密的文章中，任何一方面都不可能独立存在。假使谁能读到一篇仅仅具有风格客观因素的文章（不幸这类文章太多了），那么，就会形成像缺乏个性所造成的那种不满足的印象。两方面都必须参与其间。两方面是在正确的有机关系中结合在一起的，有时这一方面比较突出，有时另一方面比较突出，但在任何情况下，这两方面都取决于内容，根据内容较多主观因素或较多客观因素的性质而定。换言之，风格的主观性或客观性的或多或少只是依此为准。就史诗诗人来说，由于他的观点要求最大的客观性，由于他并不是从内部提取他的观念和材料，而是完全从外部把它们吸取到自身里面来，所以当主观因素减至最低限度时，我们就可以发现外在的表现——风格——也是值得赞赏的；因为这个因素只有在诗人带有浓厚的主观色彩的情况下才能广泛地显示出来。相反，没有人会去责备一位抒情诗人，如果在他那具有个人抒情色彩的诗歌特点里找不到一切诗人的共同风格。他愈有个性，就愈接近他的内在气质；或者换句话说，他愈是真正抒情的，就愈应该赋予自己思想的外在表现以同样强烈的主观性。

威克纳格把风格的主观因素和客观因素的有机结合称为“风格的混成因素”。虽然，风格的混成因素根据不同的性质，有时主观方面占优势，有时客观方面占优势，呈现了纷纭互异的表现形态，但它必须保持一定的平衡，适应作品本身的内在要求，而不能容许主观任意性。一旦脱离了表现对象的基础，纯粹由作家的癖好、任性和积习出发，就会形成风格的混成因素的失调。威克纳格把这种现象叫做“矫饰作风”(mannerism)。在国外的文艺理论或美学著作中有时把矫饰作风直接称作“作风”(manner)。这里说的作风和我们通常所说的作风不同，是具有贬义的。例如，黑格尔《美学》就把风格和作风作了严格的区分。他说：“艺术家有了作风，他就只是在听任他个人的单纯的狭隘的主观性所摆布。”黑格尔认为作风是一种特殊的处理方法或表现方法，由某一个个别作家所创造，经过他的摹仿者或门徒的仿效，往复沿袭，僵化为呆板的习惯，这是伤害艺术风格的。因此，他认为“作风愈特殊，它就愈易退化为一种没有灵魂的，因而是枯燥的重复和矫揉造作，再见不出作家的心灵和灵感了”。这种看法和威克纳格的看法是基本一致的。

关于矫饰作风，威克纳格援引阿里斯托芬的《蛙》对于希腊三大悲剧家作了这样的评价：埃斯库罗斯——矫饰作风，欧里庇得斯——缺乏个性，索福克勒斯——真正的风格。严格说来，阿里斯托芬在《蛙》中借埃斯库罗斯和欧里庇得斯的互相指摘，实际上都是在批评矫饰作风的。例如：埃斯库罗斯指斥欧里庇得斯总是喜欢在诗句中第五缀音后面停顿，于是用开玩笑的办法在欧里庇得斯每行诗句的停顿处，替他加上了一个子句：“丢掉了一个小油瓶，”以挖苦欧里庇得斯的诗句平板单调。另方面，欧里庇得斯也指斥埃斯库罗斯喜欢滥用大言壮语的叠句。他嘲笑了埃斯库罗斯在《密耳弥冬人》中总是毫无必要地在许多诗句后面插上一句：“这打击！哎呀呀，怎么不来救呢？”以此来讥讽埃斯库罗斯的矫揉造作。威克纳格通过这个例子说明纵使在伟大作家身上也难免有矫饰作风的现象。他认为风格的混成因素，即主观因素和客观因素的融合，必须遵守一个原则，这就是作家必须使自己的气质服从于对象，而不能使对象屈服于自己的个人气质。一旦后一种情况占了上风，成为作品的主要倾向，那么就会形成矫饰作风之弊。

释《比兴篇》拟容取心说

——关于意象：表象与概念的综合

根据刘勰的说法，比兴含有二义。分别言之，比训为“附”，所谓“附理者切类以指事”；兴训为“起”，所谓“起情者依微以拟议”。这是比兴的一种意义。还有一种意义则是把比、兴二字连缀成词，作为一个整体概念来看。《比兴篇》的篇名以及《赞》中所谓“诗人比兴”，都是包含了更广泛的内容的。在这里，“比兴”一词可以解释作一种艺术性的特征，近于我们今天所说的“艺术形象”一语。

“艺术形象”这个概念取得今天的意义是经过了逐渐发展和丰富的过程，我们倘使追源溯流，则可以从早期的文学理论中发现“艺术形象”这个概念的萌芽或胚胎，尽管这些说法只是不完整、不明确地蕴含着现有的艺术形象的概念的某些成分。例如 image 一词，在较早的文学理论中就用来表示形象之意。这个词原脱胎于拉丁文 imago。它的本义为“肖像”“影像”“映像”，后来又作为修辞学上“明喻”和“隐喻”的共同称谓。“像”是诉诸感性的具体物象，“明喻”和“隐喻”则为艺术性的达意方法或手段，因而这里也就显示了今天我们所说的艺术形象这个概念的某些意蕴。我国的“比兴”一词，依照刘勰“比显而兴隐”的说法（后来孔颖达曾采此说），亦作“明喻”和“隐喻”解，同样包含了艺术形象的某些方面的内容。《神思篇》“刻镂声律，萌芽比兴”，就是认为在“比兴”里面开始萌生了刻镂声律、塑造艺术形象的手法。

《比兴篇》是刘勰探讨艺术形象问题的专论，其中所谓“诗人比兴，拟容取心”一语，可以说是他对于艺术形象问题所提出的要旨和精髓。

事实上，在刘勰以前，陆机已经开始接触到艺术形象问题了。《文赋》中曾经提到过“虽离方而遁圆，期穷形以尽相”的说法。过去注释家对陆机这句话的训释，语多汗漫。如李善《文选注》：“方圆谓规矩也，言文章有方圆规矩也。”细审原文，这种说法颇近穿凿。倘方圆解释作规矩，则陆机明明提出“离方遁圆”的主张。“离”“遁”二字同作避开之意，照理这应该是说抛弃方圆规矩，而绝不会表示相反的意思，“言文章有方圆规矩”的。何焯引南齐张融《门律》“夫文岂有常体，但以有体为常”来注释这句话，也是比较迂晦，令人费解的。按“离方遁圆”一语，实寓有运用比喻之意。这句话直译出来就是：方者不可直言为方，而须离方去说方；圆者不可直言为圆，而须遁圆去说圆。我国传统画论中经常提到的“不似之似”，也就是“离方遁圆”的另一种说法。如果作文的时候，不懂运用比喻，以曲折的笔致给读者留下弦外之音、言外之意，而只是一味地平铺直叙，正面交代，那么也就不合于“离方遁圆”之旨了。前人往往把这种直线式的作文法称为“骂题”，这正是陆机所反对的。照陆机看来，“离方遁圆”是塑造艺术形象所必须采取的手段，而“穷形尽相”则是塑造艺术形象所必须达到的目的。因此，运用比喻是为了更生动地把对象的丰富形貌充分表现出来。《比兴篇》所谓“比类虽繁，以切至为贵，若刻鹄类鹜，则无所取焉”，正与此旨相同。“切至”也就是“穷形尽相”的意思。《诠赋篇》：“拟诸形容，则言务纤密；象其物宜，则理贵侧附。”“侧附”也近于“离方遁圆”之义。

不过，陆机所提出的“离方遁圆，穷形尽相”的说法，只接触到艺术形象的形式问题，这种理解还是十分原始、十分粗糙的。比较起来，刘勰可以说向前跨进了一大步，他不仅从形式方面去探讨艺术形象问题，而且还从内容方面去探讨艺术形象问题。“诗人比兴，拟容取心”一语，就是他对艺术形象这两个不可偏废方面的阐明。如果我们同时参阅《神思》、《物色》、《章句》、《隐秀》（残文）诸篇，把其中有关论点互相印证，我们就可以清楚地理解他所说的“拟容取心”是什么意思了。

“拟容取心”这句话里面的“容”“心”二字，都属于艺术形象的范畴，它们代表了同一艺术形象的两面：在外者为“容”，在内者为“心”。前者是就艺术形象的形式而言，后者是就艺术形象的内容而言。“容”指的是客体之容，刘勰有时又把它叫做“名”或叫做“象”；实际上，这也就是针对艺术形象所提供的现实的表象这一方面。“心”指的是客体之心，刘勰有时又把它叫做“理”或叫做“类”；实际上，这也就是针对艺术形象所提供的现实意义这一方面。“拟容取心”合起来的意思就是：塑造艺术形象不仅要摹拟现实的表象，而且还要摄取现实的意蕴，通过现实表象的描绘，以达到现实意蕴的揭示。现实的表象是个别的、具体的东西，现实的意蕴是普遍的、概念的东西。而艺术形象的塑造就在于实现个别与普遍的综合，或表象与概念的统一。这种综合或统一的结果，就构成了刘勰所说的艺术形象的“称名也小，取类也大”——个别蕴含了普遍或具体显示了概念的特性。

陈应行《吟窗杂录》载旧题白居易《金针诗格》称：“诗有内外意。内意欲尽其理；理谓义理之理，美刺箴诲之类是也。外意欲尽其象；象谓物象之象，日月山河虫鱼草木之类是也。”旧题贾岛《二南密旨》亦有内外意之说：“外意随篇目自彰，内意随入讽刺。”这些说法很可以借用来解释刘勰的“拟容取心”说。“外意”正是刘勰所说的“容”，内意正是刘勰所说的“心”。从外意方面来说，艺术形象所提供的现实表象必须是完整的、逼肖生活的。从内意方面来说，艺术形象所提供的现实意蕴必须是深刻的、具有普遍性的。正因为艺术形象不仅是现实生活外在现象的生动再现，而且也是现实生活内在本质的深刻揭示，所以艺术形象才可能是思想内容的体现者，艺术作品的形象才可能发挥思想作用。《物色篇》所说的“志惟深远，体物密附”，《章句篇》所说的“外文绮交，内义脉注”，《隐秀篇》所说的“情在词外，状溢目前”，都是为了说明艺术形象的内意和外意的相互结合。

刘勰认为，只有容和心或现实表象和现实意蕴的统一，才能构成完整的艺术形象。代表现实意蕴的“心”是通过现实表象的“容”显现出来的，而代表现实表象的“容”又是以揭示现实意蕴的“心”取得生命的。有“心”无“容”就会使现实表象湮没在抽象的原则里面；有“容”无“心”则会使现实意义消灭在僵死的躯壳里面。优秀的艺术家都是通过鲜明生动的艺术形象诱导读者去认识现实和理解生活的。

可是，为什么《比兴篇》题云比兴，实则侧重论比呢？前人曾以“兴义罕用”来解释这个问题。实际上，刘勰论比多于论兴的原因却并不在此。如果说，仅仅因为汉魏以来“兴义罕用”就不去重视它，或者就用不着再去详细剖析它，这种理由是不充分的。论者的阐述不能以某个问题是否得到普遍重视为准则，而应当以其重要性为标的。刘勰既然把比兴作为代表艺术形象的整体概念看待，自然不会有所轻重。他在分论比、兴的时候，并没有割裂两者之间的有机联系，仍旧是从艺术形象的整体概念出发的。他认为比属于描绘现实表象的范畴，亦即拟容切象之义；兴属于揭示现实意蕴的范畴，亦即取心示理之义。后来，释皎然《诗式》云："取象曰比，取义曰兴，义即象下之意。"这种看法也是把比兴作为整个艺术形象的两个有机方面。刘勰正是根据整体观念去胪述诗人、辞家运用比兴的具体问题的。由于他坚持比、兴必须综合在一起，因此他肯定了"讽兼比兴"的《离骚》，而批评了"用比忘兴"的辞赋。他侧重论比的原因正是针对了汉季以来"兴义销亡"的现象而发的。这不但不是对兴义的忽略，相反，倒是对兴义的重视。《比兴篇》说："炎汉虽盛，而辞人夸毗，诗刺道丧，故兴义销亡。于是赋颂先鸣，故比体云构，纷纭杂迟，倍（倍字据《范注》校改）旧章矣。"分明含有贬责的意思。至于下文说到魏晋以来的辞赋"日用乎比，月忘乎兴，习小而弃大，所以文谢于周人也"，就可以作为这一点的明证。照刘勰看来，艺术形象如果不能通过现实表象去揭示现实意义，而仅仅把艺术形象作为描绘外在现象的单纯手法，那么，这就变成一种"习小而弃大"的雕虫小技了。"用比忘兴"也就是徒知切象而不知示义，徒知拟容而不知取心的意思。

自然，刘勰并不抹煞拟容切象的意义，例如《比兴篇》所列举的王褒以慈父爱子的优柔温润比做洞箫之声（《洞箫赋》），张衡以蚕茧抽绪的轻盈摇曳喻为郑舞之容（《南都赋》）。诸如此类的用比取象，可以说都获得了一定艺术成就。但是，艺术形象的意义毕竟还是在于通过拟容切象的手段去达到取心示义的目的。作家用喻于声、方于貌、譬于事的手法去进行现实表象的描绘，单凭借自己的知觉就可以胜任了。可是，如果他要把现实表象和现实意蕴融会贯通起来，用个别的、具体的“容”去显示普遍的、抽象的“心”，那么就非得具有更大的才能不可。因此，“用比忘兴”的艺术形象和“讽兼比兴”的艺术形象是不能列于同一水平的，它们显示了两种不同的艺术创造力和两种不同的写作态度。

〔附释一〕

“离方遁圆”补释

何焯引张融《门律自序》“夫文岂有常体，但以有体为常”来诠释“虽离方而遁圆，期穷形以尽相”的说法不能成立，主要是因为两者所接触的问题并不属于同一范畴。张融的话是就文体问题而说的，意谓文章虽无拘于一格的体制，但文章之有体制终是不变的常理。而陆机的话却是针对形象问题而发。

“离方遁圆”上文提出了“体有万殊，物无一量”，下文又提出了诗、赋、碑、诔、铭、箴、颂、论、奏、说十种文体，因而论者往往容易把上下文连起来串讲，一律当做文体问题看待。不过，我们只要进一步加以推敲，立即可以发现这种联系的不当。第一，《文赋》不是一篇通常的文论，而是一篇用赋体写成的文论，在形式上受到赋体的严格局限。刘勰就曾经指出过《文赋》“巧而碎乱”的弊病。它缺乏整齐的层次和分明的条贯，往往把不同范畴的问题放在一起论述，时常呈现出反复交错的情况，从而在同一段话里，下文讨论文体问题，上文并不一定也同样是讨论文体问题的。第二，“离方遁圆”上文“体有万殊，物无一量，纷纭挥霍，形难为状”，事实上并不是指文体而言。

在这句话里，“体有万殊”“物无一量”二语互文足义，都是指审美客体，以引出下面的艺术形象问题。我们如果把它们当做文体问题看待，那么只能认为作者的意思是在说明文体是千变万化、无法形容的。如果真是这样的话，为什么《文赋》紧接着又把文体判为十种，并且全部予以明确的界说呢？既然文体可以分为十种并分别予以界说，难道还是什么“纷纭挥霍，形难为状”、千变万化、无法形容的东西吗？这种明显的矛盾是为任何具有推理常识的论者所不取的。第三，何焯援《门律》的说法仍无法解释“方圆”一词。显然，何焯对《文选注》本《孟子》“方圆谓规矩”之义来强作解释一定感到不妥，可是他又找不到适当的说明，于是就索性撇开这两个字不了了之了。

其实，我们只要抛开何焯的附会，不去把《文赋》的交错论点混为一谈；我们只要抛开李善的曲解，不去把“方圆”拘泥于“规矩”的旧训，就可以看出“离方遁圆”一语分明是说明形象问题。《文赋》所用“方圆”一词，是颇接近于尹文的“命物之名”的。《尹文子上篇》云：“名有三科，法有四呈。一曰命物之名，方圆黑白是也；二曰毁誉之名，善恶贵贱是也；三曰况谓之名，愚贤爱憎是也。”根据尹文所指出的名的三种逻辑意义来看，命物之名是属于具体的，毁誉之名是属于抽象的，况谓之名是属于对比的。“方圆”这个词在古汉语中本有泛指物名之义。陆机正是在这个意义上，用“方圆”一词来代表文学的描写对象。

〔附释二〕

刘勰的譬喻说与歌德的意蕴说

在艺术形象问题上，歌德的“意蕴说”也包含着内外两个方面。外在方面是艺术作品直接呈现出来的形状，内在方面是灌注生气于外在形状的意蕴。他认为，内在意蕴显现于外在形状，外在形状指引到内在意蕴。歌德在《自然的单纯模仿·作风·风格》一文中，曾经把“艺术所能企及的最高境界”说成是“奠基在最深刻的知识原则上面，奠基在事物的本性上面，而这种事物的本性应该是我们可以在看得见触得到的形式中去认识的”（据古柏英译本迻译）。歌德把艺术形象分为外在形状和内在意蕴，似乎和刘勰的“拟容取心”说有着某种类似之处，不过，它们又不尽相同，其间最大区别就在于对个别与一般关系的不同理解上。

《比兴篇》：“称名也小，取类也大。”这一说法本之《周易》。《系辞下》：“其称名也小，其取类也大，其旨远，其辞文，其言曲而中。”韩康伯《注》云：“托象以明义，因小以喻大。”孔颖达《正义》云：“其旨远者，近道此事，远明彼事。……其辞文者，不直言所论之事，乃以义理明之，是其辞文饰也……其言曲而中者，变化无恒，不可为体例，其言随物屈曲，而各中其理也。”从这里可以看出，前人大抵把《系辞下》这句话理解为一种“譬喻”的意义，这种看法和刘勰把比类当做“明喻”“隐喻”看待是有相通之处的。（首先把《系辞下》这句话运用于文学领域的是司马迁，他评述《离骚》说：“其称文小而其旨大，举类迩而见义远。”这一说法也给予刘勰以一定影响。）

刘勰的形象论可以说是一种“譬喻说”。《比兴篇》“称名也小，取类也大”，《物色篇》“以少总多，情貌无遗”，是两个互为补充的命题。“名”和“类”或“少”和“多”都蕴涵了个别与一般的关系。刘勰提出的拟容切象和取心示义，都是针对客观审美对象而言，要求作家既摹拟现实的表象，也揭示现实的意蕴，从而通过个别去表现一般。然而，这里应该看到，刘勰对个别与一般关系的理解不能不受到他的思想体系的制约，以致使他的形象论本来可以向着正确方向发展的内容受到了窒息。由于他认为天地之心和圣人之心是同一的，因此，按照他的思想体系推断，自然万物的自身意义无不合于圣人的“恒久之至道”。这样，作家在取心示义的时候，只要恪守传统的儒家思想就可以完全揭示自然万物的内在意义了。自然，刘勰的创作论并不是完全依据这种观点来立论的。当他背离了这种观点时，他提出了一些正确的看法。可是他的拟容取心说却并没有完全摆脱这种观点的拘囿，其中就夹杂着一些这类糟粕。例如，《比兴篇》开头标明“诗文弘奥，包韫六义”，接着又特别举出“《关雎》有别，故后妃方德。尸鸠贞一，故夫人象义”作为取心示义的典范。（《金针诗格》也同样本之儒家诗教，把“内意”说成是“美刺箴诲”之类的“义理”。）从这里我们可以看出，尽管刘勰在理论上以自然界作为取心示义的对象，但是他的儒家偏见必然会在实践意义方面导致相反的结果。因为在儒家思想束缚下，作家往往会把自己的主观信条当做现实事物的本质。因此，很容易导致这种情况：作家不是通过现实的个别事物去表现从它们自身揭示出来的一般意义，而是依据先入为主的成见，用现实的个别事物去附会儒家的一般义理，把现实事物当做美刺箴诲的譬喻。因而，这里所反映出来的个别与一般的关系，也就变成一种譬喻的关系了。(例如《诗小序》说“关雎，后妃之德也。鹊巢，夫人之德也”，就是这方面的一个典型例证。)

歌德的“意蕴说”并不像刘勰的“譬喻说”那样夹杂着主观色彩。他曾经这样说：“在一个探索个别以求一般的诗人和一个在个别中看出一般的诗人之间，是有很大差别的。一个产生出譬喻文学，在这里个别只是作为一般的一个例证或例子，另一个才是诗歌的真正本性，即是说，只表达个别而毫不想到或者提到一般。一个人只要生动地掌握了个别，他也就掌握了一般，只不过他当时没有意识到这一点罢了，或者他可能在很久之后才会发现。”(《歌德文学语录》第十二节)歌德这些话很可以用来作为对于“譬喻说”的批判。歌德反对把“个别只是作为一般的一个例证或例子”的譬喻文学，强调作家首先要掌握个别，而不要用个别去附会一般，表现了对现实生活的尊重态度。这一看法是深刻的，对于文学创作来说也是有重要意义的。事实上，一般只能从个别中间抽象出来。作家只有首先认识了许多个别事物的特殊本质，才能进而认识这些个别事物的共同本质。就这个意义来说，歌德要求作家从个别出发，是可以避免“譬喻说”以作家主观去附会现实这种错误的。

不过，我们同时也应该看到，歌德的“意蕴说”是存在着过去现实主义理论多半具有的共同缺陷的。他对于个别与一般关系的理解带有一定的片面性。在作家的认识活动中，他只注意到由个别到一般这一方面，而根本不提还有由一般到个别这一过程。人类的认识活动，由特殊到一般，又由一般到特殊，是互相联接的两个过程。人类的认识总是这样循环往复地进行。歌德恰恰是把这两个互相联接的过程分割开来。他在上面的引文中赞许“只表达个别而毫不想到或者提到一般”的诗人，以为这样的诗人在掌握个别的时候，没有意识到一般，或者可能在很久以后才会发现一般。但是，由个别到一般，又由一般到个别，这两个互相联接的过程是不可分割的。事实上，完全排除一般到个别这一过程的认识活动是并不存在的。作家不是抽象的人，他在掌握个别的时候，他的头脑并不是一张白纸，相反，那里已经具有一般的烙印了。在作家的具体认识活动中，这一阶段由个别到一般的过程，往往是紧接着上一阶段由个别到一般的过程。在这种情况下，不论作家自觉或不自觉，他必然会以他在上一阶段所掌握到的一般，作为这一阶段认识活动的指导。因此，这一阶段由个别到一般的过程，也就和由一般到个别的过程互相联接在一起了。作家的认识活动总是由个别到一般，又由一般到个别这两个互相联接的过程，循环往复地进行着。只有这样，他的认识活动才可能由上一阶段过渡到这一阶段，再由这一阶段过渡到下一阶段，形成不断深化运动。

事实上，作家的创作活动同样不能缺少由一般到个别的过程。作家的创作活动是把他在认识活动中所取得的成果进行艺术的表现。他在动笔之前，已经有了酝酿成熟的艺术构思，确立了一定的创作意图。因此，他的全部创作活动都是使原来存在于自己头脑中的创作意图逐步具现。创作意图是普泛的、一般的东西，体现在作品中的人物和事件是具体的、个别的东西。任何作家的创作活动，都不可能像歌德所说的那样“只表达个别而毫不想到或者提到一般”。作家总是自觉地根据自己的创作意图去进行创作的。人类劳动并不像蜜蜂造蜂房那样，只是一种本能的表现，而是自觉的、有目的的、能动的行为。作家的创作活动也具有同样的性质。否认作家的创作活动是根据自己的创作意图出发，就会否定作家的创作活动的自觉性和目的性。

艺术和科学在掌握世界的方式上是各有其不同特点的。艺术家不像科学家那样从个别中抽象出一般，而是通过个别去体现一般。科学家是以一般的概念去统摄特殊的个体，艺术家则是通过特殊的个体去显现它的一般意蕴。艺术形象应该是具体的，科学概念也应该是具体的，科学家在作出抽象规定的思维进程中必须导致具体的再现，正像《政治经济学批判导言》所说的，由抽象上升到具体的方法是唯一正确的科学方法。不过，这里所说的具体是指通过逻辑范畴以概念形态所表述出来的具有许多规定和关系的综合。科学家把混沌的表象和直观加工，在抽出具体的一般概念之后，就排除了特殊个体的感性形态。而艺术家的想象活动则是以形象为材料，始终围绕着形象来进行。艺术作品所呈现的一般必须呈现于感性观照，因此，艺术家对现实生活进行艺术加工，去揭示事物的本质，并不是把事物的现象形态抛弃掉，而是透过加工以后的现象形态去显示它们的内在联系。不过，在艺术作品中所表现的现象形态已不同于原来生活中的现象形态，因为前者已经使直观中彼此相外、互相独立的杂多转化为具有内在联系的多样性统一。这就是由个别到一般与由一般到个别这一认识规律体现在艺术思维中的特殊形态。艺术形象的具体性就在于它既是一般意义的典型，同时又是特殊的个体。它保持了现实生活的细节真实性，典型性即由生活细节真实性中显现出来，变成可以直接感觉到的对象。在这里，由个别到一般，再由一般到个别，这两个认识过程不是并列的。作家的认识活动只能从作为个别感性事物的形象出发。在全部创作过程中，并不存在一个游离于形象之外从概念出发进行构思的阶段。因此，由一般到个别的认识功能，不是孤立地单独出现，而是渗透在由个别到一般的过程之中，它成为指导作家认识个别的引线或指针。对于由个别到一般、再由一般到个别这一认识规律，可以有两种不同的理解：一种理解是把它们截然分割为孤立排他的两个互不相干的独立过程。例如，所谓表象—概念—表象的公式，就是意味着在艺术创作过程中存在着一个摈弃形象的抽象思维阶段，而艺术创造就在于把经过抽象思维所获得的概念化为形象。这可以说是一种“形象图解论”，它是反对形象思维的。另一种理解则相反，认为由个别到一般，再由一般到个别，不是孤立排他的，而是互相联接、互相渗透的。后一种理解才是辩证的观点。

〔附释三〕

关于“由抽象上升到具体”的一点说明

马克思在《政治经济学批判导言》中提出“由抽象上升到具体”的科学方法是方法论中的一个重要问题。二十世纪六十年代前期，我国哲学界曾就这一问题展开讨论。当时有人认为这个提法很难纳入认识由感性到理性的共同规律，于是援引《资本论》第二版跋所提出的“研究方法”和“叙述方法”的区别来加以解释，认为“由抽象上升到具体”是指“叙述方法”。最近哲学界在有关分析和综合问题的讨论中，又重新涉及这个问题。有的文章仍沿袭此说。《文史哲》一九七八年第四期发表的《与李泽厚同志商榷》一文，就曾经这样说：“事实上，马克思所说的这个方法，在这里仅仅是指叙述方法（重点系原文所加），而叙述方法是不能完全包括研究方法和认识方法的。”我以为，此说不能成立。把“由抽象上升到具体”的科学方法排除在“研究方法”之外，认为它不属于认识领域，这是不符合马克思提出这一方法的原旨的。按照马克思的意思，“由抽象上升到具体”这一方法正是“掌握世界”的一种思维活动方式。诚然，马克思并没有说过，政治经济学的方法应以抽象为发端。相反，他在《政治经济学批判导言》中明确地指出，政治经济学的方法存在着“把直观和表象加工成概念这一过程”。不过，我以为政治经济学的科学方法正如艺术思维一样，是以它的特定形态来体现由感性到理性的认识共同规律的。艺术思维以形象为材料，始终围绕着形象来进行。政治经济学的方法则以范畴为材料，始终围绕着范畴来进行。

马克思在《政治经济学批判导言》中曾经阐述了政治经济学的科学方法的全部过程：“如果我从人口着手，那么这就是一个混沌的关于整体的表象，经过更切近的规定之后，我就会在分析中达到越来越简单的概念，从表象中的具体达到越来越稀薄的抽象，直到我达到一些最简单的规定。于是行程又得从那里回过头来，直到我最后又回到人口，但是这回人口已不是一个混沌的关于整体的表象，而是一个具有许多规定和关系的丰富的总体了。”我们可以把这一过程概括为三个阶段：从混沌的关于整体的表象开始（感性的具体）—经过理智的区别作用作出抽象的规定（理智的抽象）—通过许多规定的综合而达到多样性的统一（理性的具体）。在这里，马克思指出政治经济学的方法有两条道路：在第一条道路上，把完整的表象蒸发为抽象的规定。这是十七世纪古典经济学家所采取的知性分析方法。在第二条道路上，使抽象的规定在思维行程中导致具体的再现。这是历史唯物论者所采取的辩证方法。马克思对于十七世纪古典经济学家的批判，实质上也就是辩证观点对于知性观点的批判。和启蒙学派有着密切关联的十七世纪古典经济学家，是以“思维着的悟性（知性）”作为衡量一切的尺度。他们像早期的英国唯物论者一样，坚执着理智的区别作用，从完整的表象中找出一些有决定意义的抽象的一般关系就停止下来，以为除此以外，“认识不能有更多的作为”（洛克）了。这种知性的分析方法正如歌德在《浮士德》第一部中所说的那样:“化学家所谓自然的化验,不过嘲笑自己,而不知其所以然。各部分很清楚地摆在他面前,可惜就只是没有精神的联系。”

但是,马克思认为,科学上的正确方法,不能停留在单纯的分析上,而必须由抽象上升导致具体的再现。这就需要由分析而进入综合。辩证方法并不排斥理智的区别作用,它囊括了理智的区别作用于自身之内。知性方法由于坚执理性的区别作用,所以只知分析,而不知综合;只是从完整的表象中抽象出一些简单的要素,并且把这些要素孤立起来,当做“永恒的理性”所发现的真理原则,而不能找出这些要素之间的内部联系,进而使抽象的规定在思维行程中导致具体的再现。这最后一个步骤就是马克思所提出的“由抽象上升到具体”的方法的要旨所在。

最后还要说明一下:作为政治经济学科学方法起点的感性认识是一种“混沌的关于整体的表象”,这和作为艺术思维起点的感性认识是现实生活的可感觉的具体形象有着显著的区别。虽然两者都属于感性范畴的表象,但是这两种表象的性质是各异其趣的。作为政治经济学科学方法起点的表象也是外界所给予的感性材料,不过这些外界感性材料所构成的表象往往采取了思想的形式。例如,上面提到马克思所说的“人口”这一“混沌的关于整体的表象”就是一个显明的例子。此外,我们还可以举出忿怒、希望等等。这些表象都是我们感觉所熟悉的,但它们也都是以普遍的思想形式呈现出来。至于文学艺术家从外界所摄取的表象,却并不采取这种普遍的思想形式。人物形象的表情、姿态、举止、谈吐……种种外在的特征,思想感情的复杂微妙的表达方式,以及他们的经历、遭遇、周围环境、和别人接触时所产生的形体反应等等这类具体的细节，对于政治经济学家来说，都是无关宏旨的。他们无须详细记下这类凭借感觉形式出现的表象，多半只是勾勒出一个大概的轮廓，或者干脆用统计方式来表达。纵使在恩格斯所写的调查报告《英国工人阶级状况》这种著作中，我们也很少发现这类表象的描述。可是，对于文学艺术家来说，这种凭借感觉形式出现的表象却正是不可少的，甚至往往是最重要的东西。我们必须区分以思想形式出现的表象和以感觉形式出现的表象的不同性质。倘使我们不去探讨这两种不同表象的区别，而只是简单地用从感性到理性的认识共同规律笼统地把艺术和科学的思维活动一律相绳，那么就不可能对形象思维的探讨再深入一步。

〔附释四〕

再释《比兴篇》拟容取心说

《释〈比兴篇〉拟容取心说》作为单独的一章发表后，曾引起了一些争论。有的文章认为比兴仅仅是一种手法，和现在说的形象思维或艺术形象虽有联系，毕竟是不同的概念。因此不同意我把刘勰的拟容取心说作为“‘艺术形象’这个概念的萌芽或胚胎”（即“不完整、不明确地蕴含着现有的艺术形象的概念的某些成分”）。并且，认为我没有严格地按照刘勰所用术语的本来含义进行阐述，很可能歪曲了古人的论点，或者把它们改变为今天的观点，从而断言这是违反历史主义的。

我觉得这里的问题关键在于究竟应该怎样看待比兴这一概念。我认为我们首先应该扫除先入为主的孔颖达的三体三用说（朱熹的三经三纬说是孔说的进一步发挥），不要把它作为唯一准绳，去套前人具有分歧涵义的种种不同说法，而应该按照历史的发展观点，探源溯流，看看这一概念在不同历史时期和不同作者那里，具有怎样不同的特定含义，经过了怎样的发展和变化，这样才可以作出比较切合实际的论断。我不能同意用孔颖达的体用说去解释刘勰的比兴概念，尽管前者从后者那里吸取了某些成分，但是两者显然存在着差异。孔颖达仅仅把比兴视为一种手法，而刘勰在体用——即诗体和诗法的问题上，却并不像孔颖达那样划出严格的界限。

为了说明这一点，这里且对比兴说的源流作一简括的概述。《周礼·春官·大师》："教六诗：曰风、曰赋、曰比、曰兴、曰雅、曰颂，以六德为之本，以六律为之音。"《诗序》亦云："故诗有六义焉：一曰风、二曰赋、三曰比、四曰兴、五曰雅、六曰颂。"《周礼》的六诗说和《诗序》的六义说究竟应该怎样来理解？是不是可以像那篇评论文章所说的那样，笼统地认为"历来解释这所谓六义的人，大抵都认为风雅颂是《诗经》的诗的分类，赋比兴是作诗的三种手法"呢？我认为是不可以的。就《周礼》和《诗序》本身来看，首先存在着一个排列的次序问题。如果说风、雅、颂是诗体的分类，赋、比、兴是诗法的分类，那么，《周礼》和《诗序》为什么不把它们按照风、雅、颂、赋、比、兴的先后次第编排在一起？只有这样才顺理成章。可是，无论《周礼》的六诗也好，或是《诗序》的六义也好，都是把赋、比、兴排在风和雅、颂之间。这种排列法显然是一个不可忽视的问题。因此，汉人解释六诗或六义，都没有明确作出风、雅、颂是诗之体，赋、比、兴是诗之法的结论。他们对这个问题是采取了审慎的态度的。虽然他们也涉及诗的表现方法问题，但这是由于从诗体的探讨必然会涉及到诗法的问题上去，所以他们往往从诗法的分类来说明诗体的分类。这种情况在《诗序》本身中就已见端倪。按照三体三用说的观点，"风"是诗体之一，而不是作诗的表现方法。可是《诗序》对"风"的解释说："上以风化下，下以风刺上，主文而谲谏，言之者无罪，闻之者足以戒，故曰风。"显然这是兼赅体、法两方面而言。郑玄注六义不会不顾及这一点，他说："风言圣贤治道之遗化也。赋之言铺，直铺陈今之政教善恶。比见今之失，不敢斥言，取比类以言之。兴见今之美，嫌于媚谀，取善事以劝喻之也。雅，正也，言今之正者以为后世法。颂之言诵，容也，诵以美之。"这里并没有在诗体、诗法之间划出严格界限，指出其间有着体和用的区别。

那么，怎样来解释《诗经》中何以只有风、雅、颂三种诗体呢？对于这个问题，前人的解释不够明确。《孔疏》引："郑志张逸问：何诗近于比、赋、兴？答曰：比、赋、兴，吴札观诗已不歌也。孔子录诗，已合于风、雅、颂中，难复摘别。篇中义多兴。"这种含糊的说法给后人留下了种种附会的可能。直到晚近章炳麟的《六诗说》出，才比较合理地解决了这个问题。按照章氏的说法，风、赋、比、兴、雅、颂都是诗体，但有入乐和不入乐之分。由于赋、比、兴三体，"不被管弦"，"不入声乐"，所以在孔子录诗时被删掉了。最近，郭绍虞《六义考辨》采章氏之说，加以取舍和发挥，认为"其入乐者则称为风，还有许多不入乐者则称为赋比兴。那么，赋比兴都可以说是民歌。由于民歌的数量太多，所以再用不同的手法，分为数类，那么列为风类之后也就很恰当，而《周礼》的六诗与《毛诗》的六义，也就可以统一起来了"。这种解释对于说明《周礼》的六诗之名和风、赋、比、兴、雅、颂的排列次序都是怡然理顺的。不过，这里只是要说明汉人对六诗或六义的理解尚未作出诗体、诗法的区别。在诗体、诗法上划出严格界限是后来的事，那就是唐人孔颖达的三体三用说。

《孔疏》是在《郑笺》的基础上撰写而成的，向来被认作是申明郑义的可靠资料。其实我们不必过于拘泥，被前人所谓"疏不破注"的说法所束缚。孙诒让曾据《礼记正义》称"皇侃时乖郑义"，又据《左传正义》称“刘炫习杜义而攻杜氏”，认为六朝义疏家多破坏家法，逞臆妄说，而独于《孔疏》则未敢非议。他自己在解释《周礼》的六诗说时，也每有曲从《孔疏》之处。事实上，《孔疏》对于六义的说法，虽号称本之郑义，但往往疏不应注，语不衷本。《孔疏》创三体三用之说，谓：“风、雅、颂者，诗篇之异体。赋、比、兴者，诗文之异辞耳。大小不同，而得并为六义者，赋、比、兴是诗之所用，风、雅、颂是诗之成形。用彼三事，成此三事，是故同称为义。非别有篇卷也。”这和上引郑玄对于六义的说法，不仅不能互相映发，而且可以说是以意增益之论。

《孔疏》之说，构画虽精，而其病亦在是。它所碰到的最大麻烦，就是六义的一曰风、二曰赋、三曰比、四曰兴、五曰雅、六曰颂的排列次序问题。《孔疏》对这个问题无法回避，只得强为之解云：“风之所用，以赋、比、兴为之辞，故于风之下即次赋、比、兴，然后次以雅、颂。雅、颂亦以赋、比、兴为之。既见赋、比、兴于风之下，明雅、颂亦同之。”表面看来，这似乎也言之成理，但用来诠释六义冠以数词的一曰风、二曰赋、三曰比、四曰兴、五曰雅、六曰颂，则未免过于牵强。倘使赋、比、兴既次于风下，同时又次于雅下，进而更次于颂下，那么，能够用一到六的数词去排列它们吗？《孔疏》为了坚持自己所立的三体三用说，在疏解“郑志张逸问”那段引文时，也是强前人以从己意。郑答赋、比、兴，吴札观诗已不歌，多少意味着在此以前赋、比、兴还是单独存在过的，只是孔子录诗时才将它们合于风、雅、颂中，所以已经难复摘别了。可是这段原文一经《孔疏》的疏解，就完全变了样。《孔疏》是这样解释“郑志张逸问”这段文字的：“逸见风、雅、颂有分段，以为比、赋、兴亦有分段。谓有全篇为比，全篇为兴，欲郑指摘言之。郑以比、赋、兴者，直是文辞之异，非篇卷之别，故远言以从本来不别之意。言吴札观诗已不歌，明其先无别体，不可歌也。原来合而不分，今日难复摘别也。”这分明是三体三用说的发挥，哪里还是疏解“郑志张逸问”的本义？这里仍举章炳麟的《六诗说》为例。章氏在这篇文章中一开头就援引了“郑志张逸问”原文，可是他的解释恰恰与《孔疏》相反：“此谓比、赋、兴各有篇什，自孔子淆杂第次，而毛公独旃表兴，其比、赋俄空焉。圣者颠倒而乱形名，大师偏觢而失邻类，何其惛忘遂至于斯焉?”我以为章氏所谓“比、赋、兴各有篇什”是切合“郑志张逸问”本旨的。

我们作了以上的考辨是为了说明郑注六义是兼赅诗体、诗法而言，《孔疏》六义则是把诗体、诗法严格区别开来，从而指明两者区别所在。然而，这并不等于说要否定《孔疏》的价值。从探讨六诗或六义的原始意义方面来看，自然当以《郑注》为长，《孔疏》是不足为训的。不过问题并不这么简单。在我国长期封建社会中，古代文论自有它的复杂曲折的发展过程。某一时期的某种理论往往会发生失之东隅收之桑榆的功效。撇开诠释六义的原旨这一点不论，单就阐述诗的表现方法来说，《孔疏》自有它的积极意义。它更明确地提出了诗法问题，把赋、比、兴列为三种表现方法（实际上也就是兼综了叙述和描写两方面），对后人有着很大影响，开启了此后对于诗的表现方法越来越深入的研究，这都是不容抹煞的。

刘勰生于南朝，是汉代以后唐代以前的人物。他对六义的看法，可以说是《郑笺》《孔疏》之间的过渡环节，起着承前启后的作用。他比《郑笺》更进一步侧重于诗法的探讨，但又不像《孔疏》那样把诗体和诗法截然区分开来。总的来说，他仍保持了《郑笺》那种体即是用、用即是体、诗体与诗法相兼的观点。他根据《诗经》以来文学发展的实际情况，把赋、颂列入《文心雕龙》文体论。但《诠赋篇》的释名以彰义云："诗有六义，其二曰赋。赋者，铺也。铺采摛文，体物写志也。"《颂赞篇》的释名以彰义云："四始之至，颂居其极。颂者，容也，所以美盛德而述形容也。"从这些说法可以看出，刘勰仍袭汉人六义说的旧训，显示了体用相兼观点的痕迹。同时，他为了探讨文学创作方法问题，把比兴列入创作论。但《比兴篇》也同样是以本之体用相兼的观点来立说。本篇中一称"比体"（"比体云构"），两称"兴体"（"毛公述传，独标兴体""起情故兴体以立"），可为明证。《比兴篇》列入创作论，自然把重点放在创作方法上，但由于刘勰仍保持着汉人体法相兼的观点，既把比兴当做艺术方法看待，又把比兴当做由艺术方法所塑造的艺术形象看待，所以篇中才有"比体""兴体"之称。

但是，那篇评论文章指摘我的上述观点说："古代的刘勰虽然还不能科学地说明'形象思维'的规律，却懂得赋比兴是一种表现方法。他在《文心雕龙·神思篇》中说：'神用象通，情变所孕。物以貌求，心以理应。'就是指作家认识、思考以及进行构思的思维过程，而下所谓'刻镂声律，萌芽比兴'，则是用什么手法去表现他在头脑中业已构成的映象。在《文心雕龙》中，刘勰没有把《比兴篇》和《神思篇》放在一起，而把它和《丽辞篇》《夸饰篇》并列，这说明在刘勰心目中，'比兴'也仅仅是一种手法。至于'艺术形象'这一概念，那是指的创作过程完成以后在作品中再现出来的人物或生活现象。它和作家在创作过程中的思维活动或使用的表现手法，更不是同样的概念。"

我觉得这段话所以不确切，第一，在于没有从历史的发展观点，探索比兴这一概念在不同时代、不同作家那里具有不同的含义，从而把《孔疏》的三体三用说当做唯一的标准，以致把它和唐人以前的体用相兼的观点混淆起来。（如说刘勰“懂得赋比兴是一种表现方法”就是一例。其实，把赋、比、兴三法作为诗之用和风、雅、颂三体区别开来，是孔颖达的主张，刘勰当时并不懂得这种分类法。）因此，由这种三体三用的观点来看，法只能是法，体只能是体。殊不知就诗体、诗法相兼的观点来说，体即是用，用即是体。有时可偏重于诗法方面，把比兴当做艺术方法；有时也可以由法及体，把比兴当做通过这一艺术方法所塑造的艺术形象。我所说的“艺术形象”并不是指“在作品中再现出来的人物或生活现象”，而是指一种凝聚在作品中的艺术性的特征。这一点，我在释义中已经指明：“比兴一词可以解释作一种艺术性的特征，近于我们今天所说的‘艺术形象’一语。”这应该不至于把它误会到“在作品中再现出来的人物或生活现象”上去的。如果我把刘勰的比兴概念去比附当时作品所没有而《文心雕龙》全书也根本未涉及的今天所说的“人物”——这种意义上的艺术形象，那么也未免太荒谬了。那篇评论文章由于认为刘勰已经“懂得赋比兴是一种表现方法”，所以在另一处地方指摘我“把‘比兴’和‘艺术形象’等同起来，那就等于说‘赋’法不能创造艺术形象，从而摈斥于形象思维之外”。这也是不符合事实的。我并没有做过这样的等同。至于刘勰没有按照三体三用说把赋、比、兴联在一起，我不能在释义中违反历史事实，把这个观点硬加给他，虽然这样做可以使他的理论更完整一些，和我们今天所说的“形象思维”更接近一些。但是，我在释义中同样曾经指明：“‘艺术形象’这个概念取得今天的意义是经过了逐渐发展和丰富的过程，我们倘使追源溯流，则可以从早期的文学理论中发现

‘艺术形象’这个概念的萌芽或胚胎，尽管这些说法只是不完整、不明确地蕴含着现有的艺术形象的某些成分。”我在这种意义上提出“《神思篇》‘刻镂声律，萌芽比兴’，就是认为‘比兴’里面开始萌生了刻镂声律、塑造艺术形象的手法”。这怎么可以说是“把‘比兴’和‘艺术形象’等同起来”呢？这里顺便说一下，我在本书《小引》中曾援引马克思的话“人体解剖对猴体解剖是一把钥匙”来说明写作本书的缘起和方法问题。现在再补充几句。我们一旦从猴体的某些器官和组织上发现人体的某些器官和组织的征兆，这并不等于说两者是等同的。那么，为什么要做这种考辨呢？对于动物解剖学来说，是为了探索动物肌体的进化历史。对于文艺解剖学（如果可以这样比喻的话）来说，则是为了探索文学“肌体”的发展历史。我以为，文学从它诞生的那一天起，作为文学特征的形象性就已存在。如果说，有着悠久历史的我国古代文论对这一客观存在的事实竟会茫然无知，那是不可能的。今天文艺理论工作者的任务就在于实事求是地把它揭示出来。

第二，那篇评论文章所援引的《神思篇》赞曰：“神用象通，情变所孕。物以貌求，心以理应。刻镂声律，萌芽比兴。结虑司契，垂帷制胜。”我以为是概括作为艺术想象活动“神思”的要旨，它一气贯串说明“结虑司契”的内容，而不能拦腰斩断，把“神用象通，情变所孕。物以貌求，心以理应”看做是“指作家认识、思考以至进行构思的思维过程”，而把“刻镂声律，萌芽比兴”看做在上述领域以外，“指的是用什么手法去表现他在头脑中业已构成的映象”。为什么呢？《比兴篇》赞中所谓“诗人比兴”的“拟容取心”，恰恰是《神思篇》赞中“物以貌求，心以理应”的呼应，两者异语同义，都是申明同一观点。为什么这同一观点在《神思篇》中是“指作家认识、思考以至进行构思的思维过程”，而在《比兴篇》中就不是“指作家认识、思考以至进行构思的思维过程”呢？这里顺便说一下，一般把塑造艺术形象的表现方法划在艺术思维之外，认为它只是把作家头脑中已有的映象表现出来的一种单纯技法这种观点，我以为并不正确。我觉得黑格尔在《美学》中所说的“形象的表现的方式正是他（艺术家）的感受和知觉的方式”、“艺术家这种构造形象的能力，不仅是一种认识性的想象力、幻想力和感觉力，而且还是一种实践性的感觉力，即实际完成作品的能力。这两方面在真正的艺术家身上是结合在一起的”、“按照艺术的概念，这两方面——心里的构思与作品的完成（或传达）是携手并进的”，这些说法值得借鉴，至少比那种把塑造艺术形象的表现方法视为游离于艺术思维之外或之后的单纯技巧观点，是更正确一些的。

第三，那篇评论文章根据“刘勰没有把《比兴篇》和《神思篇》放在一起，而把它和《丽辞篇》《夸饰篇》并列”，来断定“在刘勰心目中，‘比兴’也仅仅是一种手法”。这是由于没有辨析《文心雕龙》创作论的体例，所以才没有认识到《比兴篇》和《神思篇》之间的有机联系。《神思篇》是统摄创作论诸篇的纲领，这一点我在《释〈镕裁篇〉三准说·附释一》中曾列表示意，以说明“前者埋伏了、预示了后者，后者则进一步说明了、发挥了前者”。我认为《神思篇》“物以貌求，心以理应。刻镂声律，萌芽比兴”和《比兴篇》“诗人比兴，触物圆览。物虽胡越，合则肝胆。拟容取心，断辞必敢”，正是表明这种关系的明证。倘使我们只从创作论诸篇的并列方面去分析其间的关系，而看不到刘勰以《神思篇》为总纲以笼罩创作论其余诸篇的内在联系，那么就还不懂得刘勰的命意所在。刘勰以《神思篇》作为统摄创作论诸篇的总纲，正是体现了他把作为想象活动（神思）的艺术思维看做是贯串全部创作过程的观点，这是一种卓识。这里顺便说一下，创作活动始终是通过形象思维来实现的。它并不像有的文章所说那样，先把作为感性材料的表象抽象成为概念，再把这抽象概念通过艺术表现手法化为艺术形象，即所谓：表象—概念—表象（这个公式实际上是：表象—概念，概念—表象）这种“形象图解论”。（抗战前有位日本作家企图按照这种“形象图解论”，把《资本论》改写成为一部小说，但是失败了。）艺术思维是以形象为材料，始终围绕着形象来进行。作家的理性认识是他剖析生活的指针，可以使他对于生活达到“理解之后的更深刻的感觉”。它作为一根引线错综交织在作家把握形象的过程中，形成逐步深化的运动。可是，照“形象图解论”看来，艺术思维并不是以它的特殊形态体现由感性到理性的认识规律，而是把它和理论思维一律相绳，其间差别仅仅在于后者只是实现表象—概念这一步就告结束，而前者却在这一步之后还有概念—表象这一过程。这样一来，试问还有什么形象思维（这是就思维这个词的本义来说的）？形象思维只剩下一个形象化的表现手法了。创作活动中自然存在着一个表现手法问题，表面看来，它似乎出现于创作过程的后一阶段，但实际上它也潜在于作家的整个构思活动中，和作家的构思活动有着千丝万缕的联系。黑格尔认为形象的表现方式就是作家的感受和知觉的方式，构造形象既属于对生活的观察和感受的认识性范畴，又属于对生活的表现或传达的实践性范畴，从而要求作家使这两方面结合在一起，携手并进。我以为这个说法比较合理。因为“形象图解论”把作家创作活动的认识性和实践性分割开来，企图用形象化的表现手法去传达排除了生活感性形态的赤裸裸的概念，正是造成模式化的一个主要原因。

以上是我对于那篇评论文章的答辩。现在要谈谈另一篇商榷文章。这篇商榷文章和那篇评论文章有些论点相反，可以说是从不同角度对我的释义进行了批评。这篇商榷文章认为我“把比兴和塑造艺术形象联系起来是很正确的”，但又指出我把比、兴作为一个概念，是把“比、兴两法”割裂开来，对立起来。因为刘勰并没有把比、兴当做一回事，他在解释比时并没有说只“取象”，而忽视“理”；在解释兴时，也没有说只“取义”，而忽视“象”。最后断言：“我们在研究古代文艺理论家对比兴的解释时，不能简单地把前人的解释和我们今天运用马克思列宁主义对艺术形象或形象思维的解释等同起来。”

除了最后的断言，和那篇评论文章批评我“违反历史主义”一样，由于没有举出任何例证，从而使我无从答辩以外，我觉得，这里的关键问题也还是在于对刘勰的比兴概念究竟应该怎样理解？在回答这个问题之前，我认为我们首先应当注意我在本书上篇中援引的这句话：“把一个专门名词用在不同意义上是容易引起误会的，但没有一种科学能把这个缺陷完全免掉。”（《资本论》）除了这种情况，我们还需注意另一情况，这就是我在本书《小引》中曾举出刘勰撰《文心雕龙》一书把“史”“论”“评”兼综在一起的写作方法。因此《比兴篇》同样贯串着这三方面的内容，有文学史的论述、文学批评的分析和文学理论的阐发。根据上述两种情况，我们再来分析《比兴篇》的内容，就应该考虑下面两个问题：第一，刘勰是不是在不同涵义上使用比兴概念？第二，刘勰是不是根据不同历史时期剖析比兴概念的发展演变？我觉得只有首先解决了这两个问题，才能对《比兴篇》作出比较切合实际的剖析。

我在释义中一开头曾指出：“根据刘勰的说法，比兴含有二义。分别言之，比训为‘附’，所谓‘附理者切类以指事’；兴训为‘起’，所谓‘起情者依微以拟议’。这是比兴的一种意义。还有一种意义则是把比、兴二字连缀成词，作为一个整体概念来看。《比兴篇》的篇名以及《赞》中所谓‘诗人比兴’，都是包含了更广泛的内容的。”那篇商榷文章只承认这里提出的头一种解释，不同意后一种解释，认为“毛主席不仅没有把比兴当做是一回事来看待，刘勰也没有把比兴当做是一回事来看待”。诚然，毛主席说的是“比兴两法”，但这并不是在阐释刘勰的观点。问题在于刘勰除了分论比、兴外，是不是也把比、兴连缀成词，作为一个整体概念？如果回答是肯定的，根据又在哪里？我在释义中提出的理由是《比兴篇》的篇名和《赞》中“诗人比兴”的说法。这同样涉及《文心雕龙》的体例问题。创作论诸篇的篇名，往往把两个具有不同意蕴的字组合成为一个词。单独来看，每个字具有特定的含义；合起来看，则两个字组合成为一个完整的新概念。例如，《体性篇》：体，文体也；性，才性也；体性合称则指风格。《风骨篇》：风，情或思也；骨，事或义也；风骨合称则指文学内容的生气灌注。《通变篇》：通言文理之常，变言文理之变，通变合称则指变今法古之术。《情采篇》：情言述情，采言敷采，情采合称则申明文附于质及质待于文的内容与形式的统一关系。《镕裁篇》：镕谓规范本体，裁谓剪裁浮词，镕裁合称则指命意谋篇之法。《章句篇》：章，明也；句，局也；宅情曰章，位言曰句，章句合称则谓文章组织结撰之法。《隐秀篇》：隐言情在词外，秀言状溢目前，隐秀合称大致是申明言有尽而意无穷之旨（本篇为残文，姑以意推之）。我觉得上述定篇命名之法是创作论诸篇篇名的通例。刘勰把两个具有不同（有时甚至相反）涵义的词组合成为一个新的概念，说明他已经认识到其间的辩证关系，尽管这还仅仅是一种朴素的观点。我认为《比兴篇》篇名亦从此例。若问刘勰把比、兴连缀成词构成一个新的概念，这个概念的新的内容是什么？我以为本篇《赞》曰“诗人比兴”一段话就是它的新意，而“拟容取心”一语尤可称为其中的精髓。这种论点发前人所未发，而且成为开导后来《金针诗格》《二南密旨》的内外意说以及皎然《诗式》的取象取意说的先河，为我国古代文论增添了新的颗粒。这是不容抹煞的。至于“诗人比兴”是把比兴合称作为一个整体概念，正如上引创作论各篇诸《赞》是把篇名两个字连缀成一个概念来论述一样。这只要看看上引各篇诸《赞》的内容就可以明白，勿烦多赘了。

此外，关于刘勰是不是根据史的观点剖析比兴概念在不同时代的发展演变从而具有不同的意蕴？我的回答同样是肯定的。很显然，《比兴篇》把诗人之比和辞人之比做了严格的区分。所谓“附理者切类以指事”以及“比则蓄愤以斥言”（那篇商榷文章未提后一点，其实它更重要），是指诗人之比而言。可是，照刘勰看来，辞人之比日渐丧失了“蓄愤以斥言”的积极意义，沉醉在喻于声、方于貌之类的手法方面，终于趋向于形式主义倾向上去了。《比兴篇》特地举出大量例子，并加以总括说：“若斯之类，辞赋所先，日用乎比，月忘乎兴，习小而弃大，所以文谢于周人。”请注意这里所谓“日用乎比”的比义是什么？难道可以用“附理者切类以指事”“比则蓄愤以斥言”去诠释，或者把它们等同起来么？用马克思列宁主义现有概念去附会自然不对，强前人从己意也不可取。我只能根据这里所谓“日用乎比，月忘乎兴，习小而弃大”，去诠释刘勰把比、兴对举并对它们加以或褒或贬的评定。这恐怕不能成为我逞臆妄说，“把‘比、兴两法’割裂开来，对立起来”，并定它们有“高低、好坏之分”的一种理由。《比兴篇》下文更举出“扬班之伦，曹刘以下，图状山川，影写云物，莫不纤（织）综比义，以敷其华，惊听回视，资此效绩”，更说明这些仅仅从事现实状貌描写的比类和诗人之比泾渭分途、朱紫各别。如果不分时间、环境、条件，把刘勰所说的诗人之比的“附理者切类以指事”当做固定标准，认为“比和‘附理’是分不开的”，那么就无法解释上举这些比类客观存在的事实，也无法解释刘勰说的“日用乎比，月忘乎兴，习小而弃大，所以文谢于周人”是什么意思。我在释义中说“作家用喻于声、方于貌、譬于事的手法去进行现实表象的描绘，单凭借自己的知觉就可以胜任了”，正是指这些比类，明明含有贬意。可是那篇商榷文章却把它说成是我的正面主张：“他把比说成是描写‘个别的、具体的东西’，只要知觉就行了，而兴是摄取‘现实意义’，才是理性的认识，这不仅把‘比、兴两法’割裂开来，对立起来了，而且实际上就是把典型化的个别化和概括化割裂开来，对立起来了。典型化过程中的个别化和概括化是在文艺创作从感性到理性认识过程中交织进行的，把个别化简单地理解为感性认识阶段，把概括化简单地归入理性认识阶段，认为作家在创作过程中实现个别化时可以不要理性认识，概括化时可以排斥感性材料，这不仅不符合文艺创作规律，用这个办法来套用‘比、兴两法’也是不恰当的。”

我是否提出过这类典型化的主张，可从我那篇文章本身去追究，这里不想多作辩解。我只想说明这种误解是由于不仅把刘勰所说的诗人之比和辞人之比混为一谈，并且把我对刘勰所举那些只知描绘现实表象的比类的批评，和我根据刘勰把比、兴作为一个整体概念而提出的拟容取心说所作的阐发纠缠在一起了。造成这种误解的原因，则在于那篇商榷文章有两个不可动摇的原则：第一，比、兴只能是两法。

第二，比和理是分不开的。（为了坚持此说，甚至把《诠赋篇》“象其物宜，理贵侧附”的“理”字也当做取心示义的“理”讲，殊不知这个“理”字只是说明“象其物宜之理”，和取心示义的“理”是毫不相干的。这是没有顾及古汉语一词多义的特点。）

在创造典型过程中，“把个别化简单地理解为感性认识阶段，把概括化简单地归入理性认识阶段”。这种话我并没有说过。我从那篇商榷文章中才知道有这种提法。我认为把创造典型过程分为个别化和概括化的提法并不科学。我在自己那篇文章的附释二中只是提出：“由个别到一般，又由一般到个别，这两个互相联接的过程是不可分割的。”“作家的认识活动总是由个别到一般，又由一般到个别这两个互相联接的过程，循环往复地进行着。”不过，那篇商榷文章既然提到感性认识和理性认识问题，这里我也想谈谈我自己的一点看法。我认为对个别事物的感性认识，并不是和理不可分的。固然，对于任何具体事物的感性认识所构成的感觉或印象——比如：“这朵花是红的”“这火炉是热的”“这个球是圆的”等等都可构成“个别是一般”的直接判断形式。“这朵花”是个别的，“红”是一般的，因为红不仅仅适用于这朵花，还有许多别的花、别的东西也是红的，从而“红”成为一种共相。我们的感性认识所以能构成具有“个别是一般”的共相内容，是由于人类在儿童时期就已在头脑中形成了概念，它作为一根引线潜在于对个别事物的感性认识中。但是，尽管如此，我们仍旧把这种具有直接判断形式的感觉或印象叫做感性认识，而不能把它叫做理性认识。因为理性认识必须凭借思想的抽象作用，从感性事物细绎出其中的本质和各种属性间的内在联系。可是在“这朵花是红的”这种可以构成直接判断形式的感觉里，“红”仍属一种可感觉的外在属性，这种外在属性无须通过思想的抽象作用，只要单凭知觉就足够了。因此，这里作为谓词的共相仍是感性的。其间的主词和谓词的关系并不是实在和概念的关系。而在理性认识的判断里，主谓关系则必须是实在和概念的关系。我们必须注意：具有个别是一般的认识内容是一回事，知道个别是一般的认识内容又是一回事。我们必须把两者加以严格的区别。前者属于感性认识，而后者才属于理性认识。根据上述理由，我认为刘勰所批判的那些“习小而弃大”，只知模山范水、影写云物、一味描写现实图貌的作家只凭自己的知觉就可胜任了。这种比类并不是和理不可分的。

至于那篇商榷文章说：“刘勰在解释比时，并没有说只是‘取象’而忽视‘理’；在解释兴时，也没有说只‘取义’而忽视‘象’。”这意思说刘勰认为比是取义取象，兴也是取义取象（义、理二字可通），比、兴在这一点上完全一样，只是一种同义反复。这不仅违反了《比兴篇》侧重于论述辞人之比徒知取象的事实，而且也无法解释篇中针砭时弊，关于“兴义销亡”“比体云构”的感叹，以及颂扬屈原“三闾忠烈”“讽兼比兴”的赞词。如果再对照上面援引过的“日用乎比，月忘乎兴，习小而弃大”，以及《赞》中的“拟容取心”等等说法，我以为我在释义中阐述刘勰的观点是从取象方面去说比义，从取义方面去说兴义，并不是没有根据的。刘勰赋予比兴的这种意蕴，用马克思列宁主义的现有观念去比附自然不行，用我们认为妥切的比兴概念去强解也解不通，我以为只能实事求是地探讨刘勰的原旨，尽可能把它的本来面目揭示出来。如果说刘勰认为比、兴在取义取象上完全一样，只是一种同义反复，那么，怎样去解释我作为根据的上述种种说法呢？所谓“兴义销亡”“比体云构”，明明是在批评轻内容重形式的倾向。

所谓“三闾忠烈”“讽兼比兴”，明明是把比、兴视为两个不同概念，而这两个概念不能是同义反复的。所谓“日用乎比，月忘乎兴，习小而弃大”，更是清楚说明比兴是有高下之分的。我以为“习小”就是指徒知取象这方面，“弃大”就是指舍弃取义这方面。因此，对于《赞》中提出的“拟容取心”，我在释义中作了这样的解释：“‘容’指的是客体之容，刘勰有时又把它叫做‘名’或叫做‘象’；实际上，这也是针对艺术形象所提供的现实表象这一方面。‘心’指的是客体之心，刘勰有时又把它叫做‘理’或叫做‘类’；实际上，这也就是针对艺术形象所提供的现实意义这一方面。‘拟容取心’合起来的意思就是：塑造艺术形象不仅要摹拟现实的表象，而且还要摄取现实的意蕴，通过现实表象的描绘，以达到现实意蕴的揭示。现实表象是个别的、具体的东西，现实的意蕴是普遍的、概念的东西，而艺术形象的塑造就在于实现个别与普遍的综合，或表象与概念的统一。这种综合或统一的结果，就构成了刘勰所说的艺术形象的‘称名也小，取类也大’——个别蕴含了普遍或具体显示了概念的特性。”这是就刘勰把比、兴连缀成词，构成一个整体概念，提出“拟容取心”说所作的阐述。

最后我想作些说明：我那篇《释〈比兴篇〉拟容取心说》，题名曰释，顾名思义，自然属于释义性质。它的任务在于阐明刘勰原旨。在阐述过程中，也有我自己的意见，但这种意见只限于剖析和考辨范围。(我把自己对它的批判写在附释中，而这种批判也仅仅限于艺术方法方面。因此，不能把揭示刘勰原旨的释义作为我的主张。例如：那篇评论文章既不能否定我阐释刘勰的“比显而兴隐”具有明喻隐喻的意蕴，却又把它说成好像是我现在提倡的主张，而不顾及我在附释中对刘勰的譬喻说的批判。）也不能因为我为《比兴篇》作释义就认为我“把

'比兴'和'形象思维'等同起来"，或者认为我把刘勰对于比兴的阐发看做是前人论述中的典范。那篇评论文章和那篇商榷文章都用朱熹关于赋、比、兴的解释作为衡量我的释义的尺度，我以为就含有这种意思。我那篇文章只是全书中的一章，它的目的在于阐发刘勰的理论在我国古代文论史的长河中所具有的意义，不能要求它包括我国古代文论的全部内容。现在可以顺便说一下，我认为较《文心雕龙》晚出的朱熹的赋、比、兴说，在阐述作诗的表现方法问题上把叙述和描写联系起来，是更完满一些。但如果因为毛主席援引朱说，就把朱熹的三经三纬说句句奉为圭臬，以为一字不可更易，那也不是科学的态度。那篇评论文章和那篇商榷文章都重复或援引了我在附释中关于刘勰"恪守传统的儒家思想"以及他曲解《关雎》《鹊巢》的批判。(但关于后者我不同意那篇评论文章所说的"完全是上了《毛诗》和《郑笺》的当"，因为如果承认刘勰本人恪守儒家思想，那就谈不到他上当不上当的问题。)并且以此作为批判刘勰的比兴说的一个理由。可是对于朱熹的三经三纬说连一个字也不去碰。我觉得这也不是科学的态度。固然，朱熹在一定程度上打破了汉代经生解《诗》的框框，从而在客观上廓清了笼罩在《诗经》民歌上的某些迷雾。(不过，朱熹除了把"风"解作"风谣"，指出哪些是所谓"淫诗"，并没有正面肯定《诗经》民歌的价值。)但他也是儒家的一位道学夫子，他释《关雎》说："周之文王生有圣德，又得圣女姒氏以为之配。宫中之人，于其始至，见其有幽闲贞静之德，故作是诗。"释《鹊巢》说："南国诸侯被文王之化，能正心修身以齐其家，其女子亦被后妃之化，而有专静纯一之德。故嫁于诸侯，而其家人美之曰，维鹊有巢，则鸠来居之，是以之子于归，而百两迎之也。"(《诗集传》)试问这和刘勰说的"《关雎》

有别，故后妃方德。尸鸠贞一，故夫人象义”，又有什么区别呢？朱熹解赋、比、兴，简要明快，在前人诸说中通俗易晓，可为一家言。（这是就作诗的表现方法而论，并不指它对六诗或六义原旨的考辨。）但这也并不等于说他的三经三纬说完满无缺，就再不容有讨论的余地。相反，我们应该在前人的基础上，使这个问题的研究更向前发展才对。关于朱熹对比、兴的界说，清人姚际恒《诗经通论》曾谓：“郝仲舆驳之，谓‘先言此物’（兴）与‘彼物比此物’（比）有何差别！是也。”我觉得，这种意见也可以讨论。至于朱熹用他给赋、比、兴所作的界说去解释《诗经》，确实往往有解不通的地方。前人和近人关于这方面都有大量的论述，我觉得同样也可讨论。这对于我们更进一步弄清六诗或六义说，以及更进一步探讨我国古代文论中作诗表现方法问题，都是有益的。这些问题不是一两篇文章就可解决，而需要大家共同努力，不断深入探讨。

释《情采篇》情志说
——关于情志：思想与感情的互相渗透

“诗言志”是我国诗论的开山纲领。自陆机提出“诗缘情而绮靡”一语后，魏晋以来的文学理论家大多在不同程度上汲取了缘情说的成分。

刘勰曾从各个方面论述了“情”在文学创作中的作用。《文心雕龙》几乎没有一篇不涉及“情”的概念。据《文心雕龙新书通检》载，“情”字见于《文心雕龙》全书达一百处以上，这里可以随手举出几个例子。《神思篇》：“神用象通，情变所孕。”这是就“情”作为唤起并指引想象活动的媒介而说的。《体性篇》：“情动而言形，理发而文见。”这是就“情”作为决定文学形式的内在因素而说的。《指瑕篇》：“情不待根，其固非难。”这是就“情”作为构成文学特殊功能的感染力而说的。《总术篇》：“按部整伍，以待情会。”这是就“情”作为贯串全局的引线而说的。照刘勰看来，作家的创作活动随时随地都取决于“情”，随时随地都需要“情”的参与，因此，他在《情采篇》中提出了一句总括的话说：“情者，文之经。”

过去有些批评家往往把“情”和“志”或“情”和“理”分析开

来，认为这是两个不容调和的概念。汪师韩《诗学纂闻》曾记载前人把刘勰归为“诗缘情”一派，以致“后之君子斥为不知理义之所归”。这种用理义反对缘情的说法，也就是在“情”和“志”之间划下了一道不可逾越的鸿沟。事实上，刘勰认为“情”和“志”这两个概念不是彼此排斥，而是互相渗透的。《情采篇》先后提出的“为情造文”“述志为本”二语，就是企图用“情”来拓广“志”的领域，用“志”来充实“情”的内容，使“情”和“志”结合为一个整体。

根据传统说法，“志”渊源于《尧典》的“诗言志”，偏重在国家礼俗政教的美刺方面，是《诗》的创作路线的理论概括；“情”脱胎于《文赋》的“诗缘情”，偏重在一己穷通出处的抒发方面，是《骚》的创作路线的理论概括。从《诗》《骚》本身来看，主志、主情虽然重点不同，但并没有严格区分“情”和“志”的界限。言志美刺的《诗》并不一定摒弃抒情的成分。《诗大序》说：“在心为志，发言为诗，情动于中，而形于言。”这里所说的“志”和“情”显然是混用不分的。另一方面，发愤抒情的《骚》也不一定完全无视言志的功用。《悲回风》曾提及“志”的问题说：“介眇志之所惑兮，窃赋诗之所明。”可见《诗》《骚》本身已经说明“志”和“情”在一定程度上可以相通。刘勰首先是在这种意义上把“情”和“志”综合在一起的。他总结了《诗》的创作路线，也总结了《骚》的创作路线，兼取前人累积下的经验成果，加以融会，成一家之言。《序志篇》“本乎道，师乎圣，体乎经，酌乎纬，变乎骚”，始终是刘勰立论的基本纲领。因此，他在《明诗篇》给诗作概说的时候，一方面从言志美刺的角度出发，指出诗有顺美匡恶的作用，另一方面也从发愤抒情的角度出发，指出诗有吟咏性情的特点。“人禀七情，应物斯感，感物吟志，莫非自然。”这里就是把“情”和“志”作为两个互相补充的概念而提出的。这是刘勰把“情”和“志”综合起来的第一种意义。

其次，刘勰把“情”和“志”综合起来还有另一种意义。这种意义是从上面一种意义引申出来的，但是和上面一种意义又有一定区别。在头一种意义上，“情”“志”这两个概念是就文学创作的性能功用而言。在后一种意义上，“情”“志”这两个概念是就文学创作的构成因素而言。从后一种意义来看，“情”可归入感性范畴，相当于我们所说的感情。《文心雕龙》所用的“五情”“七情”“情性”“情趣”“情致”“情韵”“情源”诸词，大体上都属于这个“情”的概念。“志”可归入理性范畴，相当于我们所说的思想。刘勰曾把“志”和“思”组成一个词，他所说的“思”有时又和“理”“义”诸义相近。《情采篇》：“志思蓄愤，吟咏情性。”“志思”即指后者，“情性”即指前者。后来不少文艺理论家也都是在这种意义上去理解“情”和“志”的概念。例如承袭诗教说的程廷祚就偏重在思想意义方面而推重“义理”，主张性灵说的袁枚就偏重在感情成分方面而独标“言情”。偏重思想意义方面，趋于极端，往往把情感视为异类，以至产生了否定文学存在的“作文害道”（见程颐《答朱长文书》）的说法。偏重感情成分方面，趋于极端，往往溺于情好，发出“诗不关理”（见严羽《沧浪诗话》）一类的议论。

照刘勰看来，属于感性范畴的“情”和属于理性范畴的“志”是互相补充、彼此渗透的。这是他把“情”和“志”综合起来的第二种意义。他不仅经常以“情”“志”对举，互文足义，而且也时常把属于感性范畴的概念和属于理性范畴的概念联系起来考虑。《宗经篇》：“义既极乎性情。”《诠赋篇》：“情以物兴，故义必明雅。”《章句篇》：“明情者总义以包体。”这些话都清楚地说明“情”在一定情况下是包含着“义”的成分的。因此，他在这种意义上所提出的“情者，文之经”的主张和“文以明道”的主张并不相悖，“为情造文”的说法和“述志为本”的说法也不矛盾。他有时单单拈出“情”字来涵盖文学的内容，这只是因为在艺术作品中思想往往是蕴含在情的感性形态里面的缘故。

刘勰曾经把“情”和“志”连缀成词，铸成“情志”这个概念。《附会篇》“必以情志为神明”，就是用“情志”来表明构成文学内容的思想感情。这正是把“为情造文”和“述志为本”综合在一起的说法。“情志”这个概念不是刘勰创造出来的。《尹文子上篇》：“乐者所以和情志”，已有“情志”的说法。《后汉书·文苑列传·赞》“情志既动，篇辞为贵”，张衡《思玄赋》“宣寄情志”，郑玄《六艺论》“箴谏者希，情志不通，故作诗者以诵其美而讥其过”，也都提到“情志”一词。魏晋以来，“情志”这个概念更被人普遍采用。陆机《文赋》“颐情志于典坟”，嵇康《琴赋》称音乐“可以导养神气，宣和情志”，挚虞《文章流别论》“夫诗虽以情志为本，而以成声为节”，沈约《宋书·谢灵运传论》“自兹以降，情志愈广”，范晔《狱中与诸甥侄书》“常谓情志所托，故当以意为主”，这些都是刘勰以前或和他同时代人的说法，刘勰很可能从他们那里得到了一定的启发。

虽然，“情志”仅仅见于《附会篇》一处，但是我们如果考虑到我国古代汉语有“字同而义异”和“字异而义同”的特点，那么就不难发现，刘勰正是把“情志”作为一个重要概念。在同一篇《镕裁篇》中，下文“设情以位体”其实也就是上文“情理位体”的另一说法。《体性篇》“志实骨髓”，其实也就是《附会篇》“必以情志为神明”的另一说法。因此，在一定情况下，“情”就是“情理”，“志”就是“情志”。同时“情理”、“情志”这两个词又可以被视为是同义的。根据这种情况来看，我们不能不说刘勰比前人更充分地阐发了“情志”这个概念。他所说的“情志”是颇接近于渗透了思想成分的感情这种意义的。在外国文艺理论方面，古代希腊人也有过类似的用语。他们所说的 παθos 一词就可以十分恰当地译为“情志”。古代希腊人也用这个词来表明文学创作中的思想感情。据黑格尔解释，这个词是用来代表一种“合理的情绪力量”，这种情绪不是出于一时的冲动或溺于一己的情好，而是“经过很慎重的衡量考虑来的”，并具有“充塞渗透到全部心情的那种基本的理性的内容”。这正类似于我国传统文论中的“情志”一词所蕴含的意义。

〔附释一〕

《辨骚篇》应归入《文心雕龙》总论

前文曾说，刘勰的文学理论总结了《诗》的创作路线，也总结了《骚》的创作路线。这个看法牵涉到另外一个问题：《辨骚篇》应不应列入《文心雕龙》的总论部分，和头一卷其他四篇编排在一起？

对这个问题向来有不同的回答。有一派意见持否定态度。明伍让《文心雕龙序》把前四篇联在一起（“本道而征圣，酌纬而宗经”），作为总论，接着指出“自骚赋以至书记，胪陈列示，以诠序之要”。显然，这是将《辨骚》划入文体论一类，以与《书记》以上诸篇相配。后来，持此说的论者更进一步认为把《辨骚》和其他四篇编在一起简直“不伦不类”，从而根本推翻了现在通行的《文心雕龙》十卷本的编次，因为十卷本正是把《原道》《征圣》《宗经》《正纬》《辨骚》五篇归为一卷，列于全书之首。梁绳祎《文学批评家刘彦和评传》云：“刘氏原书只分上下两篇。今本分成十卷，卷各五篇，只是整理好玩，并无意义。像割《辨骚》放在第一卷末尾，尤为荒谬。”梁文断定《文心雕龙》原书只分上下两篇，显然是根据《序志篇》所述“上篇以上，纲领明矣”、“下篇以下，毛目显矣”这样几句话。《文心雕龙》原书的本来面目究竟如何？是不是只有上下两篇而不另外分卷？假定如此，何以见得《辨骚篇》就是从后面割至前面的？梁文并未举出另外有力的证据，甚至连单文孤证也没有，这多少有些独断。《文心雕龙》原书的本来面目虽已不可考，但自《隋书·经籍志》以下，史书著录均言十卷。宋陈振孙《直斋书录解题》、晁公武《郡斋读书志》也都标明"十卷"。可见十卷本不但由来已久，而且也得到了相当普遍的承认。直到清《四库全书总目提要》才开始对这一点表示怀疑，以为《文心雕龙》原书"本止二卷，十卷盖后人所分"。自然，我们不应信古迷真，《隋志》《唐志》等等说法不一定就可靠，同时今传十卷本并非原本也是十分明显的。但是，我们如果由此就断然判定今本十卷的编次"不伦不类"，"只是整理好玩，并无意义"，那也未免过于武断了。

还有一种意见则并不否定今传十卷本的编排次第。范文澜《文心雕龙注》基本上也取上下两篇之说，可是他对今本五十篇的编次不仅毫无异议，而且还指出其"组织之靡密"，"排比至有伦序"，这与梁文的"不伦不类"的说法适成对照。《范注》曾列表阐述各篇前后相接的逻辑线索和内在联系，详加剖析，辨其旨归，殚其统系，以明《文心雕龙》的理论结构。不过，《范注》并不把《辨骚》和《原道》《征圣》《宗经》《正纬》诸篇列在一起，却把它归入文体论一类，放在《明诗篇》之前，似乎在一定程度上仍袭《四库全书总目提要》的旧说。

这里，我不想讨论《文心雕龙》究竟应只分上下两篇还是应再另分十卷的问题。我只想说明今传十卷本把《辨骚篇》列于第一卷之末并不是没有根据的。因为第一卷的五篇都属于《文心雕龙》的总论，本可排为一组。《序志篇》在提出"上篇以上，纲领明矣"这段话之前曾明白地说："盖文心之作也，本乎道，师乎圣，体乎经，酌乎纬，变乎骚，文之枢纽，亦云极矣。”这几句话分明是把《辨骚篇》和第一卷其他四篇相提并论作为总论看待，而并不是把它归为《明诗篇》以下诸篇之首作为文体论看待。

刘勰申明“文心之作”不仅“本乎道，师乎圣，体乎经”，而且还“酌乎纬，变乎骚”，这岂不是和他的儒家古文学派立场相悖吗？我以为这并不矛盾。因为从儒家古文学派立场出发可以采取排斥儒家经籍以外一切书籍的态度，也可以采取并不排斥儒家经籍以外一切书籍的态度，以便从中去吸取某些成分来充实或改造原有的儒学。刘勰正是根据这种态度去对待儒家经籍以外的一切书籍的。例如《明诗篇》对诗所作的定义就是一个明显的例子。刘勰在这篇诗论里，不仅援引了《舜典》《诗大序》《论语》这类儒家经典的诗说，而且也采纳了《含神雾》“诗者持也”的说法，并引申为“持人情性”的理论。《含神雾》见于《诗纬》，就是一部被经古文派称为“乖道谬典”的纬书。

刘勰对于纬书尚持“芟夷谲诡，採其雕蔚”的态度，难道对于《离骚》就不能采取兼收融化的态度了吗？我认为他把“变乎骚”视为“文之枢纽”的一部分，从而在自己的文学理论中总结了《骚》的创作路线，这一点可以从他在《辨骚篇》里对《离骚》的具体评价中找到印证。《辨骚篇》批评前人对于《离骚》的错误论点说：“褒贬任声，抑扬过实，可谓鉴而弗精，玩而未核。”这在当时是一种与众不同的看法。无论就贬者（如班固）或褒者（如王逸）来说，他们评论《离骚》时或举以方经，或谓不合传，都拘于儒家的经传眼光，任意抑扬。刘勰则采取了实事求是的态度，指出《离骚》有同乎风雅的地方，也有异乎经典的地方。他并不像前人那样，为了“褒”就把“异”乎经传之处强说为“同”（如王逸将《离骚》“驷玉虬而乘鹥”，硬说成本之

《易·乾卦·象辞》“时乘六龙以御天也”）。为了“贬”就把“同”乎经传之处强说为“异”（如班固将《离骚》“登昆仑而涉流沙”硬说成“非经义所载”）。刘勰对《离骚》的评价可以“取熔经意，自铸伟辞”一语尽之。这里透露了他在一定程度上主张对经书采取融化创新的“通变”观点。大体说，他对《离骚》的评价是很高的，所谓“气往轹古，辞来切今；惊采绝艳，难与并能”，就是推崇备至的赞词。他的许多意味深长的见解，至今仍对我们有所启发。例如他认为后世模仿《离骚》的作家可分为四类：“才高者菀其鸿裁，中巧者猎其艳辞，吟讽者衔其山川，童蒙者拾其香草。”他在这里指出最高的模仿者也不过是模仿《离骚》的宏博体裁，等而下者就只会从中摭拾香草美人之类艳词藉以炫人耀已罢了。弦外之音，寓有深意。鲁迅曾精辟地揭示了这几句话的底蕴，他认为刘勰的意思是说，后世模仿者“皆着意外形，不涉内质，孤伟自死，社会依然，四语之中，函深哀焉”。我们正可以从刘勰这种寓意深长的感叹看出他对《离骚》的高度评价。不过，同时我们也不能忘记，尽管刘勰对《离骚》具有深刻体会和独到见解，但是宗经的立场观点始终是他不能越过的界限，一旦当他用《骚》和《经》相比的时候，他就马上抑制自己对《离骚》的爱好之情，显出严格的分寸界限来，从而在前后论点上形成鲜明的矛盾了。例如《辨骚篇》规定《骚》在文学史上的地位说：“固知《楚辞》者，体慢于三代，而风雅于战国，乃雅颂之博徒（据《范注》‘博徒’乃贱者之称——引者），而词赋之英杰也。”这意思是说，包括《离骚》在内的《楚辞》固然好，但它的价值只限于三代以后，而不能和三代的经典相提并论。这种比上不足比下有余的评价，怎么能和“取熔经意，自铸伟辞”的说法相调和？怎么能够和“气往轹古，辞来切今”的观点相一致？儒家古文学派的观点虽然使刘勰具有一定进步性，但同时也给他带来了较大的局限性。

我们如果不看到刘勰在总结《诗》的创作路线的同时也总结了《骚》的创作路线，从而把《辨骚》列入《文心雕龙》总论部分，是不对的。但是我们如果以为刘勰把《诗》《骚》放在平等地位，一视同仁，也是不符合他的征圣、宗经立场的。正因为有这种区别，所以刘勰在总论中明确标出要"本"乎道，"师"乎圣，"体"乎经，而对于《纬》却要"正"要"酌"，对于《骚》却要"辨"要"变"了。

我认为《辨骚篇》应列入总论，而不应划归文体论，除根据《序志篇》所述外，还可以从《辨骚篇》的体制方面推出同样的结论。刘勰撰文体论诸篇大体都谨守一定的体例和格式，这就是《序志篇》所说的："若乃论文叙笔，则囿别区分，原始以表末，释名以章义，选文以定篇，敷理以举统。"一般说来，刘勰是非常讲究方法论的。"原始以表末"是侧重于文体的沿革演进，属于"史"的方面；"释名以章义"是侧重于文体的特点和定义，属于"论"的方面；"选文以定篇"是侧重于对某类文体作家及其作品的品评，属于"评"的方面；"敷理以举统"则是集中地概括出理论性的结论。虽然刘勰的文体论并不完全按照一定先后次序整整齐齐地划做四段，时而也有参互行文的情况，但是基本上我们可以清楚地看出文体论的每一篇都是毫无例外地包括了这四个方面的。这一点，黄侃《札记》、郭绍虞《中国古典文学理论批评史》、罗根泽《中国文学批评史》都曾举例阐明，无烦多赘。我们如果承认这个看法，那么就不得不同时承认《辨骚篇》不应划归文体论这一判断。问题很明显，因为《辨骚篇》的体例、格式和文体论各篇的体例、格式显然是不同的。例如《明诗篇》有诗的定义，《诠赋篇》有赋的定义，可是《辨骚篇》的“释名以章义”是什么呢？这在原文中是找不到答案的。唯其如此，后人才对《辨骚》篇名聚讼纷纭，莫衷一是。（“纪评”首先对《辨骚》篇名表示怀疑：“《离骚》乃《楚辞》之一篇，统名《楚辞》为《骚》，相沿之误也。”）他们硬要把《辨骚篇》划归文体论，可是又找不到足够的理由来说明刘勰何以在赋体以外别立“骚体”；他们硬要把《辨骚篇》和《明诗篇》归为一类，可是又不懂得刘勰为什么会违反文学发展史的实际情况把后出的《骚》放在先有的《诗》以前，于是就得出了“割《辨骚》放在第一卷末，尤为荒谬”的武断结论了。

其实，只要我们认识到刘勰在《序志篇》中自叙“文心之作”是以“变乎骚”作为“文之枢纽”的一部分，我们只要认识到他对于《骚》的评价以及他站在儒学古文派立场上兼取前人之长的态度，从而在自己的文学理论中总结了《骚》的创作路线，那么就不会再发生上述那些疑难的问题和混乱的说法，并且认为他把《辨骚篇》和第一卷其他四篇放在一起，当做《文心雕龙》的总论，是一件很自然的事了。

〔附释二〕

文学创作中的思想和感情

某些古代或早期的文艺理论家已初步感觉到文学创作活动必须把思想和感情结合在一起了。我国传统文论所说的“情志”，古代希腊人所用的παθos一词（见亚里士多德《诗学》），就都含有这种意味。不过，古代理论家只是在极其粗糙的意义上感到文学创作中的思想、感情是互相渗透在一起的。他们说的“情志”往往是以一种脱离社会实践的抽象形式出现的。例如，《情采篇》所说的“立文之道，其理有三：一曰形文，五色是也；二曰声文，五音是也；三曰情文，五性是也。五色杂而成黼黻，五音比而成韶夏，五情发而为辞章，神理之数也”，就带有这种缺陷。

关于文学中的思想感情问题，普列汉诺夫曾对托尔斯泰在《艺术论》中所提出的“感情的传达”说作了批判。他说：“艺术既表现人们的感情，也表现人们的思想，但并非抽象地表现，而是用生动的形象来表现。”我以为普列汉诺夫这一说法甚至比托尔斯泰的说法反而后退了，因为他没有从艺术的特殊性来究明艺术作品所表现的思想感情应有的特点。艺术需要通过形象来表现思想感情这是自不待言的。在艺术作品中，作家的思想感情必须凝聚在形象中。作家必须用形象本身来说话，而不是借助智力来补充形象所没有完全说出来的东西，以至使作家的思想感情游离于作为有机整体的艺术形象之外。不过，问题在于艺术作品所表现的思想感情本身究竟具有怎样的特定形态。在这方面，前人所提出的“情志”理论是可供我们借鉴的。

文学作品提供给读者的是感性观照。在文学创作中，思想、感情是两个不可分割的因素。作家只有对某种事物发生血肉相连的感情，才更容易引起去理解这种事物的愿望，才更容易激发去理解这种事物的能力。反过来，作家最初在生活中所感到的东西是模糊的、浮面的、杂乱的，只有经过理解以后才能更深刻地去感觉它。作家的创作活动就在于把最初没有经过理解的朦胧感觉变成理解以后的更清晰的感觉，把最初没有经过提炼的浮泛感情变成提炼以后的更深刻的感情，从而使感性方面和理性方面互相渗透，交织成难以分解的有机整体。这样，文学创作才可以发挥入人深、感人速的功效。所以，作为构成文学因素的感情，不能是瞬息即逝的一时冲动，或脱离思想普遍意义的感兴，它必须被现实所唤起，被思想所提高。作为构成文学因素的思想，也不再是以抽象形态出现的各种观念，它必须融化在艺术形象里面，充分得到感情的支持。在这种情况下，我们可以说，文学创作中的感情只能是一种经过思想深化的感情，文学创作中的思想只能是一种被感情所渗透的思想。

释《镕裁篇》三准说

——关于创作过程的三个步骤

《镕裁篇》说："履端于始，则设情以位体；举正于中，则酌事以取类；归余于终，则撮辞以举要。"刘勰在这里借用《左传》"始""中""终"（见"文公元年"）的说法，以表明文学创作过程可分为"设情""酌事""撮辞"三个步骤。

黄侃《札记》论述"三准说"云："舍人本意，非立一术以为定程，谓凡文必须循此所谓始中终之步骤也，不可执词以害意。舍人妙达文理，岂有自制一法，使古今之文必出于其道者哉？……章实斋《古文十弊》篇有一节论文无定格，其论闳通，足以药拘挛之病，与刘论相补苴。"

黄侃向来是反对以"意在求胜"的态度去讥弹昔作、诋呵先士的。他曾经在《札记》中说："后生评论前贤，若非必不得已，原不必妄肆诋娸，载之素笔。"因此，他对于刘勰的"三准说"小心地回避作正面的批评，采取了一种弥补方式去抉摘其误。他并不说刘勰揭橥的"三准说"近于刻板的定程，而只是说刘勰自己也没有把"三准说"作为普遍的规律看待。他并不说刘勰的"三准说"和章实斋的"文无定格论”相矛盾，而只是说倘用后者补苴前者就足以救治“拘挛之病”了。这种善意的回护，苦心的指摘，虽然为了表示论者的谦逊，但是反而使问题模糊起来。刘勰把创作过程的三个步骤命名为“三准”，“准”也就是准则的意思。

文学的创作过程是作家的艺术思维活动，它是内在的，不像物质生产过程那样清晰、明白。一匹布的生产从采集原料，机器操作，直到变为成品，这一系列的工序都可以看得见。但是一首诗最初如何在诗人的心里面受胎、成熟，却是看不见的。我们只能看到作家已经写在纸上的创作成果，而看不见作家在内心进行着的创作过程。因此，过去许多人一直把文学的创作过程看做是不能加以科学分析的神秘现象，黄侃就是本着这种看法去评述刘勰的“三准说”的。

但是，刘勰却并不否定文学创作的方法。《总术篇》曾经明言：“文场笔苑，有术有门。”又说：“执术驭篇，似善弈之穷数；弃术任心，如博塞之邀遇。”在这里，刘勰以下棋和赌博对举，来说明文学创作的两种态度。“借巧傥来”的“博塞之文”，不讲究方法，只是碰运气下注。相反，“术有恒数”的“善弈之文”，虽然也随机应变，下法着着不同，并不遵循刻板的定程，但这正是掌握了方法，从而得心应手、运用自如的结果。刘勰说：“心总要术，”“应机立断”，“因时顺机，动不失正”，就是要求作家把方法融会于心，加以灵活运用。这种看法和章实斋的“文无定格论”并不相悖。章实斋固然反对文章作法式的刻板定程，提出了“文成法立，未尝有定格”的主张；但他同时接着又说“无定之中有一定焉”，并不抹煞方法的存在。

刘勰也具有同样见解。《总术篇》“思无定契，理有恒存”，即申明此旨。照刘勰看来，不同作家在创作过程中尽管有着千变万化、各自不同的特点，但是，归根到底，都可以用“设情”“酌事”“撮辞”三个步骤去加以说明。

首先，从“设情”方面来说。作家是在创作冲动的推促下去进行创作的。刘勰认为，人类生来就有不学而能的“人情”（此说《刘勰的文学起源论与文学创作论》一章中曾作过剖析），作家以此为根本，在和大自然的接触中得到一种深刻感受，盘踞在自己的心田里，排遣不掉，驱散不开，这就是推动作家行动起来的动力。《物色篇》开头有一段描写说明了这种情况：“春秋代序，阴阳惨舒，物色之动，心亦摇焉。盖阳气萌而玄驹步，阴律凝而丹鸟羞，微虫犹或入感，四时之动物深矣。若夫珪璋挺其惠心，英华秀其清气，物色相召，人谁获安?”作为创作冲动的感受，也就是刘勰所说的“设情以位体”。在这里，“情”是指经过了作家长期孕育、酝酿产生出来的情志。作家心中洋溢着某种情志，渴望把它表现出来，使人人都能像自己一样清楚地感受到，这就是创作过程的第一个步骤。

其次，从“酌事”方面来说。紧接着上面一步，作家凭借生活中的记忆唤起了想象活动，逐步摆脱了开头萌生在自己心中的情志的普泛性和朦胧性，使之依次转化为具体的事类，然后再听从情志的指引，把它们熔铸成鲜明生动的意象，使“事切而情举”。这就是刘勰所说的“酌事以取类”。所谓“酌事以取类”，意思也就是说，作家经过“权衡损益，斟酌浓淡”的过程，把原来分散开来的纷纭杂沓的事件，变成“首尾圆合，条贯统序”的意象。《事类篇》曾就这方面提出如下的原则：“是以综学在博，取事贵约，校练务精，捃理须核，众美辐辏，表里发挥。”“故事得其要，虽小成绩，譬寸辖制轮，尺枢运关也。”这些意象是个别的“事”，又是普遍的“类”。最初萌生在作家心中的情志是普泛性的（刘勰称为“思绪初发，辞采苦杂”），作家扬弃了它的普泛性和朦胧性，使之转化为具体的事类，再重新过渡到普遍性方面来（刘勰称为“情固不繁，辞运不滥”）。不过，后一种普遍性却与个别性结合在一起了（刘勰称为“称名也小，取类也大”）。到了这时候，作家虽然还没有把这些意象写到纸上，但已成竹在胸，水到渠成。他可以清楚地看到它们以各种生动的姿态呈现在自己面前。陆机《文赋》说“情曈昽而弥鲜，物昭晰而互进”，即指这个阶段而言。这就是创作过程的第二个步骤。

最后，从“撮辞”方面来说。这也就是作家如何把自己酝酿成熟的构思表现出来的问题。作家应该根据“以少总多”的艺术表现原则，以从容不迫的态度去直抒胸臆，而用不着任何人工的雕琢。这就是刘勰所说的“撮辞以举要”。只要作家的构思是成熟的、充实的、明确的，他就可以自然而然地赋予它以恰当的形式。《神思篇》“驯致以绎辞”（“绎”字据黄叔琳校改），要求作家顺自然之致发为文词，即阐明此旨。因此，作家不能离开内容去追求独创的风格，因为这只会带来矫揉造作；不能用华丽的辞句去掩饰内容的空虚，因为这只会造成以艰深文浅陋的后果。用刘勰的话来说，这就是“采滥辞诡，则心理愈翳。固知翠纶桂饵，反所以失鱼”（《情采篇》）。所以，在整个创作过程中，这最后一个步骤是被前面两个步骤所决定的。《神思篇》“意授于思，言授于意，密则无际，疏则千里”，就是为了阐发此旨。在这里，“思”相当于“情志”；“意”应解释作“意象”（亦即《神思篇》上文所说“独照之匠，窥意象而运斤”的“意象”），相当于“事类”；“言”相当于“文辞”。照刘勰看来，作家如果做到“因内而符外”、“依经以正纬”，那么辞就可以达理，言就能够尽意，从而使“思”

"意""言"三者之间产生一种"密则无际"的紧密联系。相反，作家如果本末倒置，为文造情，言与志反，不能循序而进，违反了创作过程的应有步骤，那么就会使"思""意""言"三者之间发生矛盾，从而变成"疏则千里"的现象了。

从"情志"转化为"事类"，再由"事类"发挥为"文辞"，这就是刘勰所标明的文学创作过程中的三个步骤。自然，上述创作过程是一种概括出来的抽象，只能作为实际创作活动的大体描摹。实际创作活动要复杂得多。不同作家的创作过程在体现这三个步骤的时候有着千变万化的表现。从另一方面来说，实际创作活动也不像上面所揭示的步骤那样整齐有序。有时它会呈现为某种局部的、交错进行的现象，有时它会形成为某种表面上的反复深化过程。

〔附释一〕

思意言关系兼释《文心雕龙》体例

过去注释家对《神思篇》"意授于思，言授于意，密则无际，疏则千里"四语，多未遑细审，没有给予明确的解释。表面看来，"密则无际""疏则千里"是两个截然相反的判断。刘勰究竟认为"思""意""言"三者可以沟通一致，还是扞格不入呢？仅仅根据这几句话本身是不能作出答案来的。但是，我们倘使能够明白上文所说"物沿耳目，而辞令管其枢机。枢机方通，则物无隐貌"是刘勰对于思想和语言关系的根本看法，那么就可以推断他认为"思""意""言"三者是可以沟通一致了。

"密则无际"是就"思""意""言"关系的正常状态而言。"疏则千里"是就"思""意""言"关系的反常状态而言。在这里，刘勰正是用"思"（情志）—"意"（意象）—"言"（文辞）来预示他后来提出的"三准说"，以表明"设情以位体"—"酌事以取类"—"撮辞以举要"三个步骤。这两种说法异语而同义，事实上，它们都代表刘勰对于文学创作过程的同一看法，亦即他经常提到的"因内而符外"或"依经以正纬"的主张。照刘勰看来，一个作家如果能够在创作过程中遵循“设情以位体”—“酌事以取类”—“撮辞以举要”的正常步骤，就可以使“思”“意”“言”三者“密则无际”。反之，如果打乱了这三个步骤的正常秩序，就必然会出现“疏则千里”的反常现象了。

我认为“意授于思，言授于意”预示了《镕裁篇》“设情以位体”—“酌事以取类”—“撮辞以举要”三个步骤，是根据我对于《文心雕龙》一书的体例和方法作出的判断。这里可以附带说明一下。《神思篇》是《文心雕龙》创作论的总纲，几乎统摄了创作论以下诸篇的各重要论点。前者埋伏了、预示了后者，后者则进一步说明了、发挥了前者。范文澜《文心雕龙注》曾经列表阐明《文心雕龙》以《神思篇》作为创作论总纲的体系，指出其间脉络联系，剖析极为分明，读者可以查考。下面我列表来详细说明：

《神思篇》	创作论其他各篇
“思理为妙，神与物游。”	“物色之动，心亦摇焉。”“岁有其物，物有其容；情以物迁，辞以情发。”“是以诗人感物，联类不穷，流连万象之际，沉吟视听之区；写气图貌，既随物以宛转；属采附声，亦与心而徘徊。”（《物色篇》）
“秉心养术，无务苦虑；含章司契，不必劳情。”	“心虑言辞，神之用也。率志委和，则理融而情畅，钻砺过分，则神疲而气衰，此性情之数也。”“是以吐纳文艺，务在节宣，清和其心，调畅其气，烦而即舍，勿使壅滞。”（《养气篇》）
“博见为馈贫之粮，贯一	“是以将赡才力，务在博见。狐腋非一皮能

为拯乱之药，博而能一，亦有助乎心力矣。”	温，鸡蹠必数千而饱矣。是以综学在博，取事贵约，校练务精，捃理须核，众美辐凑，表里发挥。……用事如斯，可称理得而义要矣。故事得其要，虽小成绩，譬寸辖制轮，尺枢运关也。”（《事类篇》）
“情数诡杂，体变迁贸。”	“摹体以定习，因性以练才。”（《体性篇》）
“物以貌求，心以理应。刻镂声律，萌芽比兴。”	“诗人比兴，触物圆览。物虽胡越，合则肝胆。拟容取心，断辞必敢。”（《比兴篇》）
“心总要术，敏在虑前，应机立断。”	“是以执术驭篇，似善弈之穷数。”善弈之文，则术有恒数。按部整伍，以待情会，因时顺机，动不失正。数逢其极，机入其巧，则义味腾跃而生，辞气丛杂而至。”（《总术篇》）
“神用象通，情变所孕。”	案：这句话指出“神思”“情采”“比兴”三者之间的关系。“神用象通”是说意象由想象的运用而形成。“情变所孕”是说运用想象所以能够形成意象，关键在于情志（因为它们是由情志孕育出来的），从而归结到《情采篇》所说的“为情造文”上去。

〔附释二〕

文学创作过程问题

在外国文艺理论家方面，别林斯基曾论述过文学创作过程问题，兹摘录如下，以备参考。

别林斯基在《论俄国中篇小说和果戈理君的中篇小说》中说：“艺术家感觉在自身里面有一种被他所感受（conçue）的概念，可是如一般所说，不能够明显地看到它，由于要使它对己对人变得可被触知而感到十分痛苦，这便是创作的第一步。……他关切而痛苦地把它保持在自己感情的幽秘殿堂里，像母亲怀着胎儿一样；这概念逐渐呈现在他的眼前，化为生动的形象，变成典范……这些形象，这些典范，挨次地胚胎、成熟、呈现；最后，诗人已经看见了它们，和他们谈话；熟知他们的言语、行动、姿态、步调、容貌，从多方面整个儿看见他们，亲眼目睹，清楚得如同白昼迎面相逢……这便是创作的第二步。然后诗人再把一切人都能看见并了解的形式赋予创作；这便是创作的第三步，也是最后一步。这一步不十分重要，因为它是前二步的结果。”(用满涛译文，引用时略加删节。)

别林斯基在他的三个步骤说中认为整个创作过程的起点是“概

念”。他在其他地方又把创作过程概括为“从概念出发又回到概念上去”这样一个公式。至于这“概念”是怎样发生的呢？据他解释是由创作的要求所引起的，而创作的要求却是“突然地、出乎意外地、不得许可并且完全跟艺术家意志无关地降临到他身上来的，因为他不能指定哪一天、哪一小时、哪一分钟来进行创作活动”。别林斯基把这种情况说成是“神秘的灼见、诗的梦游病”，而没有指出作为创作过程起点的“概念”来自何处。在这一点上，他似乎受到黑格尔所谓美是“理念在感性事物中显现”的美学观点的影响。

不过，这里需要顺便说一下，别林斯基始终不是一个正统的黑格尔派。纵使在他早期的时候，他的许多观点也是和黑格尔的美学背道而驰的。他曾经在写给友人的信中说过，当问题涉及艺术的真理时，“我的勇敢和大胆甚至达到了这种地步，就是黑格尔的权威也不能加以约束……”事实上也的确如此。黑格尔美学强调矛盾的和解，认为真正的艺术只应该给我们一种本身和谐、宁静的印象，而不应在读者心中唤起破坏这种和谐、宁静的诸如仇恨之类的感情。因此，他认为《雅典的泰门》是莎士比亚的失败之作。黑格尔十分推崇希腊悲剧人物式的坚强性格。虽然泰门也具有坚强性格，但他是一个愤世疾俗的人，他的主要情欲是仇恨。照黑格尔看来，仇恨是破坏和谐、宁静的，所以是不美的。不仅如此，黑格尔也不赞成艺术去表现平凡的生活，他把平凡的生活称为“枯燥的散文”。可是别林斯基所揭橥的自然派理论，却猛烈地抨击了艺术是装饰自然的传统观点，主张艺术必须批判现实生活中的邪恶。他和黑格尔恰恰相反，对《雅典的泰门》表示了赞美，而且更重要的是他强烈要求把那些从不许混迹于艺术之宫的平凡的“下等人”引进艺术领域。他抛弃了传统美学中的陈腐观点，包括黑格尔也遵循的艺术只应表现美的对象在内。别林斯基对于文艺理论所做出的贡献，在于他独立地总结了普希金、莱蒙托夫、果戈理等人的艺术成果而建立起自然派的文艺理论。他也接受了黑格尔的巨大影响，但遗憾的是这反而成了他的束缚，因为他所吸取的往往更多的是黑格尔的思辨结构。我们也许可以把这一点归因于他只是通过友人的转述，而不能直接读到黑格尔的著作。

别林斯基把创作过程规定为“从概念出发又回到概念上去”这样一个公式，无疑是从黑格尔那里来的。黑格尔美学的思辨结构是建筑在理念的自我综合、自我深化和自我运动上面。别林斯基的这个公式正是套用了黑格尔美学的思辨结构，因此他把创作过程也规定为概念的自我运动过程。不过，别林斯基正像他在吸取黑格尔美学时经常显露出的弱点那样，他的这个公式只是对黑格尔美学的粗糙的模仿，而并没有透过他的思辨形式去探讨其中的现实内容。

黑格尔的美学没有正面阐述艺术的创作过程，但他在《理想的定性》中详细地阐述了理念经过了怎样自我发展的过程而形成为具体的艺术作品。他把这一过程也规定为三个步骤，即：情况—情境—情节。黑格尔认为情况即“一般世界情况”，是人物动作（情节）及其性质的前提。他认为艺术的理想不能停滞在作为普泛概念的普遍性上，而必须转化为具有实体性内容的普遍力量。普遍性实现其自身于特殊的个体中，这就是理想的定性。这种实体性的普遍力量怎样才能成为可供感性观照的艺术作品呢？它必须实现自己，通过动作及一般运动和活动展示出来。这种动作或活动的场所或前提就是“情况”。他说：“情况只能形成个别形象表现的可能性，还不能形成个别形象表现本身。所以我们所看到的只是艺术中有生命的个别人物所藉以出现的一般背景。”黑格尔关于情况的论述是很晦涩的。他认为只有在古希腊史诗时代，具有实体性内容的普遍力量才完全体现在个人的活动中，从而显现了个体的独立自足性，而在现代的散文生活中，普遍性与个体性形成了分裂状态，个性只有在局限的狭窄范围内才显出自由自在。所以他认为古希腊史诗时代是体现艺术理想的楷模。总的说来，他对情况的说明是从和谐、宁静这种观点出发的。这应归因于他的思辨结构，因为照他看来，情况在三个环节中尚处于最初的自在阶段，其发展尚未明显，其涵蕴尚未显露，因此还只是混沌的统一体。可是，事实上作为普遍性的情况只能形成个别形象表现的可能性，而不能成为激发人物动作的直接推动力，原因并不在于一般世界情况并不存在矛盾，而是在于这情况是最根本、最普遍的矛盾。虽然每个社会成员都受到这同一普遍矛盾的影响和支配，但只有当它体现为特殊矛盾时，才能成为激发人物行动的直接因素。

只有在情境中，才能把情况所规定的人物及其行动表现的可能性转化为现实性。黑格尔说：情境就是“情况的特殊性，这情况的定性使那种实体性的统一发生差异对立面和紧张，就是这种对立和紧张成为动作的推动力——这就是情境及其冲突”。在这里，黑格尔把情境作为混沌统一体发生差异对立面的结果是不正确的。不过，他把情境作为情况的特殊性，把情境及其冲突作为个别人物动作的推动力，这种见解是深刻的。因为艺术创作如果只从一般世界情况去把握人物，而不从具体的情境去把握人物，只着眼于矛盾的普遍性，而无视矛盾的特殊性，那么这往往是造成概念化倾向的根源之一。就人物性格表现来说，冲突只能发生在特殊性的规定情境之中。黑格尔说：“发现情境是一项重要工作，对于艺术家也往往是件难事。”人物性格离开规定情境就不能得到表现。怎样选择适当的特定情境及其冲突恰到好处地来显示人物性格，使人认识到这是怎样一个人，确是不容易的。情境克服了情况的普泛性，和人物的具体处境、生活、遭遇结合起来，成为激发人物行动的机缘和动力。所以，情境及其冲突对于人物来说，是使他不得不行动起来的必然趋势。在情况中，具体的、特定的冲突尚未定型，情况只是冲突的基础和根据。在情境中，冲突的必然性变成了人物的内在要求，和他的心情紧密地结合在一起。

但是，情境只是激发人物行动起来的机缘和动力，情境本身还不是行动。发出行动的是人。动作的蓄谋、最后决定和实际完成都要依靠人来实现。在情境及其冲突的激发下，人究竟怎样行动起来？性格的差异往往在相同的情境中使他们发生千差万别的动作和反动作。在这里，人物的个性起着决定作用。所以，必须再由情境进入“情节”。情节即动作，是以人物性格为中心的。人物性格属于个体性范畴。按照黑格尔的说法，个体性就是“主体”和“基本”，“包含有种和类于其自身”。矛盾的个别性包含着矛盾的普遍性（种）和矛盾的特殊性（类）于自身之内。倘使把黑格尔这个说法加以阐发，那就是人物一方面体现着作为社会关系的总和，另一方面也体现着表现时代矛盾的特定冲突和纠纷。这两方面都要通过主体的动作或反动作显现出来。黑格尔把冲突激起人物行动起来的内在要求，借用古希腊人所说的 παθos 一词来表达。大体说来，黑格尔用这个词以表明特定时代的具有普遍性的伦理观念，但这种观念在人物身上不是由理智，而是由渗透着理性内容的感情表现出来。关于 παθos（《美学》中译本译作“情致”，也有人据此词的转译 Pathos 译作“激情”或“动情力”，均不够妥切，笔者觉得译作“情志”似较惬恰）这个概念黑格尔作出了精辟的阐述，是值得我们注意的。黑格尔有时又把这个概念称为“神圣的东西”“神的内容”或索性就是“神”。这些神秘说法往往使人难以索解。细绎其旨，我们可以看出：这是黑格尔从他认作是艺术理想时代的希腊艺术中概括出来的。因为在古希腊艺术中，无论是雕刻、史诗或悲剧，神纵然不是唯一的，也是最主要的艺术表现内容。古希腊人正是用神来表现他们时代具有普遍性的伦理观念的。这样我们就不难理解黑格尔说的下面这段话：“无论把神们（案：这是指希腊诸神，黑格尔把这些神视为各种人格化的情志。——引者）看成是外在于人的力量，或是把他们看成只是内在于人的力量，都是既正确又错误的。因为神同时是这两种力量。”表面看来，这似乎近于戏论，但是如果把它那披着神秘外衣的晦涩语言翻译出来，它的意蕴还是可以理解的。反映时代精神的、具有普遍性的伦理观念，不是由个别人所形成，并不以他的意志为转移，所以对他来说是外在的。但是个别人不能脱离他的时代，他的性格被他那时代具有普遍性的伦理观念所浸染，形成他自己的情志，所以对他来说又是内在的。通过情志，黑格尔使人物性格和他的社会时代联系为一有机的整体。

以上我们综述了黑格尔论述艺术作品形成的三个环节的内容要旨。在综述过程中经过了清理和批判，以便尽量使其合理的内容得到科学的表现。至于黑格尔本人却并没有作出这样明确的论断。有些观点是从他的辩证逻辑必然引出的结论。对于其中必须扬弃的某些思辨成分，我们在综述过程中有的已经指出过了。这里再总括地说明一下：贯串在黑格尔三个环节中的主线是理念的自我深化运动。按照他的思辨结构，艺术理想（理念）要实现自己，取得定性的存在，必须否定自身作为普泛概念的普遍性，转化为具有实体性的内容，这就是“情况”。

情况发生了差异对立面，揭开了冲突和纠纷，从而否定了原来的混沌的统一，这就是“情境”。在情境中，作为主体的人物发出反应动作，使差异对立面的斗争得到解决，达到矛盾的消除，这就是“情节”（或动作）。不难看出，在这三个步骤中，每一步骤都是对前一步骤的否定，而每一否定都使艺术理想自我深化运动前进一步，从而构成自在—自为—自在自为这样一个逻辑公式。黑格尔为了把艺术理想的自我深化运动纳入这个公式中，使用了思辨哲学的强制手段，因而使他在叙述每一环节的过渡时都显得牵强而晦涩。可是，只要用科学的观点打破他的体系，我们就可以发现在黑格尔思辨结构的框架中蕴含着某些辩证观点，从而包含了某些非思辨的现实内容。这一点，我们只要把黑格尔的三个环节和别林斯基的三个步骤作一比较就可以看出。虽然两者都是把理念的自我深化运动作为艺术作品的形成过程，但别林斯基的论述不仅比黑格尔贫乏，而且后者所含有的某些合理因素也是前者所没有的。最突出的一点，就是黑格尔始终从社会时代背景上来考察人物性格，把人物和环境联系在一起。

黑格尔关于普遍性、特殊性和个别性三范畴辩证关系的论述是他的逻辑学概念论（或译为总念论）中的精华。

他在《小逻辑》中曾用一句概括的话说：“一切事物都是一推论（或译推理）。”意思是指任何事物都蕴含着普遍性、特殊性和个别性的辩证关系。他根据这一原理阐明了形成艺术作品的三个环节：情况（普遍性）、情境（特殊性）、情节（个别性）。对于黑格尔的这一理论，这里总括地说明以下几点：一、黑格尔由客观唯心主义思想体系出发，把这三个环节作为理念的自我深化运动。与黑格尔相反，我们必须把被黑格尔头脚倒置的关系颠倒过来，使这三个环节建立在现实基础上，即把情况、情境和情节正确地理解作现实世界的普遍性矛盾、特殊性矛盾和个别性矛盾。它们不是任何精神的外化，而是客观社会存在。二、黑格尔美学的思辨结构采取强制手段，把这三个环节硬性规定作由情况到情境再到情节的刻板定程。但是，事实上作家进行创作并不一定依循这种先后次序。作家在酝酿构思的时候，可能以表现时代社会普遍矛盾的情况为起点，也可能以表现某一事件特殊矛盾的情境为起点，或者也可能以表现某种性格个别矛盾的情节（人物动作）为起点。恐怕最后一种情形反而更符合大多数作家的创作经历。这一点，如果说像黑格尔这样博学深思的思想家竟然未能察觉，显然是难以令人置信的。他所以没有顾到这样简单的事实，只能归咎于他固执地为了构成自己的体系的缘故。三、黑格尔提出的三个环节是辩证地联系在一起的。作家酝酿构思时以哪一个环节为起点，这要根据每个作家的具体情况来决定。但是有一点必须明确，作家无论以哪一个环节为起点，都必须以这个环节作为中介，来沟通其他两个环节。例如，倘他以情况为起点，那么他就必须以情况作为表现某一事件特殊矛盾的情境和表现某种性格个别矛盾的情节的中介，使三个环节融为有机的整体。如果以情境作为构思的起点，或者以情节作为构思的起点，也都同样必须以这个起点作为中介，来沟通其他两个环节，把三者融为有机的整体。这样，作家在文学创作中才不至于使人物和环境脱节，形成只是空泛地去表现时代的重大事件而把人物变成丧失个性的模糊影子，或者相反，只是孤立地从事性格分析而不能通过人物去反映社会的宏伟背景。

释《附会篇》杂而不越说

——关于艺术结构的整体和部分

“纪评”释《附会篇》题名说：“附会者，首尾一贯，使通篇相附而会于一，即后来所谓章法也。”

“附会”二字出于前人旧说，其源流由来已久。《汉书·爰盎传·赞》已有“虽不好学，亦善附会”的说法。《后汉书》称张衡作《二京赋》“精思附会，十年乃成”。《晋书·左思传》载刘逵《三都赋序》亦曰：“傅辞会义，抑多精致。”大体说来，所谓附会也就是指作文的谋篇命意、布局结构之法。

虽然前人已经提出了附会的问题，可是艺术构思的根本任务究竟是什么呢？刘勰首先对这个问题作了明确的分析：“何谓附会？谓总文理，统首尾，定与夺，合涯际，弥纶一篇，使杂而不越者也。”这里所提出的“杂而不越”一语，就是关于如何处理艺术结构问题的概括说明。

按“杂而不越”这句话见于《周易》。《系辞下》曰：“其称名也，杂而不越。”韩康伯《注》：“备物极变，故其名杂也。各得其序，不相逾越。”焦循《易章句》也说，“杂”谓“物相杂”，“不越”谓“不逾其度”。韩氏、焦氏的注疏都认为这句话是在说明《易》象万物变化之理，一方面万物万事变动不居，另一方面万物万事的变化又都不能超出天尊地卑的限度。刘勰把这句话用于文学领域，显然已舍去了《系辞下》的本义。根据《附会篇》来看，“杂”是指艺术作品的部分而言，“不越”是指不超出艺术作品的整体一致性而言。“杂而不越”的意思就是说艺术作品的各部分必须适应一定目的而配合一致。尽管艺术作品的各部分、各细节在表面上千差万别，彼此不同，可是它们又都应该渗透着共同的目的，为表现共同的内容主旨自然而然地结合为一个整体，使表面不一致的各部分、各细节，显示了目的和主旨的一致性。《附会篇》把这种情况比喻作“驷牡异力，而六辔如琴；并驾齐驱，而一毂统辐”，并且由此得出结论说“善附者，异旨如肝胆；拙会者，同音如胡越”，从而要求作家在艺术结构方面做到“首尾相援”，“节文自会”。

在艺术结构问题中，“杂而不越”这个命题首先在于说明艺术作品是单一（刘勰又称之为“约”）和杂多（刘勰又称之为“博”）的统一。从单一方面来说，艺术作品必须首尾一贯，表里一致，使所有的描写围绕着共同的主旨，奔赴同一个目标，而不允许越出题外的骈拇枝指存在。刘勰说“一物携二，莫不解体”（《总术篇》），“绳墨以外，美材既斫”（《镕裁篇》），就是把艺术作品的单一性作为作家的取舍标准看待的。只要破坏了艺术作品的单一性，无论是怎样美好的材料，也都变成游离于整体和谐性以外的附赘悬疣，而应该毫不吝惜地加以芟除删削。

从杂多方面来说，艺术作品又必须具有复杂性和变化性，通过丰富多彩的形式去表现丰富多彩的意蕴。艺术要求有生动、丰满的表现，以显示艺术形象在不同情况下可能产生的多种变化，而不能像陆机在《文赋》中所批评的那样：“俯寂寞而无友，仰寥廓而莫承，譬偏弦之独张，含清唱而靡应，”流于单调、贫乏、枯窘，使本来应该有血有肉的艺术形象变成传达主旨的抽象形式或单纯符号。刘勰用“杂”这个字来表明艺术作品的杂多性，还可以举《诠赋篇》为证。《诠赋篇》说：“文虽杂而有质，色虽糅而有本。”（引文据《文心雕龙新书》校定。）在这里，“杂”“糅”二字同义，都是代表杂多的意思。显然，刘勰是把“杂”作为肯定意义提出来的，以与单调、贫乏、枯窘相对立。

综上所述，艺术作品一方面必须具有单一性，另一方面又必须具有杂多性。照刘勰看来，作家如果只注意单一性，就会形成“约则义孤”的缺陷；如果只注意杂多性，又会产生“博则辞叛”的弊病。因此，他以为艺术构思的任务就在于把单一和杂多两个看来似乎矛盾的方面统一在一起，以做到“杂而不越”，从单一中现出复杂，从杂多中现出和谐，从而迫使各种不一致的成分趋于一致的目标。用《附会篇》的话来说，这就是“驱万涂于同归，贞百虑于一致”。音乐中的五声，绘画中的五色，文学作品中的参差细节，全都要依靠作家的这种本领而会聚一堂，表现和谐之美。《总术篇》所谓“乘一总万，举要治繁”，“譬三十之辐，共成一毂”，亦阐发此旨。

古代理论家已感觉到艺术作品各部分之间的关系可以比拟作生命有机体各部分之间的关系。他们认为，艺术作品的部分必须是整体必不可少的部分。例如，亚里士多德曾经说：“任何部分一经挪动和删削，就会破坏整体。要是某一部分可有可无，而并不引起显著变化，那就不是整体中的有机部分。”我国文论也有类似说法。《镕裁篇》援引张骏的话说：“艾繁而不可删，济略而不可益。”刘勰加以引申说：

"句有可削，足见其疏；字不得减，乃知其密。……字删而意阙，则短乏而非核；辞敷而言重，则芜秽而非赡。"这都是说明整体的有机部分是按照最恰当的尺度配合一致的，任何更动都不但会改变部分本身，同时也会影响到整体的性质。

《附会篇》说："义脉不流，则偏枯文体。"这句话不仅把艺术作品作为有机体看待，要求各个部分都要显示整体统一性，而且还指出了艺术作品中必须要有一种主导力量，像脉管里循环着的血液似的赋予各部分以生气，使它们活起来。照刘勰看来，如果把艺术作品比之于人的有机体，就"必以情志为神明，事义为骨髓，辞采为肌肤，宫商为声气"。这里所说的"情志"和"事义"就是上面说的"义脉"。"情志"和"事义"结合起来就产生了艺术作品的内容主旨。在艺术作品中内容主旨统摄了各部分、各细节，正如在人的有机体中，内在生命统摄了所有的肢体和所有的器官一样。

作为整体统一性的内容主旨是艺术作品的内在方面，而一切部分、一切细节，则是艺术作品的外在方面。刘勰按照他一贯主张的"因内而符外"的观点，把"义脉"作为主导力量，要求艺术作品的所有部分、所有细节全都体现内容主旨，毫无例外地渗透着目的一致性。这样，作家对于自然形态的各种细节，就不能漫无选择，兼收并蓄，而应该舍去其中琐碎部分，提炼其中能够突出内容主旨的特征部分，从而熔铸成表里一致的艺术形象。《附会篇》说："画者谨发而易貌，射者仪毫而失墙。锐精细巧，必疏体统。故宜诎寸以信尺，枉尺以直寻。"就是根据这个原则提出来的。在人的全身中，须发最不能表现人的内在特征，倘使拘泥于这种自然形态的琐碎部分，舍本逐末地加以详细的描绘，甚至会使整个面貌的神情发生变化。相反，只有"诎寸以信尺，枉尺以直寻”，才能舍小取大，去粗存精。从内容主旨出发，根据内容主旨的要求去处理所有部分，安排所有细节，毫不爱惜地抛弃一切多余的装饰，无用的赘疣，哪怕它们是作者感到最得意的精心结撰也在所不惜，这就是刘勰关于艺术构思的根本观点。他在《附会篇》所说的“附辞会义，务总纲领”和《熔裁篇》所说“绳墨以外，美材既斫，故能首尾圆合，条贯统序”，亦皆阐发此旨。作者掌握了这个原则，就可以去留随心，修短在手，使艺术作品的所有部分、所有细节杂而不越，和谐一致，向着共同的目标奔驰前进。

〔附释一〕

文学创作中的必然性和偶然性

刘勰的“杂而不越”，亚里士多德的“部分与全体的关系”，都是阐明作品的细节必须从构思的主旨引申出来的美学规律。亚里士多德在《诗学》中除了揭示部分与全体的关系外，还提到了差别感和组合感的问题。后者显然是受到赫拉克利特的影响。亚里士多德曾援引过赫拉克利特如下的说法：“分者能合，相异者可以形成最美的和声，万物都是通过斗争产生的。”这段话不仅提出了“分”与“合”或“异”与“和”的概念，而且还表明了和谐是通过斗争、冲突和否定而完成的。

不过，刘勰朦胧地感到如果只片面地强调“驱万涂于同归，贞百虑于一致”，要求一切细节，包括其中某些偶然现象，全都必须从作品的主题思想引申出来，那么就会把文艺作品变成一种图解式的人工结构，从而形成刻板呆滞之弊。因此，他同时又提出了文学创作中的自然性问题。《养气篇》：“常弄闲于才锋。”《物色篇》：“入兴贵闲。”《杂文篇》：“思闲可赡。”这里所拈出的“闲”字，和后来章实斋所谓“搜闲传神亦文家之妙用”，“闲情逸出正为阿堵传神”（《古文十弊》）中的“闲”字意义相近，都是用来表示文学创作中的自然性。可是刘勰刚刚接触到这一点，就马上停止下来。同时他用“闲”来代表自然性也是非常朦胧的说法。

这里想顺便谈谈文学创作中的必然性和偶然性的关系。总的来说，必然性是透过偶然性来为自己开辟道路的。形而上学的观点使必然性和偶然性坚硬地对立起来，把它们视为绝对互相排斥的两个规定，这是错误的。现实生活中的必然性，不是存在于千变万化的偶然现象之外，而正是体现在似乎无迹可寻的偶然现象之中。我们说文艺作品必须表现生活的本质，这不是意味着排斥生活的现象形态，而是要求作家的认识活动不停留在生活现象的偶然性上面，他必须进一步去理解这些生活现象的内在意蕴。因此，作家在作品中所表现的生活仍旧保持了它的细节真实性，而不是排斥生活现象形态的抽象必然性。

自然，作家应该从现实生活中去选择那些最能代表本质的现象，可是这并不是说，一切细节全都在作品中占据同样地位，发挥相等作用。画家所画的肖像画，不仅要描绘出最能表现人物精神特征的细节(譬如眼睛——章实斋曾以“阿堵传神”来说明这一点)，而且也要描绘出一些次要的琐细部分（例如毛发——章实斋曾以顾恺之“颊上妙于添毫”来说明这一点)。现实生活中包括了某些偶然性现象，虽然这些偶然现象也有它们的产生原因，但它们并不是“建立在牢不可破的必然性上面”。例如：“这一粒豌豆荚中有五粒豌豆，而不是四粒或六粒，这条狗的尾巴是五寸长，不长一丝一毫，也不短一丝一毫；这一朵苜蓿花今年是由蜜蜂授粉的，而那一朵却不是，而且这一朵苜蓿花还是由一定的蜜蜂在一定时间内授粉的；这一粒被风吹来的蒲公英种子发了芽，而另一粒却没有；今天早上四点钟我被跳蚤咬了一口，而不是三点钟或五点钟，是咬在右肩上，而不是咬在左腿上……”如果确信这一切偶然性也都是建立在牢不可破的必然性上，那只是一种“可怜的安慰”，因为“偶然性在这里并没有从必然性得到说明，而倒是把必然性降低为纯粹偶然性的产物了”。

文艺作品为了要保持现实生活的细节真实性，往往不可避免地也要表现这类偶然性的细节。倘使我们把这类偶然性细节都认作是必然从作品的主旨引申出来的，都认作是反射了作品的主题思想，那就不免要受到人们的正当讥评了。例如俄罗斯批评家歇唯辽夫认为《死魂灵》中的这一类偶然性细节全都具有深刻的意义，车尔尼雪夫斯基曾反驳这种看法说：“乞乞科夫在到玛尼罗夫家去的路上，也许碰到的农民不是一个人，而是两个人或三个人，玛尼罗夫的村落，也许坐落在大路左边，不是右边；梭巴开维支所称呼的惟一正直的人，可能不是检查官，而是民事法庭庭长，或是副省长，等等；《死魂灵》的艺术价值一点也不会因此而丧失，或者因此而沾光。”文艺作品中这类偶然性细节虽然不是从作品主旨中必然引申出来的，但它们却是现实生活的属性。作品要保持现实生活形态的细节真实性，就不可能完全排斥它们。

〔附释二〕

整体与部分和部分与部分

黑格尔的《美的理念》主要论述了整体与部分和部分与部分之间的必然性和偶然性关系，现撮要综述如下，以便我们对这一问题作进一步探讨。

黑格尔为了体系的需要，把美的理念放在自然美的前面来论述，他认为美的理念是先于自然美的独立存在。但是只要我们把这两部分论述加以仔细的对照和比较，就立即可以发现，黑格尔对美的理念所作的种种规定，恰恰是从作为生命的自然美中概括出来的。所谓美的理念正是他在《自然生命作为美》的部分中对生命有机体作了周密的研究之后所获得的成果。这些成果主要是把关于生命有机体的一些带有规律性的东西提炼出来，加以规范化，作为美的理念的内容。因此，从体系来看似乎是黑格尔美学中最唯心的这一部分，就其内容来说，却是现实的。

黑格尔在《美的理念》中论述美的规律时，同样运用了他的概念论（或译总念论）的三范畴，即：普遍性、特殊性和个别性。“普遍性是自我同一的，不过须了解为，在普遍里包含有特殊的和个体的在内。

特殊的即是相异的，或有特殊性格的，不过须了解为它自身是普遍的，并且具有个体性。同样，个别性亦须了解为主体或基本，包含有种和类于其自身，并具有实质的存在，这就表明了概念的各环节有其异中之同，有其区别中的不可分离性。”（《小逻辑》第一六四节）在作为美的统一体中，具有普遍性的内在本质方面和特殊个体的外在现象方面可以互相渗透。普遍性的内在本质可以把特殊个体的外在现象统摄于自身之内，同时特殊个体的外在现象也可以把普遍性的内在本质宣泄于外，从而形成各差异面的和谐一致。黑格尔认为这种对立统一的辩证法是知性所不能理解的。他说：“知性不能掌握美。”因为知性的特点乃在于“抽象”和“分离”。知性认为抽象孤立的概念即本身自足，可以用来表达真理而有效准。其实，知性只是对于对象的外在思考，知性用来称谓对象的概念或名词，乃是现成的表象，是外加给对象的。如果用知性来掌握美，就会把美的统一体内的各差异面看成是分裂开来的孤立的东西，从而把美的内容仅仅作为一抽象的普遍性，而与特殊的个体形成坚硬的对立，只能从外面生硬地强加到特殊的个体上去，而另一方面，作为美的形式的外在形象也就变成只是拼凑起来勉强粘附到内容上去的赘疣了。这就破坏了美的和谐与统一。

照黑格尔看来，在美的对象中，概念和实在都必须是从事物本身发出来的。显然，这是从生命有机体的规律中概括出来的。在生命有机体中，概念和实在这两个差异面的统一，就是精神与肉体（黑格尔用的名称是“灵魂”与“身体”）的统一。精神与肉体都是生命所固有的。它们之间的关系是一种有机的内在联系。精神把生命灌注在肉体的各部分之中，这在感觉中就可以看出。人的感觉并不是单独地发生在身体上的某一部分，而是弥漫在全身，全身的各部分都在同时感到这感觉。但是在同一身体上并没有成千上万的感觉者，而只有一个感觉者，一个感觉的主体。美的规律也是这样。在艺术作品中，内容意蕴和表现它的外在形象必须显现为完满的通体融贯。内容意蕴作为艺术生命的主体，把生气灌注到外在形象的各部分中去，使它们活起来。外在形象的各部分都弥漫同一内容意蕴灌注给它们的生命，而形成和谐一致的有机体。外在形象是从内在意蕴本身发展出来的，是内在意蕴在现实中实现自己的外在表现，而不是拼凑一些外在材料，迫使这些材料勉强迁就本来不是它们所能实现的目的。因为那些拼凑起来的艺术形象的各部分对于外加给它们的抽象概念，处处都会表现一种抵制和反抗，从而形成形式和内容的分裂。

黑格尔对于上述美的规律加以进一步的阐明："美的对象各个部分虽协调成为观念性的统一体，而且把这统一显现出来。这种和谐一致必须显现成这样：在它们的相互关系中，各部分还保留独立自由的形状，这就是说，它们不像一般的概念的各部分，只有观念性的统一，还必须显出另一方面，即独立自在的实在面貌。美的对象必须同时显出两方面：一方面是由概念所假定的各部分协调一致的必然性，另方面是这些部分的自由性的显现是为它们本身的，不只是为它们的统一体。单就它本身来说，必然性是各部分按照它们的本质即必须紧密地联系在一起，有这一部分就必有那一部分的那种关系。这种必然性在美的对象里固不可少，但是也不应该就以必然性本身出现在美的对象里，而应该隐藏在不经意的偶然性后面。否则各个实在的部分就会失去它们的地位和特有的作用，显得只是服务于它们的观念性的统一，而且对这观念性的统一也只是抽象的服从。"

在这段话里，屡次出现了"观念性的统一"这一用语，我们需要简略地解释一下。所谓“观念性的统一”是指事物的内在联系。说它是观念性的，并不是说这种统一只存在于主观意识中，而这种由内在联系构成的统一就存在事物本身里面。但由于它是内在的，所以不能凭借感官知觉到，而只能通过思考才能辨认出来。通过思考去认识这种观念性的统一，却是专属哲学的认识功能。在美的对象里，观念性的统一却必须从事物的外在现象中直接显现出来，呈现于感性观照。例如，人的肉体和精神之间有着有机联系，在平时，这种内在联系还不能直接见出，只能通过思考去辨认，这就是观念性统一。但是人一旦被某种强烈感情所支配的时候，这种感情就从他身体的各个部分充分地显现出来，从而这种观念性的统一就由本来内在的直接宣泄于外，变成可以感觉到的东西了。这就是美的对象所必须具有的特点。

黑格尔在这段话里运用了必然性和偶然性这对范畴，揭示了必然性和偶然性在美的对象里的辩证关系。在美的对象里，作为整体的观念性的统一直接从各部分中显现出来，这就使各部分之间由于内容的生气灌注而形成通体融贯的协调一致。各差异面协调一致的必然性，使各部分之间结成这样一种有机的关系，即：有这一部分就必有那一部分的关系。自然生命有机体的各部分就是按照这种方式构成的。在生物学中，达尔文把它定名为“生长相关律”。恩格斯解释这一规律说：“一个有机生物的个别部分的特定形态经常是和其他部分的某些形态相关联的，虽然在表面上它们似乎并没有任何联系。”在自然生命有机体中，各部分的形状、性能发生着相互影响。无机物就不然。从矿物割取一部分下来，既不影响整体，也不影响部分。就割下来的那一部分来说，它仍是同一矿物。就被割去一部分的整体来说，也并不引起质的变化，而只引起量的变化。可是生命有机体并不如此。从人体割下一只手来，就不再是一只手了。艺术形象的任何部分的任意改动，就必然会影响其他部分以至整个作品的原有性质。这种整体与部分和部分与部分之间的有机联系，就是黑格尔所说的必然性。

但是，另一方面，黑格尔又说，这种必然性不应该以它本身出现在艺术作品中，而必须隐藏在不经意的偶然性后面。这是黑格尔论述美的规律的一个重要观点。为了说明这一点，我们还是先回到自然生命有机体上来。在互相关联协调一致的生命有机体中，各部分又显示了它们各自所具有的独立自在的面貌。例如，在人体上每个部分都是不同的，每个部分都显得是独立自在的。固然它们都为同一生命所统摄，都为同一生命而服务，但是它们不仅在形状上显出各自不同的独立自在的外貌，而且在为同一生命服务上也随形体构造不同而发挥不同的功效。它们各有专司，各管各的事，不能互相替代。黑格尔认为，生命的过程就是矛盾统一的过程，它表现在下述双重活动方面："一方面继续不断地使有机体的各部分和各种定性的实在差异面得到感性存在，在这种感性存在中，每一方面都具有独立的存在和完备的特性；另一方面又继续不断地使这感性的存在不致僵化为独立自在的特殊部分，变成彼此对立，排外自禁的固定的差异面，而使它们可以见出观念性的统一。"在这种体现了生命过程双重活动的有机体中，各差异面保持了它们独立自在的面貌，而并不现出抽象的目的性。这就是说，某一部分的特性并不同时是另一部分的特性。任何部分并不因为另一部分具有某种形状也就具有那种形状。各部分的独立自在性显得是为它们本身的，而不是为了它们的统一体。虽然在各部分的独立自在性里可以见出一种内在的联系，但是这种经过生命灌注作用所产生的统一，不但不消除各部分的自身特性，反而把这些特性充分地表现出来，把它们保持住。这就是黑格尔所说的必然性必须隐藏在不经意的偶然性后面。

因此，艺术作品的各部分、各细节不能是拼凑在一起的混合体。因为在混合体中，这一部分和那一部分之间并没有任何必然的联系，它们聚拢在一起只是由于偶然的机缘。同时，艺术作品的各部分、各细节也不能是限于形式方面的有规律的安排。因为在有规律的安排中，这一部分采用这个样式只是由于其他部分也采用这个样式的缘故。这样，各部分、各细节就会失去它们本身的特性，仅仅显出了外在的统一。相反，艺术作品的各部分、各细节一方面保持了各自独立的特性，另方面又取得了内在的统一。它们不是由于偶然的机缘，而是由于内在的必然联系融为一体。而艺术作品这种内在的必然联系正是从具有各自独立特性的各部分、各细节直接显现出来的。

以上就是我们根据黑格尔在《美的理念》中揭示的美的规律所作的说明。在说明过程中经过了清理，以便把其中合理内核阐发出来，而对黑格尔的思辨论述则尽量剔除它的神秘部分。同时，在说明时也作了一些引申和补充，比如达尔文的“生长相关律”是在黑格尔之后才出现的学说，黑格尔自然是不知道的，但从黑格尔的美学理论可以合乎逻辑地推演到这个结论上去。由于说明是侧重介绍黑格尔的美学理论，所以有时仍采用黑格尔的一些术语，以保持其原有面目。黑格尔关于美的理念的论述值得我们注意的地方，可以概括为以下几点：一、黑格尔关于整体与部分和部分与部分之间的必然性与偶然性关系的论述，给予形而上学观点（即黑格尔所批判的“知性”观点）以致命的打击。形而上学观点使必然性和偶然性坚硬地对立起来，并且把必然性置于不堪容忍的专横统治地位。照他看来，如果表现艺术作品由概念所规定的各部分协调一致的必然性，就不能容许各差异面的独立自在性。各部分不是为它们本身而存在，它们完全丧失了自己的独立地位和特性，只是单纯地为外加给它们的抽象概念服务。这样制造出来的艺术作品，其中的人物形象就变成了作家的思想传声筒，而作品的细节也就变成了影射主题思想的象征或符号，从而作为生活现象形态的偶然性完全被放逐到艺术领域之外。二、艺术创作一方面要把生活真实中各个分散现象间的内在联系这种必然性直接表现出来呈现于感性观照，另方面又必须保持生活现象形态中的偶然性，使两方面协调一致，这是艺术创作的真正困难所在。在成功的艺术作品中，生活的现象形态保持下来了，但它们彼此分裂的片面性被克服了；偶然性的形式也保持下来了，但必然性通过偶然性为自己开辟了道路。这里，黑格尔关于偶然性的论述，事实上也就反驳了他自己在《艺术美或理想》第一部分中所提出的“清洗”理论。我们可以说这是黑格尔的辩证法纠正了他强调美的理想的偏颇。三、不难看出，黑格尔在《美的理念》中所揭示的艺术规律并不是先验地在自然美产生以前就已存在，尽管黑格尔本人是这样宣布的。事实上，他所揭示的美的规律是从自然生命有机体中概括出来的。离开了自然生命有机体又从哪里去寻找“美的理念”呢？就连黑格尔本人也不得不在《美学》中承认：“凡是唯心哲学（案：指黑格尔本人的客观唯心主义——引者）在心灵领域内所要做的事，自然在作为生命时就已经在做。”因此他说：“只有生命的东西才是理念，只有理念才是真实。”这里所说的生命，我们只要扬弃它的思辨属性，把它作为自然生命有机体看待，那么黑格尔的这句话就有一定的正确性。所以，所谓美的理念只能以自然生命有机体为基础，从中抽绎出美的规律。正如宗教幻想所造成的神物不过是人自身本质的幻想的反映，作为绝对存在的美的理念也不过是自然生命有机体本质的幻想的反映。我们一旦认识到以幻想形式出现的美的理念只是自然生命有机体的本质的反映，我们同时也就发现了黑格尔关于美的规律作出了把握事物本身的真实的叙述，不过是“把现实的发展变成了思辨的发展，把思辨的发展变成了现实的发展”（马克思）罢了。

释《养气篇》率志委和说

——关于创作的直接性

《神思篇》曾提出过“秉心养术无务苦虑，含章思契不必劳情”的主张。《养气篇》更进一步说：“率志委和，则理融而情畅，钻砺过分，则神疲而气衰。”黄侃《札记》云：“此篇之作，所以补《神思篇》之未备，而求文思常利之术也。”为什么刘勰用“率志委和”去阐明文学的创作活动呢？这一点，《札记》却并未加以深究。过去注释家对于“率志委和”这句话，或以《庄子·知北游》“生非汝有，是天地之委和”去诠明它的出处，或以《抱朴子·至理篇》“身劳则神散，气竭则命终”作为它的立论之本。我觉得这两种说法也同样是未能得其确解的。

案：“率志委和”一语是指文学创作过程中的一种从容不迫、直接抒写的自然态度。率，遵也，循也。委，付属也。“率志委和”就是循心之所至，任气之和畅的意思。显然，这和庄子所说的“天地委和”是不相干的。庄子的“天地委和”原是丞回答舜问道之语，庄子援用这句话是为了阐明人的身形性命全都来自天地，美恶生死不能自制。因此，它专注于论述天道的变化。但是刘勰所说的“率志委和”却在于阐明作家在从事创作活动的时候，必须清和其心，调畅其气，优柔自适，舒怀命笔，而不能陷于壅滞，流于蹙迫。因此，它专注于论述创作的特点。庄子从宿命观点出发论天道变化，刘勰以自然观点为本论创作特点，两者探讨的对象不同，立论的观点互异。

至于抱朴子所说的“身劳则神散，气竭则命终”，从表面看来，和刘勰所说的“钻砺过分，则神疲而气衰”颇有近似之处。抱朴子倡行气之说，刘勰有养气之论，在这一点上，两者似乎也可以类比。不过，如果我们撇开表面类似，叩其实质所在，就会发现它们之间的根本差异了。抱朴子葛洪为东晋金丹道教的奠基祖师，其《自叙篇》云：“内篇言神仙方药，鬼神变化，养生延年，禳邪却祸之事。”《至理篇》正属于《抱朴子》内篇，其中所鼓吹的“专气致柔，镇以恬素”的行气法，本来是和神仙家的服药、房中术、禁咒这类方术互为补充的。它的目的在于“内以养生，外以却恶”，以达到所谓长生不老成仙升天之境。刘勰的养气说却与此不同。尽管《养气篇》援引了“曹公惧为文之伤命，陆云叹用思之困神”的例证去说明养气的必要，可是它的目的并不是为了养生延年。刘勰在《序志篇》中说，他撰《文心雕龙》一书的命意正是在于“言为文之用心”，因而他的养气说绝不会和《文心雕龙》全书所主张的用心为文的根本宗旨背道而驰的。

那么，为什么刘勰在论述最复杂、最需要思想高度集中的创作活动的时候，竟提出“不必劳情”“无务苦虑”的说法呢？他反对“钻砺过分”，主张“率志委和”的原因何在？要解决这个问题，不能从《庄子》里面去找线索、找根据，也不能从《抱朴子》里面去找线索、找根据。事实上，刘勰的养气说是指文学创作活动中的一种现象。照刘勰看来，作家从事于文学的创作活动，一方面必须依靠平日的辛勤磨练，经过不断的积累，另一方面又必须在写作的时候，采取一种直接抒写胸臆的自然态度。因此，他在《神思篇》中，一方面提出了“秉心养术无务苦虑，含章司契，不必劳情”的主张，另一方面又强调“积学以储宝，酌理以富才，研阅以穷照，驯致以绎辞”的重要。

《养气篇》有一段话非常明确地说明了这个道理：“学业在勤，功庸弗怠，故有锥股自厉，〔和熊以苦之人〕(此句为后人妄增)。志于文也，则申写郁滞，故宜从容率情，优柔适会。”“纪评”云：“志当作至。”纪昀曾以“学宜苦，行文须乐”来阐发这段话的含意，可谓笃论。“苦”正是指辛勤积累，“乐”正是指直接抒写①。作家在创作之前必须经过异常复杂、异常艰巨的准备工作，可是当他一旦进入创作过程之后，就往往会产生一种创作激情突然迸发的现象。在这一瞬间，思想豁然开朗，想象分外活跃，无数生动的意象，无数美丽的辞句，万途竞萌，好像全都毫不费力地发自胸臆，流于笔端。这时，作家沉浸在创作的最大喜悦里面。前人多半把这种现象称为“灵感”，别林斯基和车尔尼雪夫斯基在某些场合下则把它叫做“创作的直接性”或“直接因素”。

这里所说的“创作的直接性”就是指作家把认识生活方面的活跃想象力和艺术实践方面的敏锐表现力结合在一起，让它们在整个创作过程中间携手并进。这样，作家就会觉得完成作品所需要的技能是件轻而易举的事。他可以迫使那些最不驯服的材料听命就范。陆机在《文赋》中说：“沉辞弗悦，如游鱼衔钩而出重渊之深；浮藻联翩，若翰鸟缨缴而坠层云之峻。”这是达到这种境界的生动写照。

一切创造性的想象活动，都是不能缺少这种创作的直接性的。诗人在写作的时候，往往并没有通过自我分析去进行冷静的修辞，人工的雕琢，而一切生动的意象，美丽的词句，好像全都摇笔自来，不可自抑。历来，我国的文艺理论家对于这种存在于创作活动中的直接性或自然性，曾经时常加以论述。钟嵘：“观古今胜语，多非补假，皆由直寻。”李渔：“妙在水到渠成，天机自露。”章实斋：“无心偶会，则收点金之功；有意更张，必多画墁之诮。”这些话都是阐明作家在从事文学创作的时候，只有克服了人工补缀的方式，完全浸润在喜悦的激情里面，自然而然地抒怀命笔，才能写出成功的作品。所谓“直寻”，所谓“天机自露”，所谓“无心偶会”，也就是刘勰所说的“从容率情，优柔适会”的意思。这些说法正可用来作为“率志委和”说的最惬恰的注释。

过去的文艺理论家对于这种创作的直接性，往往说得扑朔迷离，多有凌虚蹈空之弊。例如柏拉图就是把它当做一种由“诗神凭附”所产生的“狂热状态”。可是，刘勰对于创作的直接性的分析是比较切合于实际的。他把平日的辛勤积累和创作的直接抒写结合起来，认为后者是前者的自然产物。创作的直接性正是经历了极其复杂的间接历程才在创作活动中出现。它往往是沉潜往复的思索和长期生活经验的结果。黑格尔论述知识的直接性和间接性的关系说：“许多真理我们深知是由复杂异常间接思索步骤所得到的结果，〔可是它们〕却毫不费力地直接呈现其自身于熟悉此种知识的人的心灵之前。”正是由于这个缘故，数学家可以不费思索地解决一道难题，音乐家可以运用自如地演奏一首乐曲，诗人可以得心应手地直抒胸臆。这种直接呈现出来的圆熟技能，都是经过了间接积累过程的。从作家修养方面来说，思想倾向、生活知识、艺术技巧，全都有赖于日积月累的培养和锻炼，必须使之融为自己的血肉。这样，在进入创作过程的时候，它们就会像子宫里的胎儿、种子中的植物一样，以一种必然获得实现的可能性呈现在作家的面前。所以我们可以说，作家在构思前或构思中所进行的巨大分析工作，是在他实现构思的写作时直接表现出来的。我们把这就叫做创作的直接性。

注：

① 这个“乐”字，我们可借用孔子所说的“知之者不如好之者，好之者不如乐之者”的“乐”字来说明。作家对他所描写的对象，自然首先应当熟悉它，理解它，达到“知”的地步。但这还不够，必须进而爱好它，对它产生感情，从而达到“好”的地步。“好”比起“知”来是更高的境界，可是不能到此停止，还应该更进一步达到“乐”的地步。所谓“乐”，也就是作家和他所描写的对象融为一体。他用不着去思量它，欣赏它，它自然而然地从他心中涌现出来，这就是我们所说的作家在写作过程中创作激情突然迸发那种最美妙的现象。

〔附释一〕

陆机的应感说

陆机的《文赋》在我国文学理论批评史上占有重要的地位。它和贺拉斯的《诗艺》同是最早用诗体或赋体所写的文艺理论专著。在西方，《诗艺》迄今仍享有盛名，可是《文赋》由于中西文字的隔阂，几乎完全湮没无闻。陆机的《文赋》不仅具有我国民族传统文论的特色，而且关于文学创作中的想象问题和感兴问题的论述，也是贺拉斯的《诗艺》没有充分涉及的。由《文赋》发端，想象和感兴这两个问题构成了我国传统文论的重要部分。刘勰的《文心雕龙》在这方面显然受到了《文赋》的影响。

陆机自称；“余每观才士之所作，窃有以得其用心。夫其放言遣辞，良多变矣。妍蚩好恶，可得而言。每自属文，尤见其情。”他对创作的甘苦是深有体会的。从《文赋》的大部分篇幅来看，可以说近似于作家的创作经验谈，其中胪述了自己和别人在创作实践中的切身感受。陆机根据这些感受提出问题，能解决的就提出自己的见解，不能解决的则存而不论，并不遽下断语。所谓“他日殆可谓曲尽其妙”，就是说明这一点。《文赋》的理论性确实不强，刘勰说它“泛论纤细而实体未该”，不能说是苛评。但是，《文赋》值得重视的地方正是它忠实地记录了文学创作中出现的大量现象，这些现象是他从前人和自己的创作经验中总结出来的，从而为我们剖析文学创作过程中的艺术思维活动提供了丰富的资料。这里只准备就《文赋》所提出的感兴说作一简单的评介。

陆机是从构思的想象活动提出感兴问题来的。他关于想象问题的阐述，大致可归为下述几点：一、陆机提出“理扶质以立干，文垂条而结繁”作为构思的基本原则，要求作家以理为本，从内容到形式，以达到内容与形式的和谐一致。由此他认为想象活动必须经过整理，即所谓“选义按部，考辞就班”。在想象未经整理前，各种意象纷至沓来，千头万绪，只有按照一定步骤去区别部类，分清层次，才能使之首尾相衔，条贯一致。二、陆机强调构思时反复推敲的必要。他用了一句十分精练的话来说明这一点：“抱景者咸叩，怀响者毕弹。”这句话可作为解决构思中言、意关系的准则。写作时常常发生的意不称物、文不逮意这类现象，大半是由于构思的不明确和表达的不确切所引起的。所谓“抱景者咸叩”，就是说不要急于把刚一浮上心头的意象匆忙写下来，而要经过反复推敲，达到构思的明确和透彻。所谓“怀响者毕弹”，是说明要用最准确的文辞去表达文意。构思中所酝酿的意象往往模糊地和许多相互邻近的词组纠缠在一起，要从中拣选最妥切的来表达意象，就要像试弹每根琴弦从中找出最惬恰的音色一样。三、陆机认为想象过程大体总是由隐以至显，由朦胧而逐渐清晰，所以作家在创作过程中不可避免地要经过“始踯躅于燥吻，终流离于濡翰”，由难而易的阶段。不过，艺术思维活动是极复杂的心理现象，作家往往会碰到不同的情况，因而在想象过程中，有时“或妥帖而易施”，有时

“或岨峿而不安”。在前种情况下，作家得心应手，“操觚以率尔”；在后种情况下，作家虽煞费经营，但仍旧是“含毫而邈然”。

以上陆机所阐发的想象活动已涉及文思的利钝和感应的开塞问题，从而和他的感兴说已有一定的关联。《文赋》中还有一段话也是说到创作过程中所出现的一些复杂现象的。他举出这样的情况：“或苕发颖竖，离众绝致，形不可逐，响难为系。块孤立而特峙，非常音之所纬。心牢落而无偶，意徘徊而不能。石韫玉而山辉，水怀珠而川媚。彼榛楛之勿剪，亦蒙荣于集翠。缀《下里》于《白雪》，吾亦济夫所伟。”这段话是把想象感兴联在一起来阐述的。陆机以离众绝致的草禾萌发来形容构思过程中突然涌现心头的一种美妙意象。这种应感之会怎样产生是不清楚的。方之于影而形不可逐，譬之于声而响难为系，以致孤立独峙，落寞无偶。但它点缀在全篇作品中，好像石中积藏的美玉可以使整座山峦发出光辉，川中蕴含的明珠可以使整条江水显着妩媚。至于“榛楛勿剪”，则是和“苕发颖竖”相对而提出的。从这句话可以看出陆机反对磨平刨光、刻意雕琢、完全损害自然生机的庸俗修辞学，这是很有见地的。鲁迅曾在《“题未定草”》中援用过陆机的这句话，认为“榛楛勿剪”，这才显得是“深山大泽”，赋予作品以一种雄浑自然的气派。

然而陆机的感兴说直到《文赋》篇末才作了正面的阐发。他说：“若夫应感之会，通塞之纪，来不可遏，去不可止，藏若景灭，行犹响起。方天机之骏利，夫何纷而不理？思风发于胸臆，言泉流于唇齿，纷葳蕤以驭逐，惟毫素之所拟，文徽徽以溢目，音泠泠而盈耳。及其六情底滞，志往神留，兀若枯木，豁若涸流，揽营魂以探赜，顿精爽于自求，理翳翳而愈伏，思轧轧其若抽。是故或竭情而多悔，或率意而寡尤。虽兹物之在我，非余力之所戮，故时抚空怀而自惋，吾未识夫开塞之所由也。”

这里用形象语言把“应感之会，通塞之纪”的两种相反情况生动地描绘出来。陆机所描述的现象确实存在于创作活动中，凡是多年从事过创作实践的人，多半可以从自己的经验中体会到。自然，由于今天对于思维活动，特别是对于艺术思维的心理活动的奥秘还没有完全揭示出来，因而对于这些现象，一时还难以作出完善的说明。陆机承认“吾未识夫开塞之所由”，他对这个问题确实不能予以解答，他只是根据实际经验提出当作家进入创作过程后经常面临的两种情况：或者是“天机骏利”，或者是“六情底滞”。至于为什么会形成这种不同的情况，他认为并不在于作家的主观意愿。所谓“虽兹物之在我，非余力之所戮”，就是说文思之利钝，应感之开塞，虽然都是从我的构思活动中体现出来，但是却又并不听从我的意志所左右。我们应该承认这个说法是深刻的。每个从事创作的人谁不愿意达到创作激情迸发、思想豁然开朗的境界，像陆机所形容的那样，“思风发于胸臆，言泉流于唇齿”？但是单凭作家的意志是召唤不出这种境界来的，实际情况往往会和作家的愿望相反，仍陷入陆机所形容的“理翳翳而愈伏，思轧轧其若抽”那种“六情底滞”的状态。陆机把这种情况作了十分精辟的揭示。

大体说来，陆机所说的“天机骏利”事实上是指构成意象和技巧表达的轻巧灵活。就构成意象方面来说，作家的想象活动，首先取决于他在外来的材料中所捕捉的对象是否真正具有艺术意义。如果这个对象和作家的爱憎血肉相连，而且又是他所熟悉的，可以从他的记忆中唤起丰富的联想，那么它就成为推动他的想象焕发起来的活力，使他轻而易举地去实现构思计划，这时他就会迸发出创作的激情来。但是在一般情况中，作家往往会被一些假象所蒙蔽，尽管他自以为是听凭自己的思想感情所指引，可是他的爱憎是浮面的、不坚实的，只是心血来潮的一时冲动，或者他所抓住的对象是没有艺术意义的，或者他并不真正熟悉这个对象，因而不能使它在自己心里变成有生命的东西，就像播种时撒下一颗不能发芽的种子一样。这时，纵使他殚思竭虑，把全部精力贯注到构思中去，他的思路仍旧不能活跃起来，而陷入“兀若枯木，豁若涸流”的呆滞状态。其次，就技巧表达方面来说，当作家创作激情迸发的时候，各种美妙的意象，生动的语言，全都自然而然地奔赴笔下，形成了陆机所说的“纷葳蕤以馺遝，惟毫素之所拟”的现象。这时，作家的主体好像反而成为传达客体内容的一种器官，似乎完全听从自己手中的笔所驱使。对于陆机不能解释的这种情况，我们可以试从艺术思维的特点来加以说明。通常有一种错误的看法，以为艺术的表现是把概念翻译成为形象。事实上恰恰相反，艺术表现是作家的一种直接需要，一种自然的推动力；形象的表现的方式应该正是作家的感受和知觉的方式。这些感受和知觉是作家长年累月大量积蓄在他的记忆之中的，因此当他一旦进入创作过程，它们就会不招自来，自然汇聚笔下。如果形象的表现方式不是作家平时的感受和知觉的方式，那么，当他进入创作过程之后，他就不得不临时张罗，忙于不断地把概念翻译成形象，陷入那种枯燥的机械工作中，这是不会给他带来创作喜悦的。这里，我们可以借用前人说过的一句话：“劳作开始也就是艺术停止的时候。”

〔附释二〕

创作行为的自觉性与不自觉性

别林斯基①没有专门论述“创作的直接性”，但他在《对于因果戈理长诗〈死魂灵〉而引起的解释的解释》一文中，曾涉及这一问题。关于“创作的直接性”这一概念，别林斯基没有固定的术语，说法不一。在同一篇文章中，他有时又简称为“创作行为”，有时又称作“直接创作的能力”或“直接创作的自然力量”等等。同时，别林斯基也没有对这一概念作出明确的界说。从他的阐述中，我们大抵可以归纳为这样几点内容：第一，他认为创作的直接性对于作家来说，“是一种伟大的力量，正像抽象的急智之于数学一样”。第二，他认为拥有创作直接性的作家具有把每件事物在其生活的全部丰满性中连同着最细致的特征一起复制出来的本领。第三，他认为没有直接创作的能力，便没有也不可能有诗人。因此，创作的直接性是作家必须具备的条件。实际上，别林斯基所说的创作的直接性亦即在创作过程中出现的一些不假思索、摇笔自来的直接抒写现象。它是一种经历了异常复杂、艰巨的间接历程，而在写作时直接呈现出来的娴熟本领。

如果承认创作过程中存在着这种创作的直接性，那么马上就会产生另一个问题：创作究竟是自觉的，还是不自觉的？在这个问题上，别林斯基说："创作是无目的而又有目的，不自觉而又自觉，不依存而又依存的：这便是它的基本法则。"所谓创作的不自觉而又自觉，是因为"当诗人创作的时候，他想在诗的象征中表现某种概念，他是有目的，并且自觉地行动着的。可是不拘是概念的抉择抑或它的发展，都不依存于他那被理智所统治的意志，从而他的行动是无目的的和不自觉的。"这里把艺术规定为"自觉而又不自觉"的行为，那意思是包含有下述几个方面的情况：

一种情况，作家是自觉地按照他自己的一定意图进行创作的，但是在创作的行程中，他往往会越出自己的原定的目的，达到他在开始写作时所没有料想到的结果。最突出的例子是契诃夫的《宝贝儿》。托尔斯泰曾引《旧约·民数记》的话"我领你来诅咒我的仇敌，不料你竟为他们祝福"，来说明契诃夫在这个短篇小说中原想对他笔下的人物进行谴责，不料后来却违反初衷，对她流露了同情和怜悯。自然这是一个极端的例子。更多的情况往往如海涅在论述塞万提斯的《堂·吉诃德》时所说的那样："一个天才的笔向来是比他本人伟大的，它要远远扩张到它的暂时目的以外去。"这也就是今天在我们文艺理论中时或可以见到的所谓"形象大于思想"的说法。现实是最顽强的，作家的创作实践必须服从生活，而不能相反，主题先行，按照预先拟定的主观意图去篡改现实生活。作家是自觉地按照一定目的进行创作的，但是当作家在创作进程中发现自己最初萌生的创作意图和生活发生抵触或矛盾的时候，如果他把现实视为艺术的本原，那么他就会修正自己原有的创作意图，重新确定作品的主题思想。就这个意义来说，主题思想不是一次完成的。作家进入创作过程之后，对生活的认识往往仍在继续进行，仍在逐步深化。

不过，还有一种情况，这就是人们常说的巴尔扎克在他的作品中“不得不违反他的阶级同情和政治偏见”。这是不是可以作为创作行为的不自觉的表现？只要我们对巴尔扎克的作品仔细地加以分析，就可以看出巴尔扎克的世界观和艺术方法在一定程度上存在着矛盾。过去苏联的拉普派是否认这种矛盾的，我国的“主题先行论”和“形象图解论”也是否认这种矛盾的。但是，如果在以理论思维为特征的科学论著中尚且会出现体系和方法的分歧，原则和原则执行间的差距，那么，在艺术作品中就更可能产生世界观和艺术方法之间的矛盾了。但是，这样的艺术家必须是忠于艺术、锲而不舍追求真理的。

车尔尼雪夫斯基曾经描述了德国古典哲学家的一条进步原则：“真理——是思维的最高目的；寻觅真理去，因为幸福就在真理里面，不管它是什么样的真理，它是比一切不真实的东西更好的；思想家的第一个责任就是：不要在随便什么结果之前让步；他应该为了真理而牺牲他的最心爱的意见。迷妄是一切毁灭的来源；真理是最高的幸福，也是其他一切幸福的来源。”（《俄国文学果戈理时期概观》第六篇）当古典经济学家还没有变成后来的庸俗的经济学家那样，完全陷入偏见之中的时候，他们是可以进行“超利害关系的研究”、“无拘无束的科学研究”的。这也可以同样说明巴尔扎克为什么会在作品中违反了他的政治偏见。

然而，别林斯基所谓创作自觉而又不自觉主要还是指这样一种情况，即冈察洛夫在他的创作经验谈中所指出的：“在智力所拟定的主要进程或情节中间，在想象所创造的人物面前，仿佛自然而然地顺便就产生了场面和细节，笔杆都几乎来不及写作了。”（《迟作总比不作好》）这些不是经过理智的推敲锤炼、按照固定尺码的剪裁缝制、根据事前考量的周密安排、自然而然地涌现于作家笔下的场面和细节，就像急智之于数学家的运算，娴熟的技法之于音乐家的即兴演奏，情绪记忆所提供给演员的激情表演一样。我们就是根据这种意义来理解别林斯基所说的“创作的直接性”的。冈察洛夫在他的创作经验谈中，也正是阐述这种创作现象。他在别林斯基逝世三十多年以后，仍保持着对于这位民主主义代表人物的崇敬。但是，同时也必须看到他对别林斯基的文学主张的理解，在某些方面是不准确的。他把创作行为截然分作“自觉的”和“不自觉的”两类，断言后者才是文学创作的正轨。他毫无节制地夸大“艺术的本能”，把形象思维解释作“艺术家本人也看不见的、以画笔对某些时代的生活所作的本能的体现。……真好像在这里有观察力还捕捉不到的不可见的细线在起作用，或者说，有组成非物质力量的精神化合（也像抽象力量的那种化合一样）的滋流在起作用”。他还断言：“别林斯基公正地赋予了艺术本能以巨大的意义。”这些论断使我们只能说，冈察洛夫是把他自己心爱的观念加到别林斯基身上去了。

别林斯基的基本命意不是这样的。他只说过创作行为是“自觉而又不自觉”的，而并没有断言创作是基于艺术本能的、不自觉的活动。相反，就在别林斯基论述创作的直接性的时候，他曾经再三指出：“测量诗人的伟大性的尺度不是创作行为，而是一般的概念。”——“除了直接创作的自然的力量之外，还要求博学，植基于对现代世界里向前疾驰的精神生活的始终不懈的追求的智性发展。”——“当讲到莎士比亚的时候，如果欣赏他以无比的精确和逼真表现一切的本领，而不惊奇于创作理性所赋予他的幻想形象的价值和意义，那将是很奇怪的。

在一个画家，当然，伟大的优点是那自由挥动画笔和支配色调的本领，可是光靠这本领，还不能成为一个伟大的画家。概念、内容、创作理性——这便是衡量伟大的艺术家的尺度。”（以上均引自《对于果戈理长诗〈死魂灵〉而引起的解释的解释》）这些说法怎么可以证明“别林斯基是公正地赋予了艺术本能的巨大意义”呢？别林斯基写这篇文章的目的正是在于批判当时俄国斯拉夫派批评家亚克萨柯夫侈谈果戈理的创作行为——所谓“拥抱万有的叙事诗的直观”。别林斯基指出，毫无节制地放纵直接创作的自然能力，往往会使作者岔入歧途，甚至会使一个优秀作家背叛自己。他举出《死魂灵》中乞乞科夫在查看买进的死魂灵的名单时，竟然会联想到俄国平民生活方面去，认为这和作为骗子买主乞乞科夫的身份是不适合的，显然只是作者“硬叫他（乞乞科夫）说出应该由作者本人来说的话”。我们应当承认别林斯基对于《死魂灵》的缺点以及形成这类缺点的原因的揭示是很有见地的。

此外，别林斯基还对亚克萨柯夫说的“果戈理的叙事诗的直观纯粹是古代的、真诚的、荷马风的”之类夸夸其谈，也进行了批判。亚克萨柯夫以他惯用的豪言壮语说了上面的话之后，暗示《死魂灵》第二部将会呈现描写俄国社会生活的更丰富的内容。他的根据是什么呢？这就是果戈理本人所预告的《死魂灵》下一部将要写出“俄罗斯精神的无限丰饶，一个男子有着神明般的特长和德性向我们走来，或者一个出色的俄国女儿，具有女性的一切之美，满是高尚的努力，甘作伟大的牺牲，在全世界找不到第二个。别个种族里的一切有德的男男女女，便在他面前褪色、消失，恰如死文学遇见了活言语一样。”这些话正适合了斯拉夫派亚克萨柯夫的心意。别林斯基对于亚克萨柯夫利用果戈理的弱点来鼓吹斯拉夫主义的滥调是充满着义愤的。他尖锐地指出果戈理在上面那段话中“预约的东西太多了，多到不知怎样来履行这预约，因为世上还不曾有过这些东西。我们担心的是，《死魂灵》第一部里一切都是喜剧的东西，结果不要变成了真正的悲剧；而其余的两部，应该出现悲剧的因素，却不要变成喜剧性。”针对果戈理所预许的将要在《死魂灵》第二部中去表现“俄罗斯精神的无限丰饶”，别林斯基说：“民族的实质，只有在理性的勾勒里面，即当它是肯定的实际的东西，却不是猜想推测的东西的时候”，才能成为作家描写的对象。这些话都是在果戈理写作《死魂灵》第二部以前说的。后来事实证明，别林斯基果然不幸言中了。果戈理终于把他的第二部手稿亲自焚毁掉。

不过，这里我们还需要再进一步。根据上述关于创作的直接性的最后一种情况，即冈察洛夫所说的：“在智力所拟定的主要进程或情节中间，在想象所创造的人物面前，仿佛自然而然地顺便就产生了场面和情节。”从这方面来看，创作行为究竟是自觉的还是不自觉的呢？对于这个问题，可以这样回答：就它自然而然地涌现在作家笔下的那一刹那来说，是不自觉的。但它存在于作家的经验中，积累在作家的记忆仓库里，而不是作家经验和记忆之外的财富。作家不能写他经验中所没有的东西。它是作家长期生活实践的储蓄，有赖于作家平日的努力。

注：

① 本文所引别林斯基的话都是用满涛的译文。

附　　录

一

《征圣篇》赞曰："文成规矩，思合符契。"斯波六郎《札记》释曰："文成由规矩，思合有如符契。"所谓"文成由规矩"，据《札记》的进一步解释是"把文章结构以规矩来衡量"。吉川幸次郎对这一句的解释亦大体相同，他解释为"表现形式合乎文章法则之意"。我认为以上二说，皆有悖原旨。刘勰论文固然肯定规矩的存在，但他又反对刻板的定程。《神思篇》"规矩虚位，刻镂无形"；《情采篇》"为情造文"；《通变篇》"变文之数无方"；《章句篇》"随变适会，莫见定准"，均可证。这些话都否定了按照一定规矩去作文的意思。据我看来，所谓"文成规矩"，亦即后世章学诚所说的"文成法立，未尝有定格也，然无定之中有一定焉"。这可以作为"文成规矩"的比较惬恰的注释。至于第二句"思合符契"，斯波六郎的解释是基本合乎原旨的，但是吉川幸次郎却认为不确，改释为"作为表现前提的思索与要点一致，并被紧紧地把握住"。我认为把"符契"训为"要点"是缺乏根据，也不足以尽原文之意的。从《文心雕龙》的体例来看，对偶句每每互文足义。比如《物色篇》“随物宛转”即指心随物宛转，“与心徘徊”即指物与心而徘徊。“思合符契”中思与什么相合有如符契呢？我以为吉川幸次郎把文作为表现形式，把思作为表现前提的思想内容是有一定见解的。所谓“思合符契”即思与文相合有如符契。

《札记》引《原道篇》“夫子继圣，独秀前哲”，认为刘勰在《文心雕龙》一书中以孔子为尊，并引《序志篇》等文为证。而吉川幸次郎非之，谓“孔子在六朝时代的地位并不如后世那样高”。这一问题涉及《文心雕龙》思想体系中儒与佛、道、玄诸家的关系。最近无论在我国或日本都正对这一问题进行探讨。

我觉得要否定《文心雕龙》在思想体系上属儒家之说，不能置原道、征圣、宗经的观点于不顾，不能置《宗经篇》谓儒家为“恒久之至道，不刊之鸿教”的最高赞词于不顾，更不能置《序志篇》作者本人所述撰《文心雕龙》命意于不顾……同时，也必须推倒斯波六郎所举出的“夫子继圣，独秀前哲”等等充分证据。倘撇开原文，以穿凿附会之词代替科学的论证，那是不足取的。刘勰曾针砭当时词人逐奇失正之弊说：“厌黩旧式，穿凿取新，察其讹意，似难而实无他术，反正而已。”这确实揭示了一种率好诡巧、出奇制胜的不好文风，是值得我们警惕的。在这个问题上，我的观点仍如拙著后记所云，刘勰撰《文心雕龙》在文学观上是恪守儒学的立场风范的。佛家的重逻辑精神，特别是在理论的体系化或系统化方面不能不对他起着潜移默化作用。因此，只是在他所采取的方法上可能受到了佛家因明学的一定影响。逾出这个范围，特别是在《文心雕龙》的思想内容上，是找不到佛学的重大影响的。

《札记》释《征圣篇》赞曰二句"妙极生知，睿哲惟宰"，曾提出这样的问题："'宰'究竟作动词，还是作名词性的动词呢?"接着斯波六郎自己回答道："我认为睿哲是指一般哲人，宰为'主''长'之意，是名词性动词，全句解作'孔子在哲人之中亦系登峰造极者'。"我认为这未免过于牵强。奇怪的是吉川幸次对这样明显的臆断反而未加以评论。《札记》把睿哲解为孔子的代词，再把"宰"作为名词性动词，训为"主"或"长"以表示"登峰造极"之义，这不仅缺乏根据，而且也不符骄文对偶的体例。我以为下句"宰"字当与上句"知"字相对，都是名词，应解作"主宰"或"真宰"，代表心的意思。《情采篇》也有"真宰弗行，翩其反矣"的说法。《征圣篇》赞中的"宰"字本之荀子《正名篇》："心也者，道之工宰也。"（杨注："工能成物，宰能主物，心之于道亦然也。"陈奂曰："工宰者，工官也。官宰犹言心宰。"）这都是宰可作为心之代词的明证。我曾在拙著中阐发过《文心雕龙》在思想体系上与荀子有较密切的关系。如刘勰的心物交融说强调了物沿耳目的感官功能，与庄子的"以神遇而不以目视，官知止而神欲行"的主张相悖，而其主旨却符合荀子的"缘大官"说（《正名篇》）。再从"心生而言立，言立而文"这个基本命题来看，他认为文产生于心，通过心这一环节，使道—圣—文三者贯通起来，构成原道、征圣、宗经的理论体系。据郭绍虞《中国文学批评史》指出，明道、征圣、宗经三种是义合而为一，为我国传统文学观，"其根基确定于荀子"。又如《神思篇》虚静说，按照我的看法，也是来自荀子的"虚壹而静"之说，并不是像前人注中所说的本之老庄。上引《征圣篇》赞曰二句文意，我在拙著中曾作过这样的解释："圣人所以睿哲是因为圣人之心合乎天地之心，而宇宙产生了充满智慧的圣人之心，实在有着极其神妙的道理。”只有这样解释，《征圣篇》赞曰末句“百龄影徂，千载心在”才有了着落。

《札记》释《原道篇》之“道”字为“天地间的元气与理法，和老庄对道的解释是相近的”。又引《韩非子·解老篇》之文：“道者，万物之所然也，万理之所稽也。理者，成物之文也；道者，万物之所以成也。”认为这几句话“明显地流露了‘一道万理’的思想，而且‘理者，成物之文’也与彦和对‘文’的看法非常接近”。斯波六郎以韩非《解老篇》之文去解释《原道篇》之道，此说本之黄侃《札记》。后者亦曾援用上引《解老篇》的话，但似乎说得更透彻一些。黄侃以为韩非之“道”为公相（即一般），“理”为私相（即个别）。并加按语曰：“庄韩之言道，犹言万物所由然。文章之成亦由自然，故韩子又言圣人得之以成文章。韩子之言，正彦和所祖也。”（节录）黄侃的公相与私相之说，后被引申为“道是自然界的根本规律，理是万物藉以互相区别的特殊规律。特殊规律离开不了总的规律，总的规律寓于特殊规律中”（任继愈《中国哲学史》），以致越来越离开本旨了。我国另一部《中国思想通史》也是同样不别韩、老的同异，有时直接把韩非解老的话作为老子本人学说的内容来看待。不知斯波六郎是否受到这些说法的影响。笔者认为这里首先应当把韩、老的思想加以严格的区别。固然韩非也和老子一样，把道当做万物的本体，是永恒的，而理则是可变的，如方圆、短长、粗靡、坚脆、存亡、盛衰都是相对待的，万物万理的变化就是这个永恒不变的道的显现。（所以道和理的关系并不是什么一般与特殊的关系，而是无待驭有待，不变驭万变。）但是，韩非和老子却有着根本分歧，这就是韩非在老子推崇自然的道德本义中注入了他那君主专制的霸术论思想（说详一九八〇年《中华文史论丛》

第八期所载拙文《韩非论稿》)。这一点绝不可加以混淆。我认为刘勰的原道观点本之《易》理，以儒家思想为骨干，他的宇宙起源假说接近于汉儒的宇宙构成论，即斯波六郎所称元气说。

一九八二年七月十四日写于黄山人字瀑下听涛居

摘自《日本研究文心雕龙论文集》序

二

魏晋南北朝时代，学术空气活跃，有一种可以比较自由进行探讨的环境，所以当时出现了各种不同的学说和思想流派。当时南、北学风不同，北方重儒学，南方影响最大的是佛学。佛学于东汉末传入中土。到了魏晋南北朝的时候，形成鼎盛时期，如日中天。当时，名僧辈出，传译过来大量的梵典。他们不但在传译佛书方面作出很大贡献，而且精于佛理，都是弘扬佛法的大师。鸠摩罗什、慧远、道安、僧肇等可说是其中佼佼者。这些名僧，都是很有学问的佛学家。由于传译佛经，当时有所谓译场，聚合了集体力量，运用靡密的组织来进行翻译。今天看来，当时翻译佛书的工作是以极其虔诚认真的态度进行的。相传鸠摩罗什曾于众人前发诚实誓，宣称："若所传无谬，当使焚身之后，舌不焦烂。"后来，他圆寂后果然应验生前的誓语。自然这不过是一种传说，但多少透露了当时传译佛典的那种一丝不苟的严肃精神。由于要把佛经翻好，在这时期翻译文学的理论也随之兴起，其中有很多精辟的看法。这一世可举几个例子。当时的翻译理论谈到了翻译文学的文、质问题。文、质这两个概念最早是孔子所谈到的。但是孔子所谈的文、质，只是从一种礼乐规范的意义上提出来的。当时佛经的传译者，把这个文、质概念借用过来，加以发展，加以改变，把它运用到传译佛典的理论上去，使它成为翻译文学的重要论题之一。当时《梁僧传》及《出三藏记》多有这方面的记载。我认为，刘勰谈到的文、质观点，恐怕同上面提到翻译文学里的文、质议论是有一定的联系的。当时在翻译文学中，留下了一些很有见解的名言。如道安于《比丘大戒序》中所举“葡萄酒被水”之论，其意指传译佛书，但求便约不烦，倘为了追求通俗易晓滥加赘语，就好像葡萄酒加进了清水一样，使它变得淡而寡味了。他说这种翻译是很不好的。鸠摩罗什也提出过一些很好的意见。比方，他曾有“嚼饭与人，徒增呕秽”之喻。他说译文必须传真传神，倘使用一种嚼烂了去喂的办法是不好的，使人反而会要呕吐出来。我觉得这句话的意义，恐怕到今天还有现实意义。文学主要是要引起读者自己的想象，引起读者自己的思考，假设作者为了使读者省力，企图以自己的想象和思考来代替读者自己的想象和思考，故意把文章写得使人一览无余，毫无回味，这种文章是没有意义的。刘勰早就说过：“物色尽而情有余者，晓会通也。”也说文章必须给人以回味。须知思想是不能由别人来代替的。嚼烂了喂，只能造成读者想象的惰性。

魏晋南北朝时有儒、释、道、玄诸家齐驱并骛。当时这几家互相吸收、互相融化，也互相排斥、互相攻击，呈现了一种极其复杂错综的局面。这种情况在刘勰协助僧祐所编《弘明集》一书中就可以清楚地看出来。当时，由于佛学的大量传入，而且有了比较深刻的研究，对于我国学术产生了一定影响，使我国出现了一个新的学派，这就是玄学。玄学虽号称三玄，即《老》《庄》《周易》，但实质上和佛学的关系是十分密切的。当时有许多名士多由玄入佛，而许多名僧也往往是玄学家。这种情况产生了一种玄、佛并用的思潮，当时这种思潮在学术思想上几乎占有支配的地位。我觉得玄学在当时的出现具有这样几点意义。第一，玄学使我国的思辨思维开始发达起来。过去我国的思辨思维是不发达的。黑格尔曾经把我国文化跟印度作过比较，他在《哲学史讲演录》里说，印度的史诗是非常发达的，但是他们的史学比较落后。几百年以前，他们的历史的记载就已纷乱不全。但是中国的史学，几千年来从未中辍，这几乎是一个很少见的奇迹。至于在哲学方面，他认为孔子学说只能算作一种道德箴言，严格地说来，不能称为是真正的哲学。当然黑格尔这些讲法，可能有些偏颇。他不谙汉语，在当时只是通过译本研究了孔子、老子和《周易》。事实上，中国从先秦以来，就有大量的名辩学家。从邓析子开始直到后期的墨学，具有丰富的内容。后期墨学的名著，即《墨经》或依晋鲁胜之说称为《墨辩》，这部书可以说是先秦以来的名辩学家的集大成的一部书。我们对它的注意还是很不够的。最近我国只有少数人在研究这部书。我很高兴，前两天我在贵国的书店里，曾经看到了贵国学者所写的研究《墨辩》的著作。总之，我觉得黑格尔说我们的思辨思维不发达这句话，恐怕还是有一定道理的。

玄学的一个最大的特点，就是使思辨思维发达起来了。玄学家研究了本体论问题，研究了体用关系问题，进入了纯抽象的哲学领域。尽管玄学里有些不是十健康的东西，但是它使我们的哲学的视野扩大了，使我们的哲学的内容丰富了。它提出了一系列新的概念和新的范畴，也提出了许多哲学上的新问题。我们可以举当时王弼的《易注》为例。《周易》是儒家的五经之一。直到东汉，历来都是由儒家为之作注疏。如东汉的郑玄、马融，还有荀氏（崧等）诸人都是恪守儒学的立场来解《易》。当时江左一带所通行的是王弼的《易注》，而北方则用汉儒的《易注》，到了唐代，开始对玄学采取了严格的批判态度。当时排斥六朝文学萎靡颓废，而揭橥恢复儒学道统的古文运动。儒者辟佛之论层出屡见。唐定《五经正义》，虽都用的是汉儒的注疏，可是惟独对《周易》却仍旧使用了王弼的注释。汉学家的《易注》终于寝微，以至今天只剩下李鼎祚所辑的一些残篇断简了。这一点可以说明，尽管在强烈反对玄学的时期，仍有一些玄学著作，由于其本身的独特价值得以保存下来，而不能够完全加以抹煞掉的。

每一个思想家都不能够离开他以前或者同时代其他思想家所留下来的思想资料。刘勰是他那个时代的人，他也不可避免地要利用他那个时代的许多思想资料。所以他除了儒家的一些典籍外，对释、道、玄这些思想资料，有时也会加以利用。例如，他在《文心雕龙》里，就涉及了当时玄学的有名命题——言意之辨。玄学家认为言是不能够尽意的。所谓言语道断、心行路绝成为玄学家时常涉及的论旨。但是刘勰却主张言是可以尽意的。所以他虽然采取了玄学家的一些思想资料，采取了玄学家所讨论的一些论题，但是他还是从儒学的观点出发，而与玄学的主张异旨。《文心雕龙》在言意之辨问题上，屡次申明了言尽意的主张。如《神思篇》所云“意授于思，言授于意，密则无际，疏则千里”可为明证。从这句话可以看出，只要一个作家在遣词用语上具有一定修养，就可以使言和意“密则无际”，完全把自己的思想感情用言语表达出来。再如《物色篇》亦称：“皎日嘒星，一言穷理，参差沃若，两字穷形，并以少总多，情貌无遗矣。”这里就是用《诗经》作为例子，认为《诗经》就是言尽意的楷模。从这些例证来看，虽然刘勰采用了玄佛的某些思想资料，探讨了玄学议论的议题，但是他的观点，还是保持了儒家的观点。当时，玄学和佛学几乎是不可分的，我已经讲过，成为一种玄、佛并用的思潮。刘勰是反对玄风的。《文心雕龙》有大量反对玄风的言论，这正说明了他对那时候的玄、佛并用的思想采取抨击的态度。他在《明诗篇》里曾说："江左篇制，溺于玄风；嗤笑徇务之志，崇盛忘机之谈。"他又用"诗必柱下之旨归，赋乃漆园之义疏"来抨击当时盛行的玄言诗赋。这都说明他对玄风的反感。此外，从《文心雕龙》的《序志篇》和《程器篇》来看，我们都可以找到充分的证据来证明刘勰是恪守儒家思想的。

我认为《文心雕龙》与佛学的关系，不是直接的影响，而是在一定方面受到了间接的影响。简言之，主要就是他在方法论上受到了因明学的潜移默化的启示。随着《因明入正理论》输入中国，从而使因明学成为一个有着广泛影响的学问，那是在唐代。但是在南北朝的时候，因明学已经开始译成中文了。北魏孝文帝（元宏）延兴三年（公元四七三年），中国翻译了第一部因明学的著作，即三藏吉迦夜与昙曜所译的《方便心论》。这里我想订正一个我自己过去写的文章的错误。我说，刘勰当时看了两部有关因明学的著作，一部是《方便心论》，一部是龙树所造的《回诤论》。据《出三藏记集》著录，《方便心论》于北魏孝文帝延兴二年（公元四七二年）译出，当时刘勰尚幼，所以他可能看到这部书。但是《回诤论》是在东魏孝静帝（元善见）兴和三年（公元五四一年）时才翻译过来，那时刘勰已殁。我在一篇文章中说他可能看到这两本书，这是一个错误，后来我在另外一篇文章里，经过考据，做了订正。

刘勰的《文心雕龙》体大虑周，组织靡密，能够形成一个完整的系统，有一个很严密的体系，以致被章实斋誉为"成书之初祖"。这跟他受到因明学的影响，是很有密切关系的。

一九八三年

摘自《一九八三年在日本九州大学的演讲》

三

我们的文论，和我们的画论、乐论一样，都有一个相同的特点，它并不强调摹拟自然，而是强调神韵。自然这并不是说我国传统画论只求神似，全不讲形似。比如，顾恺之曾强调阿堵传神的神似观点，但他也提出过颊上妙于添毫而不忽视细节上的形似。刘勰在《文心雕龙》中也有类似的议论，他曾说“谨发而易貌”，要求传神，而不要拘泥在细节的描写上；可是同时他也提出“体物密附”不废形似的主张。汤用彤称：“汉代相人以筋骨，魏晋识见在神明。”可谓的论。但是，他认为这是得意忘形或重神遗形的玄学理论在艺术上的反映，则不免失之偏颇。重神韵这是要求艺术作品有一种生气灌注的内在精神。谢赫的《古画品录》标示六法，其中之一就是“气韵生动”。《文心雕龙》所提出的“以情志为神明”亦同此旨。照这种观点看来，艺术作品的内容意蕴和表现它的外在形象必须显现为完满的通体融贯。就如在有生命的机体内，脉管把血液输送到全身，或灵魂把生命灌注在躯体的各部分内一样。《文心雕龙》中时或提到的“外文绮交，内义脉注”，“义脉不流，则偏枯文体”，即申明此义。这些都成为六朝时代文论画论的突出特点。这次会议收到的论文，也有谈到画论和《文心雕龙》的关系的。我想这是一个良好的开端。

但是在这时期，思想却显得活跃起来，它的主要功绩就是打破了两汉定儒家于一尊的思想一统的局面。当时是儒、释、道、玄蜂起。法琳在《对傅奕废佛僧事》中所谓“三教连衡，五乘并骛”（《弘明集》）就是当时这种学术风范的惬恰写照。这里需要注意的是当时学术思潮的一个重要特点，即儒、释、道、玄之间形成了一种既吸收又排斥、既调和又斗争的复杂错综的局面。我觉得我们要研究《文心雕龙》的思想，就需要注意当时这样一种思想背景。我们往往对于当时多种学派处于纠葛状态的时代思潮采取一种简单化的理解，这就是用抽刀断水的办法，把这些学说截然地划为互不相干、孤立自在的绝缘体。我以为如果断言儒学同其他学派只有排斥和斗争的一面，而没有吸收和调和的一面，这种理解是片面的，因而是错误的。对于其他学派，如佛学、玄学、道家学说，也应采取同样看法，也不能把其中某一家看成对儒学，或是对道家，或是对玄学，或是对佛学，只有排斥和斗争的一面，而看不到它们彼此之间的吸收和调和的一面……

中国往往被西方哲学家看成是务实而缺乏思辨思考的民族。黑格尔说过，先秦时代以孔子为代表的中国哲学只有一些道德的箴言。这并不是正确的说法。事实上，先秦时代就出现了大批的名辨思想家。而魏晋玄学就是一种使用思辨思维、用思辨思维进行所谓本体论探讨的哲学。玄学同时还使哲学范畴大大丰富起来。它也引起并诱发了很多哲学的讨论和争辩。因此它在推动思想向前发展、扩大思想境界这些方面起了一定的作用。当时那些玄学家，对儒学固然有排斥斗争的一面，但同时也有调和汲取的一面。例如皇侃的《论语义疏》中，每多征引王弼、何晏的注释。王、何二人，祖尚老庄而不废儒书，仍以孔子为圣人。他们企图用以老化孔的方式调和孔、老。王、何之后，则有向秀、郭象。向、郭二人亦称儒、道双修。谢灵运《辨宗论》云

“向子期以儒道为壹”，即指调和儒道而言，但是他们的目的也同样是为了崇道。这从梁武帝所揭示的三教同源论，亦可窥见端倪。梁武帝早年相信道教，后来舍弃了道教改奉佛教，但是就是在他宣誓要改信佛教的第二年（天监四年），即为孔子立庙，置五经博士。史籍著录，他写过《孔子正言》《老子讲疏》等大量著作。但是这都不能掩盖他在《会三教诗》中崇佛的虔诚态度。上述诸例充分证实了这一点：当时儒、释、道、玄，各立门户，壁垒分明，从思想体系上来看，每一学派都有确定的原则，而不容与其他学派任意混淆。但同时却不能因此把它们看成孤立自在，没有相互吸取、相互调和的方面。

我们究竟应该怎样看待刘勰在《文心雕龙》中所体现的思想？在我们国内，多数人认为《文心雕龙》在思想体系上还是属于儒家思想，尽管他也吸取了、调和了玄佛这些东西。我也是取这种观点。要知道，当时没有不掺入任何其他思想绝对纯粹的儒家，也没有绝对纯粹的玄学和佛学。就像慧远这样一位名僧，也主张融合内外，白家同致。他在《沙门不敬王者论》中说：“内外之道，可合而明。”他在讲说佛法时，常用外书比附内典，号称格义。相传，慧远二十四便就讲说，有客听讲，难实相义，往复多时，弥增疑昧，远乃引《庄子》为连类，于是惑者晓然。这也说明外书和内典也有相通之处。我认为当时没有绝对纯粹的、同其他思想隔绝开来的儒家、道家、玄学家或佛学家。他们生活在同样一个时代，如果说各家思想丝毫没有相互渗透的痕迹，恐怕是不可能的。

摘自《一九八四年在〈文心雕龙〉讨论会上的讲话》

四

“道”和“德”

这次会议的不少发言，都不约而同地谈到《原道篇》中的“道”。这可以说是个老问题了。鲁迅《汉文学史纲要》谈到刘勰的“文原于道”的思想时，曾说：“其说汗漫，不可审理。”意思说它的意义十分含混，很难加以阐释。解放以后，大陆学者对这个问题的讨论，大致围绕着两个问题：一、“道”是唯心的还是唯物的？二、《原道篇》与《灭惑论》的关系如何？不少人把《原道篇》和《灭惑论》这两篇文章中的“道”联系起来进行探讨。由于当时过于强调以唯物或唯心来划线，因而讨论也就陷入了唯心、唯物之争。有的说“道”是唯心主义的，有的说“道”是唯物主义的，也有的说“道”是客观唯心主义的。这样划线并不能对于《原道篇》中的“道”作出较为明确的阐发，相反，由于把《灭惑论》中的“道”也拉扯在一起进行串讲，反而把《原道篇》的“道”的含义弄混淆了。《灭惑论》所说的“道”是佛教之“道”，与《原道篇》从《易传》本体论去阐释“道”的意义是不同的。我曾参照前人论述再加以考证，判定《文心雕龙》成于齐时，而《灭惑论》则作于梁代，成书在《文心雕龙》之后，是一篇阐释佛教义学的文字。当时梁武帝三次舍身同泰寺，刘勰《灭惑论》中的佛教观点与梁武帝的佛教观点是一致的（参见拙著《〈灭惑论〉与刘勰的前后期思想变化》）。这次研讨会不少先生重新探讨了《原道篇》的“道”的概念，企图解决以前留下的某些悬案。我认为是很有意义的。

我在《文心雕龙创作论》一书中，曾对《原道篇》的“道”提出一些看法，主要从我国传统的哲学思想宇宙构成论来论述刘勰的文学观。《原道篇》的基本观点系本《易传》"太极生两仪"。它以《周易·系辞》为主，并杂取《文言》《说卦》《彖辞》《象辞》以及《大戴礼记》里的一些片断。这表明《原道篇》之"道"与《周易》有密切关系。在《序志篇》里，刘勰也讲道："位理定名，彰乎《大易》之数，其为文用，四十九篇而已。"《系辞》称："大衍之数五十，其一不用。"为什么"其一不用"呢？因为那个"一"代表本体。我认为《原道篇》就是所谓"其一不用"的那个"一"。它是体，不是用。一切用都是从这个本体（道）那里派生的。刘勰这种观点主要是来自王弼的《易》学，而不是郑玄等汉儒的《易》学。

那么，为什么刘勰在论及"道"时又提到"德"呢？《原道篇》开宗明义提出"文之为德也大矣"。我认为，这与老子思想有密切关系，刘勰的"道"本之老子，可从下面三个方面来讲：一、老子认为"道"先天地生，为天下母，就是说"道"是天地万物的根源。这个"道"相当于《原道篇》中的"太极"。二、老子所说的"道"是非意志的自然，是与人工相对待的。"自然"并非指自然界，而是指自然而然的意思。刘勰说的"自然之道"，至今仍有人解释为物质，从而断言是唯物主义的。这是牵强的说法。它实际上是与老子的自然观同义。老子说的非意志的自然，并不等于是唯物的。它也可以是唯心的。非意志只是否定了神的主宰，但它也可以是心的主宰。《原道篇》所谓"自然之道"，实际上更侧重于老子的自然之义。三、老子认为"道"是"无为而无不为"的。无为是指它作为本体而言，无不为则是指这个本体又可以产生天地万物而言。《原道篇》称"人文之元，肇自太极"，并说日月、山川、动植之文（即天地人三才）皆来自"道"。这也与老子思想同旨合轨。

至于《原道篇》一开头所说的“文之为德也大矣”，其中涉及了“道”与“德”的关系。我认为刘勰所说的“道”与“德”的关系，也同样本之老子。韩非《解老篇》说：“道者，万物之所然也，万理之所稽也。理者，成物之文也……故曰：道，理之者也。”冯友兰对此曾作过一些解释：“各物皆有其所以生之理，而万物之所生的总根源就是道。”“道”实际上就是本体，是万物（包括文）之所从生的本原。《管子·心术》曾这样说：“德者，道之舍，物德也生。德者，得也。”所谓“德者，道之舍”意思是说“德”是“道”所寄寓的地方。“道”无形无名，在什么地方显示出来呢？只有通过万有显示出来。“德者，得也”，物之得以为物，就是这个“德”字的正解。我想，这样来解释“文之为德也大矣”就通了。再根据“道”与“德”的关系，文之得以为文，就因为它是从“道”中派生出来的。这样，《原道篇》未论“道”而先说“德”，其间“道”与“德”的关系也就联系在一起了。

言意之辨

这次会议对于《文心雕龙》中的言意问题虽然谈到的人不多，但根据我的印象，这些年所发表的有关《文心雕龙》的论文，却多半涉及这个问题。现在我想谈我对这个问题的看法。过去我曾把我对这个问题的意见写进拙著《文心雕龙创作论》一书中，我认为刘勰是属于“言尽意”一派的。在以往的讨论中，有人同意我的看法，也有人不同意。但不论把《文心雕龙》划归“言尽意”派，或相反划归“言不尽意”派，双方都把“言”与“意”的关系，归结为语言与思想之间是否存在如《范注》所说的“不可免的差殊”。因而，它们在立足点上倒是完全相同的。我认为，这基本上是受到了《范注》的影响。《范注》大概是最早用“语言能不能表彰思想”来阐释言意之辨的。近来，我重新思考了这个问题。我觉得，无论是我本人，还是别人，大都受到了《范注》的拘挛。而《范注》对这个问题的解释是有局限性的。

《世说新语·文学篇》称，渡江之后，王丞相（导）止道声无哀乐、养生、言尽意三理。言尽意是当时玄学家所说的三理之一。这个问题是由于对《易·系辞上传》“圣人立象以尽意”，“系辞焉以尽其言”这句话所作的解释而引起的。何劭《荀粲传》称荀氏治《易》者颇多，均主旧学，而粲独标新义，提出“象外之意，系表之言，固蕴而不出”之旨。玄学代表人物王弼在《周易略例·明象篇》中亦称：“意以象尽，象以言著。故言者所以明象，得象而忘言；象者所以存意，得意而忘象。”荀、王二人，无非是说，不可拘泥于文字的表面，而应探求其内在意蕴，以达到寻言以观象，寻象以观意。这对于纠正汉儒拘守于文字训诂及其末流的咬文嚼字之弊，可以说是一大解放，引申到文学中来，藉以作为诱发想象活动的基因，就具有更重大的意义。从荀、王二人的言意之辨来说，其实质本不侧重（甚至没有涉及）《范注》所谓语言不能表彰思想或两者间存在不可免的差殊问题。玄学家特别是玄佛并用的名士名僧，确是有所谓“心行路绝，言语道断”的说法，以揭示语言不能表彰思想的主张，并且还进一步认为所有的意识活动也都无法沟通。但这不能作为玄学三理之一言意之辨的完整解释。

刘勰把言意之辨引入文学领域，意义究竟何在？我觉得：一、这正如刘勰把文质概念引入文学领域一样，我们对这类问题的研究，既要探其流源，找出它的根据；同时，又不可拘于本义，按照原来的意蕴照搬到另一个领域中去。就以文质概念来说，《文心雕龙》中的文质概念，已不同于《论语》中的文质概念，甚至也并不完全同于魏晋时代佛经传译中的文质概念（详见拙著《刘勰的文学起源论与文学创作论》）。《文心雕龙》论述言意问题也是同样。二、过去由于拘挛于《范注》的训释来探讨《文心雕龙》中的言意问题，于是出现两种截然不同的看法。一种是把刘勰归于“言尽意”派；另一种相反，把他归于“言不尽意派”。过去，我也是主张前说的，曾援《文心雕龙》“皎日嘒星，一言穷理，参差沃若，两字穷形”、“物沿耳目，辞令管其枢机。枢机方通，则物无隐貌”、“意授于思，言授于意，密则无际，疏则千里”等作为证明。我一直采取这种看法，但也一直未能惬恰于心。因为《文心雕龙》还有另外一面，如其中所说的“思表纤旨，文外曲致，言所不追，笔固知止”、“物有尽而情有余者，晓会通也”等等，这些话似乎又表示了语言并不能完全涵盖思想的意思。我认为，如果各执一端，就会作出一偏之解。

近来，我对《文心雕龙》中的言意问题，有了一些和过去不同的看法。我认为，首先不应该按照《范注》所谓语言是否能表彰思想或言意之间是否存在差殊去理解《文心雕龙》的言意之辨。既然如此，那么刘勰的言意之辨在于说明什么问题呢？依我看，他是企图阐明文学的写意性。写意性是中国艺术的重要特点之一。中国绘画中有写意画，这是不用多加解释的。中国戏曲中的虚拟性的表演也是写意的。例如中国传统戏曲中的舞台调度打破了时间和空间的同一性，也是采取了写意手法。有人说这是象征性，其实这不是什么象征而是写意。中国的音乐、舞蹈等也都具有写意的鲜明特点。伯牙操琴，子期从中听出了志在高山和志在流水，就是会意的结果。写意性使想象得以在更广阔领域内驰骋。中国古代文论较之西方古代文论，是更早也更多地涉及了想象问题，这从借助于暗示、隐喻、联想等手段所形成的比兴理论在中国古代文论中特别发达就可证明。中国诗学中的比兴之义，贯串历代文论、诗话中，形成一种民族特色。倘从比兴之义去探讨《文心雕龙》的言意问题，也许过去讨论中的各种矛盾、分歧都可以迎刃而解了。

摘自《一九八八年广州〈文心雕龙〉国际研讨会闭幕词》

《文心雕龙创作论》初版后记

这是一部旧稿，开始写于一九六一年。后来因为患病，时写时辍。至一九六六年初，初稿基本完成。当时还来不及整理出版，“十年动乱”开始了。在“四人帮”横行猖獗之际，原稿被抄走，经过了十多年的漫长岁月，才重新回到手中。我将原稿作了一些修订，删去了几篇，又增加了新写的一章《释〈体性篇〉才性说》，并在其他几篇《释义》的原有附释之外，补写了近十篇新的附释。

我听从一位朋友的意见，在修订旧稿时没有作较大的改动，甚至连一些名词也仍其旧，以保持原来的面目。如形象思维这一用语，在当时是犯忌的，故写作艺术思维。今天这些禁区已被突破，可以直言无隐了。不过，这却使旧稿和后来新写的附释在同一名词上显出了分歧。对此，我不想加以统一，以便使本书留下一些时代的痕迹。从这一小小的侧面也可以深深领会到目前方兴未艾的思想解放运动具有怎样巨大的力量，它给我的最大鼓舞，就是那标志着理性再觉醒的实事求是的科学精神已经发出了新的呼声。

关于写作本书的缘起，我在《小引》中已作了说明。有人不大赞成我采取附释的办法，建议我把古今中外融会贯通起来。这自然是最完满的论述方式，也正是我写作本书的初衷。但是限于水平，我还没有能力做到这一步。为了慎重起见，我觉得与其勉强地追求融贯，以致流为比附，还不如采取案而不断的办法，把古今中外我认为有关的论点，分别地在附释中表述出来。如果学力深厚的研究者以此作为聊备参考的资料，从而作出进一步的综合论述，那正是笔者所盼望的。

此外，需要说明的是本书在阐述刘勰的思想体系时，没有涉及佛家的因明学对于《文心雕龙》的一定影响。这种影响并不表现在刘勰的具体文学观点上。就刘勰的文学观来说，我认为他是恪守儒学的立场风范的。有些论者用刘勰后来站在佛学立场所写的《灭惑论》中的某些概念和观点来诠释《文心雕龙》，我至今仍认为是牵强的。可是，如果说作为当时儒、释、道三家并衡的时代思潮对刘勰撰《文心雕龙》竟未产生过任何影响，那也未免太偏颇。佛学自汉末流入中土，到了刘勰的时代，用佛家的话来说，正是"如日中天"。刘勰自少时入定林寺依沙门僧祐居处，就已开始钻研佛法。佛家的重逻辑精神，特别是在理论的体系化或系统化方面，不能不对他起着潜移默化的作用。六朝前，我国的理论著作，只有散篇，没有一部系统完整的专著。直到刘勰的《文心雕龙》问世，才出现了第一部有着完整周密体系的理论著作。因此，章实斋称之为"勒为成书之初祖"。这一情况，倘撇开佛家的因明学对刘勰所产生的一定影响，那就很难加以解释。然而我在本书中并未说明《文心雕龙》的结撰方法是在一定程度上吸取了佛家因明学的某些成分。今后我希望在这方面能作出一点研究成果，以弥补本书中的不足。

从我开始写作本书的那天起，我就以马克思《资本论》第一版

《序言》的最后一段话作为鞭策自己的良箴，现在我还要把它援引在下面：

> 任何的科学批评的意见我都是欢迎的。而对于我从来就不让步的所谓舆论的偏见，我仍然遵守伟大的佛罗伦萨诗人的格言：
>
> 走你的路，让人去说话！

一九七九年校后记

《文心雕龙创作论》第二版跋

本书重版时我作了一些修订。我曾经说过，我不赞成章太炎晚年手定文集时一再刊落删定的办法。这是出于存真的考虑：这样可以使作者在特定历史条件下所写的文字保留原有风貌，以便读者参照作者前后不同时期的文字以窥其演变之迹。

这本书是在“文革”前基本完稿的。一九七九年出版时我在《后记》中说，我没有做过什么修改。现在本书将印行第二版，我仍本初衷，除在少数文字上做了一些修订，所有的观点，纵使有错误，我也未动，让它们照原来样子重印。不过，在这三四年中，《文心雕龙》的研究取得了不少进展，我的思想也有所发展，不可能仍停留在原处。凡某些必要加以补充或说明或纠正的，我都以“二版附记”的形式附于篇末。这也是仿照本书《小引》所举阎若璩《古文尚书疏证》的体例。

回顾四年多前，本书的一章先以单篇论文在杂志上发表时，虽然得到一些至今使我感念不已的默默支持，但也遭到不少苛刻的挑剔吹求。某些责难因其无理地上纲上线、戴帽穿靴而难以令人心折，可是由于没有击中要害，却也并不使我怎么懊丧。这本著作是企图在《文心雕龙》的研究上（或者可以说，在我国古代文论的研究上），采用新方法，作出一点尝试。为此，我曾经过多年的思考。当我让它走入世间与广大读者见面的时候，我是有充分心理准备的。对于我们文论研究领域内的因袭成见，我深有体会。对于我自己可能碰到的困难，我也并非茫然无知。我期待实践的检验，渴望听到读者的认真批评。纵使这批评是毫不容情的，我也将心悦诚服地用来进行自我反省，因为我知道这种批评出于对真理的追求。但是，对于那种舆论偏见，或者如黑格尔所指摘的那种愈是空疏，愈是理智上衰竭无能，就愈显出一种压倒千古大哲的虚骄之气的评论，我觉得，我当以那些坚贞的理论工作者为楷模，无论是现在或将来，绝不对之妥协让步。但我也不准备纠缠在无助于推动理论前进、只是为了逞强好胜的无谓争论之中。

近两、三年来，这本著作逐渐得到了一些不怀偏见的评论。不少读者、同行和前辈来信给我以勉励。报刊上除披载了几篇评论本书的专文外，有些文章虽不以本书为对象，却附带涉及本书的观点和方法，予以奖饰。自然，也有些文章和我进行认真的商榷。我感到欣慰的是，我提出的某些观点逐渐为人所探讨。例如，在论述刘勰身世问题时，我提出刘勰属于庶族（在此以前均称刘勰为士族）。对于这一说法，季羡林先生于一九八一年曾来信表示赞同，并提供了进一步研究的线索。他在信中说："讲到刘勰身世，从士庶区别方面立论，很有卓见。我忽然想到陈寅恪先生在几篇文章中都谈到天师道的问题。看刘勰家世好像也信奉天师道。刘穆之、刘秀之，两辈都有'之'字排行，与王羲之家及其他许多家相似。天师道对刘勰的思想是否也有关系？颇值得探讨。"天师道问题确实值得研究，它不仅关系到刘勰家世（刘勰一支无排行“之”字者。范老曾注意这一点而未申论。倘进一步探讨，甚至可能推翻本传所述刘勰的世系)，而且也关系到刘勰的思想。但我因事冗少暇，对这一问题未加深究，而其他研究者也未论及。这里附带提一笔，希望这一问题可以得到注意。此外，关于刘勰属于庶族的看法，更早还得到了周振甫先生的肯定。一九七九年尾，他来信说：“大著论刘勰出身庶族，掌握极为丰富的材料，论证极为有力，使人信服，极好。”后来他和牟世金先生都在各自的著作中采纳了此说。（前者见一九八一年人民文学出版社《文心雕龙注释·前言》，后者见一九八二年齐鲁书社《文心雕龙译注·引论》。）又如我据一九六九年江苏句容出土的《刘岱墓志》在刘勰世系上增添了刘勰的远祖刘抚及其堂叔刘岱的名字，后来也被人采入自己著作中。再如考定《灭惑论》撰于梁时并由此划分刘勰有前后期思想，这一论证虽至今尚存分歧，但也得到较多人的肯定，如李庆甲、李淼先生等均基本赞同拙说，并对我的一些论据加以补充，做出了比我更精确的论证。至于本书《创作论八说释义》，更引起了较多的反响。这里就不一一赘举了。

我很高兴，有几位评论者细心地注意到我在本书试图采取的科研方法。一九八一年《读书》第二期赵毅衡先生撰文说：“一九七九年，或许是我国比较文学研究进入‘自觉期’的一年：钱钟书《旧文四篇》《管锥编》前四卷，杨绛《春泥集》，范存忠《英国文学语言论文集》，王元化《文心雕龙创作论》，这些解放后出版物中中西比较文学内容最集中的书籍，都出现于一九七九年。”季羡林先生也是搞比较文学的，他在一九八一年给我的另一信中也说：“我常常感到中国古代文论有一套完整的体系，只是有一些名词不容易懂。应该把中国文艺理论同欧洲的文艺理论比较一下，进行深入的探讨，一定能把中国文艺理论的许多术语用明确的科学语言表达出来。做到这一步真是功德无量。你在这一方面着了先鞭，希望继续探讨下去。”

老实说，我对比较文学没有研究。在撰写本书时，我也没有想到采取比较文学的方法（例如比较文学的平行研究法等）。我自以为我采用的方法在本书《小引》中已经交代得十分清楚了。可是，除了钱仲联先生评论本书的那篇专文接触到这一点外（见《文学遗产》一九八〇年第三期《〈文心雕龙创作论〉读后偶见》），它很少被人谈到。我在六十年代的头一、二年开始酝酿并撰写本书的时候，正是学术界自由探讨的空气比较活跃的时候，报刊上时或出现一些有关科研方法的文章。那时涉及由抽象上升到具体等有关科学规律方面的理论、边缘科学、科学杂交、科研方法（类推法、向未知方面的设想法、对比法、归纳法）、文献和文物结合研究等等。其中大多数问题是长期被忽视、甚至被摈斥的，这种活跃的学术空气带来的清新气息，不仅给人鼓舞，也使人的头脑从僵滞狭窄的状态变得开豁起来。它打开我的思路，使我想在《文心雕龙》的研究方面作些新的尝试。我首先想到的是三个结合，即古今结合、中外结合、文史哲结合。尤其是最后一个结合，我觉得不仅对我国古代文论的研究，就是对于更广阔的文艺理论研究也是很重要的。我国古代文史哲不分，后来分为独立的学科，这在当时有其积极意义，可说是一大进步，但是今天在我们这里往往由于分工过细，使各个有关学科彼此隔绝开来，形成完全孤立的状态，从而和国外强调各种边缘学科的跨界研究的趋势恰成对照。我认为，这种在科研方法上的保守状态是使我们的文艺理论在各个方面都陷于停滞、难以有所突破的主要原因之一。文史关系难以分割是容易理解的，因为我国古代向来以文史并称，至于文学与哲学之间的密切关系，却往往被忽视。事实上，任何文艺思潮都有它的哲学基础。美学作为哲学一个分支，就说明两者关系的密切。但这样简单的事实，我们却认识不足。由于从事文艺理论工作的人，不在哲学基础上从美学角度去分析文艺现象，以致不能触及这些现象的根底，把道理说深说透。我们在阐述文学史的问题时，更很少从哲学方面去揭示它的思想根底，像车尔尼雪夫斯基论述果戈理时期俄国文学概况那样，揭示那一时代的理论家都和哲学有一定的血缘关系。例如：波列伏依以法国的库靖哲学为基础，纳杰日丁以德国的谢林哲学为基础，别林斯基以德国的黑格尔哲学为基础，而车尔尼雪夫斯基本人的文艺思想则是以费尔巴哈哲学为基础。关于这些问题的思考逐渐使我认识到在研究上把文史哲结合起来的必要。

至于把古今中外结合起来的想法，是萌生于马克思在《政治经济学批判导言》中所说的："人体解剖对猴体解剖是一把钥匙。低等动物身上表露的高等动物的征兆，反而只有在高等动物本身已被认识之后才能理解。因此，资产阶级经济为古代经济提供了钥匙。"这几句话给我极大启发，使我首先想到，对于萌芽形态尚未成熟的文学现象，只有用后来已经成熟的发达形态的文学现象才能加以说明。不过，这里涉及几个必须注意的问题：文学的范畴、概念以至法则，不是永恒的，而是变化的。但是作为文学最普遍、最根本的规律和方法，却并没有随着时间的流逝而消亡。不过某些这类范畴和概念本身也在发展，并非停滞不变。例如从萌芽形态发展为成熟形态，从低级阶段发展到高级阶段，而且这种发展变化过程多半呈现了极为复杂的形式，有时甚至是很难辨察的。因此，一方面我们必须把那些随着历史进展而消亡的范畴、概念、方法、法则和最普遍、最根本的范畴、概念、方法、规律严格地区别开来，另一方面又必须把后者的萌芽形态和成熟形态与低级阶段和高级阶段所变化了的形式与性质严格区别开来，而不能一律相绳，采取简单比附的办法。这样，我们就需要把古与今和中与外结合起来，进行比较对照，分辨同异，以便找寻出在文学发展上带有规律性的东西。我曾把这种方法称作“综合研究法”。（参见最近出版的拙著《文学沉思录》五十五页至六十一页。）我要再说一遍，我考虑到这种方法主要是受到上引《政治经济学批判导言》中马克思说的那段话的启示。

关于季羡林先生在上引来信中说的，通过中外文艺理论的比较，“一定能把中国文艺理论的许多术语用明确的科学语言表达出来”。我觉得这话很重要。自然，我们不应把它简单地理解作用现代术语会硬套古代术语，而应理解作像人体解剖是猴体解剖的钥匙那样，即通过成熟形态的剖析，以之为借鉴，进而去探讨尚未获得充分发展的萌芽与胚胎。这样不仅可以使我们清晰地认识那些本来模糊不清、难以索解的问题，而且还可以使我们的研究工作取得新的突破。我曾在一篇文章中举我国具有古老传统并积累了丰富临床经验的针灸为例，说明倘使我们运用有关现代科学（包括神经生理学、心理学、生物化学等），在机制研究方面去进行探讨，就可以把一直搞不清楚的道理解释明白，从而取得研究上的飞跃。不过，这种见解在我国古代文论研究领域内并不是完全可以被人接受或正确理解的。有人以维护我国古代文论的民族的和时代的特殊性为借口，反对以今天更发展了的文艺理论对它进行剖析，从中探讨古往今来中外相通、带有最根本最普遍意义的艺术规律和艺术方法，区别其萌芽形态与成熟形态，探索其发展进程，同时并由此去辨同异，以揭示我国传统文论的民族风格。我以为，拘泥于以古证古的办法，往往不免陷入以弹说弹的困境，而永远不能用今天科学文艺理论之光去清理并照亮古代文论中的暧昧朦胧的形式和内容。持这种主张的人有一种根深蒂固的偏见，以为只有以古证古才不会产生比附之弊。殊不知，以古证古同样会出现比附。不仅在目前可以找到大量例证，就是在前人这类文章中也可以同样找到不少例证。然而这类明明属于比附的弊端，仅仅由于它们采取了以古证古的形式，而就不再受到指摘。这是很不正常的现象。除了把它视为一种偏见之外，还可以说什么呢？自然，目前也涌现了大量以今论古的文章，我除了读到报刊上发表的这类论文外，也收到一些嘱我提意见的论文。确实其中很多都有比附的毛病。我并不想掩饰这一事实。我认为，无论出于什么原因，比附总是要反对的。

用科学的文艺理论去清理并阐明我国古代文论，首先需要在前人取得的成果上进行。这里特别指的是版本的考据和校勘，以及文字的训诂和注释。由于过去我们对考据和训诂采取轻蔑态度，一概斥为繁琐，这给我们的古典文学研究带来很大灾害。近几年学术界已开始认识到清人的考据训诂之学的重要性。很难想象倘使抛弃前人在考据训诂方面做出的成果，我们在古籍研究方面将会碰到怎样的障碍。在这种情况下，有人甚至提出“回到乾嘉学派去”。确实，多年以来我们对乾嘉学派迄未作出应有的评价（我认为对乾嘉学派人物的思想上的评价尤为不足）。目前有些运用新的文学理论去研究古代文论的人，时常会有望文生解、生搬硬套的毛病，就是没有继承前人在考据训诂上的成果而发生的。但是，另一方面我认为我们的研究工作也不能止于乾嘉学派，那就是绝不逾越前人的考据训诂之学，甚至在治学方法上也亦步亦趋，墨守成规。前人批评李善注《文选》释事不释义，已经感到不去阐发内容底蕴，只在典章文物、名词术语上作工夫是一种偏向。事实上，自清末以来，如王国维、梁启超等，他们一面吸取了前人考据训诂之学，一面也超越了前人的界线，在研究方法上开拓了新境界。就《文心雕龙》的研究来说，我觉得纵使在较早时期出现的一些著作，如黄侃《文心雕龙札记》、范文澜《文心雕龙注》、刘永济《文心雕龙校释》等也不是墨守考据训诂的传统方法之作。这些作出了新贡献的著作较前人向前跨出了一大步。我觉得在古代文学研究方面存在着一种惰性作用，有些文学史和不少作家作品研究大多都是用知性分析方法写成的，以庸俗社会学顶替科学理论，但年深日久，习惯成自然，竟然没有人指出这种阻挠古典文学研究前进的严重缺陷，甚至连一两句批评也听不到。相反，浅见者反奉之为圭臬。这是值得重视并需加以纠正的。

此外，对于本书内容方面还有一点话要说。我在第一版《后记》中曾经说，我在阐述刘勰思想时未涉及佛家因明学对《文心雕龙》的一定影响。后来，我在《文学理论体系问题》一文中，曾提到西域三藏吉迦夜与昙曜所译的《方便心论》及三藏毗目智仙共瞿昙流支所译的《回诤论》，都是阐发古因明学的著作，并认为刘勰会读到这些著作。这里，我想顺便作些说明和订正。据《出三藏记集》著录，《方便心论》于北魏孝文帝（元宏）延兴二年（公元四七二年）译出。此书译出时刘勰尚在少年，因此刘勰很可能读到此书。至于《回诤论》，系龙树所造，于东魏孝静帝（元善见）兴和三年（公元五四一年）译出。此时刘勰已殁。这是需要修订我在拙文《文学理论体系问题》中所述两书出于同一时代之误的。不过，这里必须打破因明学仅在唐时方输入中土的错误论断。因明为印度五明之一，源远流长。据上所述，至少在南北朝时释家因明学的专著已传入中土，并有汉语译本，它对我国学术不可能不产生一定影响。(且不说当时还有大量佛书，虽非因明专著，但在因明学的熏染下所蕴含的重逻辑精神和理论的体系化和系统化的特点，也会对当时学术发生潜移默化的作用。) 我在第一版《后记》中还说过，我认为刘勰撰《文心雕龙》是恪守儒学的立场风范的。有些论者用刘勰后来站在佛学立场所写的《灭惑论》中的某些概念和观点来诠释《文心雕龙》，我认为是牵强的。可是，如果说作为当时儒、释、道三家并衡的时代思潮对刘勰撰《文心雕龙》竟未产生过任何影响，那也未免太偏颇。上述这些意见，我至今不变。我只是想再作些补充，把我的看法说得更清楚一点。

魏晋南北朝时代，虽然战乱频仍，政局动荡，但在学术思想上却打破了两汉定儒家于一尊的局面，儒、释、道诸家蜂起，并产生了以思辨为特点的玄学，呈现了诸子争鸣的活跃局面。学术文化有其自身相对独立发展的规律，它不能离开前代和同时代思想家所提供的思想资料来构成自己的学说。但是，决定思想家属于哪一学派却是被他的思想体系所决定。我们必须从其论著中分析他的主导思想，而不是由于他运用了同时代不同学派的思想资料，就率尔判定其间必有渊源关系。在《文心雕龙》中，刘勰曾据王弼解《易》的大衍之数，定其框架。(共五十篇，取“其用四十有九，则其一不用”。) 还涉及玄学中的言意之辨、有无之辨等。尽管刘勰运用了这些思想资料，但从其思想体系看，从其主导思想看，《文心雕龙》仍属儒家思想。须知儒学本身也在发展，在发展过程中也会吸取其他思想学派的某些成分融化于自身之内。倘使我们今天在分析某一思想家的时候，不问其思想体系和主导倾向如何，以为融化了某些其他思想学派的某些成分，或者甚至只要运用了前人或同时代人某种不同流派的思想资料，就可划入某种学派，这种简单化的办法是不符合科研工作的科学态度的。可是，今天有些文章在分析《文心雕龙》的思想内容的时候，往往采取了比这还要简单的如有人所指出的语汇对比法，那似乎就未免过于牵强了。以上问题，由于这几年我在从事一些行政事务性工作，无法潜心钻研，倘有人在这方面写出自己的心得，那对《文心雕龙》的研究将会起着推进作用。

末了，我想顺便谈谈当前文风中的一个问题。这个问题我在拙著《文学沉思录》中曾经提到过，但几乎没有得到什么反响，所以这里不惮辞费，再申述一遍。我曾经说，我们时或可以看到，有人提出一种新观点或新论据，于是群起袭用，既不注明出自何人何书，以没其首创之功，甚至剽用之后反对其一二细节加以挑剔吹求，以抑人扬己。这种学风必须痛加惩创，杜绝流传。我们应该对古往今来提出任何一种新见解的理论家，都在正文或脚注中一丝不苟地予以注明。我们必须培养这种学术道德风尚（见《文学沉思录》六十页）。为了学习这种治学楷模，我在自己的文章里不敢掠人之美，凡别人先我提出的值得参考的观点或论据，我都一一注明出自何人何书。这一点，我相信细心的读者是会体察我的用心的。

一九八三年六月六日记于上海

《文心雕龙讲疏》日译本序①

本书的著述有一个漫长的过程。从青年时代汪公岩先生授我《文心雕龙》开始，大致经历如下：一九四六年我在国立北平铁道管理学院任教，曾选出《文心雕龙》若干篇为教材。授课时的体会，成为我写作本书的最初酝酿。六十年代初，我栖身在上海作家协会文研所时，开始了《文心雕龙柬释》的写作。前后约四年光景，初稿全部完成。可是紧接着在被称为“十年浩劫”的“文化大革命”中，稿件被抄走。直到七十年代“文革”结束，原稿才发还。我以近一年的时间进行修改和补充，于一九七八年完稿。书名定为《文心雕龙创作论》，由上海古籍出版社出版。出书的日期是在一九七九年末。所以本书的酝酿是在四十年代，写作是在六十年代，出版则是七十年代。八十年代本书重印时，又作过一些增补。至于重订本《文心雕龙讲疏》的出版，则是九十年代初了。

这本书基本完成于四十年前，倘根据我目前的文学思想和美学思想去衡量，是存在差距的。但要将我今天的看法去校改原来的旧作，那是不可能的，除非另写一本新书。不过，我也不妄自菲薄。这本我曾以多年心血写成的著作，无论在材料上、方法上、观点上，对今后的读者也许还有一些参考价值，因为我是尽心用力去做的。那时我写作本书的目的是为《文心雕龙》作注释，所以六十年代我写的初稿称为“柬释”。我在本书下卷首篇《释义小引》中曾援引熊十力先生的一句话，即“根柢无易其固，而裁断必出于己”来说明释义的宗旨。长期以来，大陆上对国学的研究是以“以论带史”为原则，蔑弃考据训诂，斥之为烦琐，从而形成望文生解、生搬硬套种种弊端。八十年代初，我曾撰文《回到乾嘉学派去》，即为纠弹这种不良学风。但我也并不主张我们应该亦步亦趋、墨守成规。前人曾批评李善注《文选》“释事不释义”，这种只限于在典章文物名词术语上下功夫，使我感到实是一种缺陷。前人的一些注释，往往只找出出处辄止。我国为《文心雕龙》作注疏者（甚至很有影响的范文澜等），仍不脱此习。但是倘不察作者何以用前人此一说法，命意何在？是申引本文，还是借喻取譬？于所用旧说中所寓新义又如何？凡此种种，有千变万化之情况，皆须一一探索之，而不能因袭旧惯。我撰《释义小引》即明此旨。其实这也并非完全是我自立的新义，清人朱鼎甫《无邪堂答问》就曾经指摘当时俗儒，“务其物名，详于器械，考于训诂，而不能晓其大义之所及。此无异乎女史诵诗，内竖传令也”。所以，我认为注释前人著作一方面须下训诂考据的工夫，去揭示原著之底蕴（meaning）——此即“根柢无易其固”；另方面又须按照上述观点，摆脱释事不释义的窠臼，阐发原著中所涵之义蕴（significance）——此即所谓“裁断必出于己”。我当初按照上述宗旨撰写本书，可以说是一种尝试，至于这种尝试的结果究竟如何，还须请读者赐教。

本书的日译本由福冈大学甲斐胜二教授以业余时间，积十年之久完成，再经冈村繁先生于耄耋高龄，费神劳心详加校订，耗时达一年之久，隆情厚意使我感愧，现谨致以衷心的谢忱。

二〇〇四年八月十六日

注：

① 《王元化著作集》日译本由冈村繁先生主编，分三卷，第一卷《文心雕龙讲疏》（已于二〇〇五年在日本汲古书院出版），第二卷《思辨随笔》，第三卷《九十年代反思录》。

图书在版编目(CIP)数据

读文心雕龙/王元化著. —上海：上海书店出版社,2019.1

ISBN 978-7-5458-1639-6

Ⅰ.①读… Ⅱ.①王… Ⅲ.①文学理论—中国—南朝时代 ②《文心雕龙》—研究 Ⅳ.①I206.2

中国版本图书馆CIP数据核字(2018)第275014号

责任编辑 孙语婧

封面设计 胡 斌 刘健敏

读文心雕龙

王元化 著

出　　版 上海书店出版社
(200001 上海福建中路193号)
发　　行 上海人民出版社发行中心
印　　刷 苏州市越洋印刷有限公司
开　　本 890×1240 1/32
印　　张 8.75
版　　次 2019年1月第1版
印　　次 2019年1月第1次印刷
ISBN 978-7-5458-1639-6/I.434
定　　价 38.00元